UN PEU PLUS LOIN

www.editions-jclattes.fr

Guilhem « Pone » Gallart

UN PEU PLUS LOIN

Récit

LA GRENADE
JC Lattès

Conception graphique de La Grenade : Sarah Kahn
Illustration de couverture : Tilt

ISBN : 978-2-7096-7017-3

Première édition avril 2023

Préface

En regardant les nouvelles du monde, je m'interroge parfois sur la nature humaine – l'horreur des guerres, la cruauté et l'absence de compassion des êtres humains. Puis je pense à Pone, et je retrouve ma foi en l'humanité. Cette personne déborde tout simplement d'amour.

Quand on lit une histoire aussi tragique, on peut avoir honte de tout ce que l'on considère comme acquis, alors que Pone parvient à chérir ce qu'il possède, et continue d'accomplir des exploits.

Où cet homme extraordinaire puise-t-il la force de continuer et de rester aussi positif ? J'admire son esprit, sa volonté de fer et sa détermination hors du commun.

Se concentrer pour communiquer au quotidien doit être épuisant, et parmi ses nombreuses réalisations, Pone a produit un album de musique et écrit une autobiographie, rien qu'en bougeant ses yeux. C'est ainsi qu'il crée de la musique et qu'il nous fait entendre ses pensées et ses sentiments – à travers la fenêtre de son âme.

Je suis stupéfaite du courage et du dévouement de Wahiba, son épouse, qui lui a sauvé plusieurs fois la vie.

Son lien avec sa famille et ses amis est manifestement vital pour Pone, et leur amour est palpable.

En créant un site pour d'autres personnes souffrant de sclérose latérale amyotrophique, Pone donne des conseils pratiques et offre de l'empathie – une ligne de vie qui n'existait pas auparavant. Il aide des milliers de gens et met en lumière cette maladie pour d'innombrables personnes qui seraient perdues sans ses conseils éclairés.

J'espère que les lecteurs seront touchés par ce livre plein d'humilité et de force. À chaque page, il vous invite à réfléchir. Le monde doit savoir combien cet homme est formidable. On peut énormément apprendre de lui. Pone est l'exemple même du héros grec qui a survécu à un périple impossible et a trouvé le chemin du retour.

Quel est le sens de la vie ? Certains diront qu'il s'agit de profiter de chaque instant, d'autres que c'est le nombre 42, en référence à Douglas Adams, mais en fin de compte, la réponse est forcément l'amour.

Si les « Enseignements de Pone » existaient, leur philosophie pourrait se résumer aux paroles de la chanson « Nature Boy » : « La chose la plus importante que tu peux apprendre, c'est d'aimer et d'être aimé en retour. »

Kate Bush

Chapitre 1
Un peu plus près

(1)

J'ai mis plus de deux ans avant d'écrire ces lignes.

Ce n'est pourtant pas faute d'y avoir été encouragé. Mais avant, je devais me reconstruire, retrouver une forme d'équilibre, de sérénité. Et puis écrire un bouquin sur ma vie, moi qui n'aime pas parler de ma personne, j'ai dû faire mûrir l'idée.

Je suppose qu'il faut commencer par un genre d'état civil. Je suis né pendant l'hiver 1973 à Toulouse et mon cœur s'est arrêté de battre en février 2017 dans le service de réanimation de l'hôpital d'Albi (j'ai aussi pensé qu'il fallait un peu de sensationnel).

On m'y a trachéotomisé, placé sous respiration mécanique et sous gastrostomie, pour toujours. Je faisais alors 39 kilos pour 1,77 m. J'étais à un stade de dénutrition si avancé qu'il suffisait à engager mon pronostic vital. On m'a alors plongé dans le coma pendant une vingtaine de jours. C'est là, entre la vie et la mort, que j'ai commencé à me reconstruire.

Je ne suis pas une victime de guerre, mais j'ai un ennemi qui m'a terrassé : la maladie de Charcot. Elle frappe n'importe qui à n'importe quel âge, sans prévenir.

J'écris ces phrases avec mes yeux grâce à un logiciel de poursuite oculaire car je suis totalement paralysé et muet – tétraplégique et aphone, pour employer les termes exacts.

Je n'ai plus quitté mon lit médicalisé depuis des années, je suis toujours sous assistance respiratoire lourde, je suis alimenté par sonde gastrique et je n'ai aucun espoir d'amélioration selon la science. Malgré cela, je suis heureux.

Aujourd'hui est merveilleux quand on a cru mourir hier, mais pas seulement, c'est plus que ça.

(1b)

À un moment de la maladie, je ne tenais plus à la vie. Il m'est même arrivé d'envier les morts, jamais je n'aurais cru cela possible. Quand j'entendais aux infos qu'Untel était décédé, je ne pouvais m'empêcher de penser : « Lui au moins, il est en paix. » C'est seulement quand j'ai vu la mort en face que je me suis dit que finalement, j'allais essayer de rester encore un peu. Envier la paix éternelle est une chose, affronter la faucheuse une tout autre.

Mais je ne vais pas (encore) plomber l'ambiance.

Chapitre 2
Régine

(2)

Pour parler un peu de mon enfance, mes parents, Anne et Jacques, se sont séparés assez rapidement. J'ai très peu de souvenirs de nous trois ensemble. Quelques disputes, des cabanes avec les fauteuils du salon en regardant *Les Sept Mercenaires*, et deux-trois Noëls.

J'ai grandi au faubourg Bonnefoy, juste en face de l'école juive tristement célèbre pour les attaques de 2012. Mais quand j'étais petit, l'établissement n'existait pas encore. À la place, il y avait Unil, une usine d'huiles industrielles. Avec ma bande, on avait l'habitude de se planquer dans les gros bidons vides lors de nos chasses à l'homme géantes.

Je n'ai rien de vraiment passionnant à raconter sur mon enfance. J'étais un garçon heureux et rêveur qui faisait marrer ses camarades de classe. J'aimais dessiner, jouer au foot et au rugby, traîner avec mes potes et me baigner dans la piscine de mon voisin, l'illustre Georges Giesper, un grand entrepreneur du coin. J'aimais aussi jouer dans son entreprise de construction, particulièrement dans le garage où étaient entreposés ses camions. Dont mon préféré, le Magirus, tout bleu. Je rentrais souvent plein de cambouis, mais aussi avec un Schweppes offert par les ouvriers.

Quand arrivaient les beaux jours, on partait à la chasse aux cerises dans les jardins du voisinage, la nuit, sans un bruit. On était toute une équipe, mais je gardais secret l'emplacement du trésor du quartier, l'abricotier de M. Pujol.

C'était l'époque du *Muppet Show*, des chanteurs éphémères comme Chris de Burgh, des Adidas Nastase, des goals volants, du Tang et des Treets. On allait fêter les victoires du Stade toulousain sur la place du Capitole avec les Graziani, on mangeait au Flunch, on jouait au bowling à Mammouth et on s'amusait au mini-golf de Périole.

Et puis il y a eu la rencontre avec le hip-hop. Le premier coup de foudre de mon existence – et le plus long, puisqu'il dure toujours. J'ignorais encore l'impact global qu'il aurait sur ma vie, mais émotionnellement, c'était très fort, un peu comme dans un film à l'eau de rose avec Queen Latifah.

La première déferlante du mouvement hip-hop s'appelait smurf, une appellation presque risible. Mais ce qui arrivait derrière était du sérieux. Avec les copains, comme tous les jeunes du monde, on breakait sur des cartons. Le vecteur était l'émission *H.I.P. H.O.P.* sur TF1, avec l'animateur Sidney. J'avais dix ans. Je ne vois aucun autre phénomène culturel d'une telle ampleur. En un éclair, toute la planète s'était mise au diapason d'un quartier de New York : le Bronx. Même pour la kermesse de fin de CM2 dans ma petite école de bonnes sœurs, ça smurfait.

Ce mouvement était pur, si pur qu'il n'était pas encore consolidé, les leaders n'étaient pas apparus publiquement. Alors l'effet de mode disparu, on a cru à un énième phénomène venu des States. C'est assez singulier qu'un mouvement précède ses stars, cela ne peut vouloir dire qu'une chose : il vient de la rue.

Des équipes de « grands » se formeront un peu partout dans l'Hexagone. J'étais trop petit pour suivre, mais le rendez-vous était pris. On se retrouverait.

(3)

À l'adolescence, on a déménagé avec ma mère à Arnaud-Bernard, le seul quartier populaire du centre-ville de Toulouse. C'est là que tout a basculé. Elle travaillait à l'hôtel Arnaud-Bernard, place des Tiercerettes, et on y habitait. J'étais dans une chambre au rez-de-chaussée avec mon pote Jean, le fils du propriétaire.

J'avais une passion pour les jeux vidéo et, maintenant que j'habitais en ville, j'ai commencé à fréquenter les salles de jeux. Il y en avait cinq à Toulouse : le Star, rue Bayard ; Fermat, rue Gambetta ; les Arcades, place du Capitole ; le Cap Wilson, aujourd'hui la Fnac ; et la Cible, rue des Trois-Journées, ma favorite. Il m'arrivait de sécher les cours pour m'y pointer le matin. Je passais le balai et le patron me payait en parties. C'était mon univers. Avec les potes, on tournait de salle en salle à la recherche du dernier jeu vidéo, d'un défi au baby-foot, ou juste pour tuer le temps.

J'avais horreur de perdre, ça m'obligeait à être bon. Il y a quelque temps, mon père me rappelait que lorsque j'avais neuf-dix ans, des grands me payaient des parties aux jeux vidéo des bars pour que je leur montre comment franchir certains niveaux de jeux comme Moon Patrol, Dig Dug ou Gyruss. J'ai toujours été un garçon de passion et de performance. Je le dis sans prétention, je suis juste comme ça. Je ne conçois pas de faire quelque chose moyennement, je dois être le meilleur. Du moins tout faire pour.

J'ai un genre de devise, même si je n'aime pas trop le terme : « Être le meilleur sans me prendre pour le meilleur. »

C'est extrême, mais je pense que la vie ne vaut la peine d'être vécue que si l'on tend vers l'excellence. Mais je conçois qu'on ne soit pas tous de cette trempe, ça serait un beau bordel sinon.

(4)

Avec tout ce temps passé dans les troquets et les salles de jeux, j'enrichissais mon éducation musicale. C'était l'explosion des radios libres et dans ces lieux, elles tournaient en permanence. J'adorais Dire Straits, Police, Michael Jackson, Madonna, Depeche Mode, U2… Je commençais à être mordu, je ne tarderais pas à devenir un consommateur actif.

Au Cap Wilson, il y avait Dany Disc, un disquaire assez pointu qui avait dans sa vitrine une cassette qui me faisait de l'œil. Il s'agissait de *Raising Hell*, le troisième album de Run DMC. Je passais tous les jours devant mais il était cher : 80 francs.

L'émission *Les Enfants du Rock* leur avait consacré un reportage et diffusait leurs clips. Le présentateur, Philippe Manœuvre, arborait même leur mythique tee-shirt noir, rouge et blanc. J'étais immédiatement devenu fan. *Les Enfants du Rock* avaient fait de moi un enfant du rap.

Et puis forcément, un jour j'ai craqué. J'ai acheté la fameuse cassette avec mes économies. Je devais avoir treize ans. C'était mon deuxième achat musical puisqu'un an plus tôt j'avais acheté le 45 tours *L'Œil du tigre* de Survivor, la BO de *Rocky III*. Un titre prémonitoire, aujourd'hui je fais tout avec les yeux.

Cet achat a probablement changé ma vie. Avec Run DMC, je retrouvais le hip-hop.

(5)

Au collège des Chalets, j'étais le seul à écouter du rap. L'ambiance était plutôt Gold, Image et Jean-Pierre Mader, stars d'une ville qui, il n'y a pas si longtemps, était encore un grand village.

J'étais un marginal dans mes goûts musicaux et vestimentaires, mais je m'en foutais. J'avais un badge Run DMC que j'arborais fièrement sur ma veste en jean, mais on le confondait souvent avec un badge RMC. Je kiffais aussi LL Cool J et Ice T. J'ai toujours été très sensible à la musique mais là, c'était autre chose. Je sentais que c'était fait pour moi.

Je me souviens d'avoir été bouleversé par « Brothers in Arms » de Dire Straits, écouté avec mon walkman Aiwa, assis au fond du bus de retour de classe de neige. J'adorais Prince, Duran Duran ou Eurythmics, mais petit à petit, le rap allait tout balayer.

(6)

Durant la première des trois secondes que j'ai faites au lycée Saint-Sernin (non pas que j'étais un cancre, j'étais juste ailleurs), je me souviens précisément m'être dit qu'il fallait que je sois acteur de ce mouvement. Le rêve allait devenir un objectif. Mais je n'avais aucun talent musical, ni aucune perspective dans ce domaine. Ce que j'ignorais, c'est que ce mouvement possédait plusieurs facettes. Aujourd'hui, on dénombre cinq disciplines dans le hip-hop, mais à l'époque, ce n'était pas si limpide.

J'étais déjà mordu de dessin, de peinture, et c'est sur le chemin du lycée, de bon matin, que j'ai été frappé d'un genre de révélation.

Il y avait trois terrains vagues à Arnaud-Bernard : le trou aux bananes, rue Gramat, le légendaire îlot Castelbou, dont j'ignorais encore l'existence, et le terrain de la rue d'Embarthe, ma rue (entre-temps, on avait déménagé à 200 mètres de l'hôtel). Ce dernier avait une partie visible et je passais tous les jours devant. Ce matin-là, quelque chose avait changé.

Je marche, l'entrée du terrain vague est à ma gauche. Après quelques pas, je perçois un truc coloré sur un mur perpendiculaire à la rue. Ce que je m'apprête à découvrir va changer ma vie sans me laisser le choix. Un immense graff apparu dans la nuit me laisse bouche bée. Le choc digéré, j'observe, j'analyse, c'est le truc le plus cool que j'ai jamais vu. Un lettrage simple, fait de nuances bleues avec un personnage sur la droite. Il est écrit « Régine » et c'est signé « Yank ».

Il y a derrière l'œuvre toute une atmosphère, toute une culture, une ambiance, ça transpire, un mouvement sans nom. C'est le trait d'union entre deux de mes passions : le dessin que j'adore, et le hip-hop que j'attends comme un enfant attend ses parents.

Il fallait que j'en sois.

Pourquoi Régine ? Je ne le saurai probablement jamais, mais j'aime penser que c'est une histoire d'amour, moi qui ai toujours tout construit par amour. Le point de départ de cette aventure serait-il lui aussi l'émanation du plus beau des sentiments ?

(7)

Ça ne s'appelait pas encore hip-hop, ou alors je l'ignorais. Je ne connaissais que deux termes : « rap » et « smurf ». Pour moi, hip-hop, c'était l'émission de Sidney. Mais j'étais sûr d'une chose : dans ce mouvement, on utilise des surnoms. Il me fallait le mien.

J'avais l'habitude de griffonner en cours, des trucs plutôt fantastiques vu qu'on jouait pas mal aux jeux de rôle. Mais depuis que j'avais croisé Régine, je ne dessinais plus que des lettres. Et je me cherchais un pseudo.

C'est ma passion pour le jeu vidéo qui allait me le donner. Le personnage de mon jeu favori du moment, *Bubble Bobble*, était un petit dragon cracheur de bulles. Lorsque les bulles éclataient, l'onomatopée « PON » s'affichait à l'écran. J'ai rajouté un E parce que la mode était aux noms finissant par « one », et j'ai commencé à dessiner des lettrages. Rien de transcendant, mais ce nom me plaisait. Il avait un côté graphique, équilibré et harmonieux. C'était décidé, je me nommerais Pone.

Une après-midi en cours d'économie, je demande à aller aux toilettes avec une idée derrière la tête et mon marqueur Posca bleu en poche. Je choisis un mur immaculé des couloirs de Saint-Sernin et j'y écris « Pone », en forme de fleur.

Un pote me prend en flag et me dit : « Mais tu tagues ?! » Je lui réponds : « Je quoi ?! » Je venais d'apprendre le terme. Ce geste irréversible avait fait de moi un tagueur. J'avais mis le pied dans une communauté, presque une société secrète. En deux coups de Posca, ma vie bascula.

Les gribouillis de mon quartier sont alors devenus lisibles. Tout s'est illuminé. J'avais ma pierre de Rosette. Je ne le savais pas encore, mais j'habitais au cœur de La Mecque régionale du graffiti. Je faisais désormais attention à tout. Un univers inconnu allait se révéler.

Il était pourtant là depuis le début, invisible, attendant que je le découvre.

On était fin 88.

(8)

Avec mon meilleur ami Julien, on est partis à la découverte de notre propre quartier. Bien sûr je lui ai montré Régine, mais le joyau de la couronne était ailleurs, à l'abri des regards. Un terrain vague de la taille d'un terrain de foot était niché au cœur du quartier, à un jet de pierre de la place Arnaud-Bernard. Il suffisait de sauter une palissade en bois qui était sous notre nez depuis le début, comme dans un film d'aventures.

Je n'oublierai jamais ce moment, le choc de mon adolescence. Indiana Jones qui découvre l'Arche d'Alliance, ou plutôt Bambi qui découvre la neige, vu que j'ignorais l'existence de ce trésor, tout en le cherchant.

Je pense qu'on y est resté une bonne partie de l'après-midi. Il y avait des graffs sur tous les murs, des tags à foison. Aujourd'hui encore, je pourrais décrire chacun d'entre eux, dire à quel emplacement il était et qui l'avait peint.

Trois crews (équipes) étaient principalement représentés : les TAA, les premiers graffeurs du coin, les LTP, et les légendaires BBC, un crew parisien qui avait dû entendre parler du spot.

On se sentait bien là. C'était beau, coloré, paisible, ensoleillé, avec cette sensation d'être dans un endroit secret.

Une découverte magique.

On y venait pour passer du temps, admirer les graffs avec une bouteille d'Oasis. On ne pouvait pas s'empêcher de jouer au jeu de piste grandeur nature qui s'offrait à nous : qui avait fait ça ? comment ?

On a tout analysé : la moindre signature, la moindre bombe, le moindre cap. On menait l'enquête vu qu'on n'y croisait jamais personne. Et un nom attirait notre attention.

(9)

Le lycée Saint-Sernin est situé dans le quartier Arnaud-Bernard, mais sur les trois immenses portes d'entrée était graffé en lettres d'or : LTP, une lettre par porte. C'était l'acronyme de La Terrasse Posse, un crew de graffeurs du quartier de la Terrasse, au nord de Toulouse. On a tout de suite fait le lien avec le terrain vague. Pour nous, c'était un peu comme s'ils disaient : « On est chez nous. » Ils avaient à peu près notre âge, mais ils étaient nettement plus expérimentés que nous. Ils allaient devenir des rivaux, puis des ennemis, et pour finir, des amis.

Pour l'heure, il nous fallait du matos. On réglerait la question territoriale après.

L'îlot Castelbou était jonché de bombes Dupli-Color, les LTP avaient visiblement un filon, il nous fallait le nôtre. Avec Julien, on fréquentait un magasin spécialisé en graphisme pour y acheter des feutres ou de la peinture pour figurines de jeux de rôle.

Un jour, on s'est aperçus qu'ils avaient des bombes, et pas n'importe lesquelles, les meilleures au monde, les Buntlack. À 80 francs pièce (une petite fortune), il n'était pas envisageable de les acheter. Alors on les a empruntées (bon, ça va, on les a volées). Une par une au début, pour tester s'il n'y avait pas un piège, puis cinq par cinq, dix par dix, cinquante par cinquante avec un gros sac de sport, une razzia. C'était hallucinant. Les caissiers étaient aveugles, ou endormis. On en sortait des quantités astronomiques. Ils devaient aussi être sourds, parce que malgré nos précautions, le cliquetis des bombes dans le sac ne les alertait pas. On vidait le rayon et le lendemain, il était plein. Comme si l'on nous disait : « C'est bon, les gars, allez-y. » Je n'en suis pas fier, mais on ne le voyait pas comme quelque chose de mal. Et puis, il y avait un code éthique débile qui disait qu'un graffeur devait voler ses bombes.

Après un mois, on avait transféré le stock du magasin chez moi, dans ma petite chambre, au calme. Des centaines de bombes. Il y en avait pour des dizaines de milliers de francs.

Entre-temps, Julien s'était trouvé un nom, « Sound », et on a commencé à faire des virées tags nocturnes. C'était tellement excitant. Un shoot d'adrénaline pure mêlé à ce sentiment d'appartenir à une communauté secrète.

On avait seize ans, l'âge de tous les possibles.

(10)

Un soir, Julien pose un tag sur une poubelle derrière le Palais des sports. Interrompu par la police, il n'écrit que « Soun ». Lorsque, quelques instants plus tard, on revient pour finir, je lui dis : « Non, laisse comme ça et mets un E. »

Je trouvais que Sound c'était trop bateau. Soune, c'était plutôt original et graphiquement plus fort.

Je dis « interrompu » par la police, mais ce n'est pas tout à fait exact. À l'époque, on était invisibles pour la flicaille. Ils se contrefoutaient des tags. Comme toute la populace, les flics n'avaient pas saisi le truc et pensaient avoir affaire à des anarchistes ou à des paumés après un chagrin d'amour.

Je me souviens qu'un pote s'est fait choper alors qu'il taguait en ville. Il s'est mis à courir et après quelques centaines de mètres, le voilà pincé. Quand les flics l'ont fouillé et qu'ils ont trouvé la bombe, ils lui ont dit : « C'est pour ça que tu cours ? Faut pas faire ça, on croyait que t'étais un voleur. » Mœurs qui changeront radicalement quelques années plus tard avec la création des brigades anti-tags, notamment.

Je dois dire quelques mots sur mon ami Julien. C'était un écorché vif, en ce temps, suite au décès de sa maman. Je l'ai connu juste après et depuis, on se considère comme frères. Ma mère l'appréciait également beaucoup, il était souvent chez nous. C'est la deuxième personne en dehors de ma famille à m'avoir fait sentir qu'il m'aimait. Un jour où je faisais du vélo place du Capitole, je l'ai vu débarquer sur son BMX. Il m'a dit : « Je te cherchais. » Je lui ai demandé pourquoi, et il m'a répondu : « Comme ça. »

Le premier à m'avoir fait ressentir ça, c'est mon copain Philippe, le fils de ma chère marraine. À son passage en sixième, il avait caché sa boîte à biscuits remplie de billes dans l'arbre de mon jardin. Puis il m'avait téléphoné pour me dire : « Si tu veux mes billes, va falloir grimper. » À cet âge-là on ne se dit pas je t'aime, on se le montre.

Avec Julien, on se ressemblait beaucoup, tout en étant très différents. On était deux passionnés. On se foutait des filles, et on se cherchait un destin, quelque chose de grand.

On ne pouvait pas aller quelque part sans taguer. On a même déchiré la maison de Shakespeare lors d'un voyage scolaire à Londres. On avait déjà éclaté notre lycée, à la bombe et en plein jour, entre les cours. On adorait le tag. Son côté existentiel y était probablement pour beaucoup, mais la finalité c'était le graff, qui semblait inaccessible.

(11)

Un soir, dans ma chambre, alors que je contemplais notre stock de bombes (ah putain, c'était magnifique), j'ai pris une feuille, mes feutres, et j'ai dessiné la maquette de ce qui serait notre premier graff avec Julien, le « Syncop ». Je la lui ai montrée le lendemain, on a fixé le jour et on s'est lancés.

Équipés d'une échelle, car tous les spots étaient pris, on a fait notre premier graff au terrain vague, à la vue de tous. Il n'avait rien d'extraordinaire, mais c'était le nôtre. Je comparerai cette sensation à un premier album de musique, très fort émotionnellement et un plaisir démesuré avant, pendant et après.

Ça a fait un peu de bruit car on avait peint à la Buntlack (personne ne faisait ça) et parce qu'on sortait de nulle part, mais à l'époque, on était tous dans notre coin, on ne se fréquentait pas, personne ne connaissait personne.

On n'avait pas le niveau mais on kiffait. C'est dans le magasin de graphisme où l'on se fournissait qu'on allait avoir la confirmation de nos lacunes. Il y avait tout un rayon avec des bouquins d'art, et un jour qu'on feignait de s'y intéresser pour faire diversion, on est tombés sur deux livres qui allaient changer notre vision du graffiti : le *Subway Art* et le *Spraycan Art*. À l'intérieur, il y avait des dizaines de photos qu'on a disséquées une à une. Deux membres des TCA m'ont traumatisé à vie : l'Anglais Mode2 et le Français Bando. Voir des gens qui avaient la même passion mais qui étaient à des années-lumière de nous niveau talent avait quelque chose d'extrêmement motivant.

On s'était jetés dans la mêlée sans tenir compte des deux règles fondamentales du graffiti : la maîtrise de l'outline (en gros la technique, qui nous faisait défaut) et les règles typographiques de base. On s'en rendait bien compte.

Malgré tout, ça nous avait énormément plu de faire ce premier graff, on était piqués. Ça allait devenir central, obsessionnel. On était bien décidés à rattraper ces lacunes et on allait s'y atteler de façon professionnelle.

(12)

Il nous fallait un nom de crew, alors on a monté les ABS, pour Arnaud-Bernard System. On était déjà une bande de potes qui avait pour habitude d'arpenter le centre de

Toulouse tard dans la nuit, à chercher l'action, l'idéal pour taguer.

C'était l'époque où le bien et le mal étaient parfaitement inversés. Faire le mal était cool et faire le bien un signe de faiblesse. Le travailleur était un trimard, le mec sympa un cave, le voyou une référence. Je dois dire que j'étais assez mal à l'aise avec ça, sans pour autant pouvoir le verbaliser. Voler des bombes, c'était autre chose, un truc vital, comme si je volais de la nourriture. Mais faire du mal à quelqu'un, c'était différent. Non pas que j'étais un saint, mais une forme d'empathie m'en a toujours empêché.

Surtout qu'on avait quelques gros bagarreurs dans la bande, notamment Momo, 1,90 m, ceinture noire de taekwondo. Sa spécialité : le coup de pied retourné sur les rugbymen alcoolisés qui cherchaient gratuitement les histoires en fin de soirée, sur la place Arnaud-Bernard. KO instantané. Autant quand c'était gratuit, ça ne me plaisait pas, mais quand c'était mérité, j'appréciais le spectacle.

Dans les ABS, il y avait aussi Fouad (Ouad) et son petit frère Djamel, Numa et son petit frère May, Slah (Arone), Fouzi (Zifou), Farid (Diraf), Gaël (Guigoul), Édouard (Shade), Nordine, Ouis (Tober), François (Néon puis Don Choa), Médérick (Démé), Dany, Des, Momo (Chak), puis Brone s'est joint à nous.

On était les mecs d'Arnaud-Bernard. On ne craignait personne dans tout le centre-ville. Enfin presque personne.

(13)

À la fin des années 80, les skinheads avaient pignon sur rue à Toulouse. Ils faisaient des ratonnades, ils organisaient des soirées dans des boîtes louches, et ils avaient même un QG derrière la place du Capitole, chez un tatoueur à présent installé à Paris. Je suis d'ailleurs tombé sur un reportage télé il y a quelques années où il était présenté comme le tatoueur des stars. Je tairai son nom, mais je peux vous dire qu'avant de dessiner des papillons sur les chevilles des starlettes, il a tatoué quelques croix gammées sur des pectoraux.

On s'est fait plusieurs fois chasser et tabasser par des skins ou leurs sous-fifres pas assez courageux pour se raser la tête, déguisés en Mods ou en Rockabilly. Il n'était pas rare de tomber sur une telle équipe pendant la journée, en plein centre-ville.

Ils ont même poussé l'audace jusqu'à débarquer au beau milieu de l'après-midi à Arnaud-Bernard. Je n'oublierai jamais cette Renault 5 blanche freinant brusquement au bout de la place. Cinq skins déterminés en sont descendus. Crânes rasés, Doc Martens aux lacets blancs, jeans serrés, bombers et petits bonnets noirs : impossible de se méprendre.

Ce qu'on ne peut pas leur enlever, c'est qu'ils avaient des couilles, ou alors ils étaient inconscients. On était des gamins, c'est vrai, et eux des gaillards, mais de là à nous attaquer chez nous… Autant vous dire que ça n'a pas bien tourné pour eux.

Mais le mal était là, et il fallait agir.

(13b)

Je ne sais plus qui est à l'initiative de la grande chasse aux skins de 1990. Je pense que ce sont les mecs de la Reynerie, notamment Saïd, avec qui je m'entraînais au boxing Saint-Sernin. Le grand Bonis, un des tout premiers rappeurs toulousains, était sûrement dans le coup aussi.

Toujours est-il qu'on s'est joints à eux pour former une milice d'une centaine d'individus prêts à en découdre. Il y avait aussi les mecs de Bagatelle, menés par leur champion Djamel Ouertani (repose en paix), dix-sept ans tout juste et déjà un colosse. Les grands de la Gloire étaient de la partie, ainsi que les Pradettes et la Faourette. Tout ce que Toulouse comptait de virulent était là, avec je dois dire, un certain parfum Zulu Nation.

Je n'étais pas un bagarreur mais j'étais présent, disons en spectateur actif. D'autres n'étaient pas là pour regarder. Ils étaient jeunes mais cognaient dur, avec la haine. C'est là que pour la première fois, j'ai vu quelqu'un ouvrir le feu avec un flingue. C'était une boucherie, des haches, des machettes, des manches de pioche, chacun avait apporté son arme maison aiguisée de sa détermination.

On a débusqué les fachos partout où ils squattaient. Je me souviens de ce bar vers la place Esquirol, qu'on laissera comme une taverne de matelots après une rixe d'enfer.

Cette purge mettra un sérieux coup d'arrêt au mouvement néonazi toulousain. Nombre d'entre eux ont réfléchi à deux fois avant de renfiler leur uniforme. Certains sont même devenus tagueurs.

(14)

On commençait à graffer régulièrement avec Julien. Le reste de la bande s'y intéressait, mais à quelques exceptions près, ils pratiquaient un tag loisir. On avait tout de même un crew qui ressemblait à quelque chose.

Au sein des ABS, on avait une section rap : les TALP. Elle était constituée de Dany, Tober, Don Choa et Démé. C'était une fierté pour nous. Ils étaient bons, ils faisaient des petits concerts, ils étaient invités dans les quelques émissions de radio hip-hop et on y débarquait tous. Surtout à FMR, qui était alors aux Minimes, pas loin de chez nous. C'est vraiment de bons souvenirs et, quelque part, mon premier pas dans la musique, même si c'était très loin d'être formel. De la musique pour le plaisir, le vrai truc.

Un des animateurs de la radio s'appelait Poupa Christopher. Il avait une quarantaine d'années et c'était un puits de science en ragga et en rap. Mais avant tout, Christopher était un immense spécialiste de reggae. Chez lui, à La Reynerie, je découvrais son mur de disques, une collection monstre qu'il aimait partager avec nous. On se délectait à chaque nouveau vinyle qu'il jouait. Je pense qu'à cette époque, il avait la plus grande collection de disques de ce genre de la région. Il m'a donné envie de collectionner la musique à mon tour et c'est à ce moment-là que j'ai acheté mon premier CD : un album live du groupe BDP.

(15)

On zonait partout dans la ville, toujours accompagnés d'une myriade de tags. On étendait notre territoire. Un beau jour, on a entendu parler de l'ancienne manufacture de tabac, au bord du canal, à quinze minutes d'Arnaud-Ben. Il y aurait plein de graffs là-bas. Alors on y est allés.

C'était un ensemble de bâtiments industriels désaffectés (aujourd'hui c'est une fac). Il fallait sauter un grand portail bleu et on y était. Il y avait des rues, des places, des bâtiments en briques de plusieurs étages, des sous-sols, des arbres, des trottoirs défoncés par la végétation, des ascenseurs en panne, c'était incroyable. On se serait cru après l'apocalypse.

Au troisième étage de l'immeuble principal, il y avait une rampe de skate. On a même trouvé une affichette à propos d'une soirée clandestine qui avait eu lieu ici. L'endroit vivait. Autant vous dire que je ne me serais pas promené là de nuit pour tout l'or du monde. Déjà qu'à dix et en pleine journée on hésitait à visiter les caves… Il y avait une atmosphère irréelle. On s'attendait à tout là-bas. Si on nous avait dit qu'il y avait un ours polaire à l'étage, on serait allés voir.

Les potes de l'époque à qui j'ai fait lire ce chapitre m'ont tous dit : « Putain… la manufacture… »

Il y avait plein de murs, graffés ou vierges. Quel incroyable terrain de jeu. On s'y rendait presque tous les jours pour peindre, s'amuser. On y faisait des chasses à l'homme géantes, des cache-cache, et un jeu où l'on désignait deux équipes : l'une s'installait dans un bastion et l'autre devait l'en déloger. Nous étions pour cela armés de milliers de carrés rouges en plastique à l'effigie de la Seita. C'était des moments simples, où on était juste des gamins qui se comportaient comme tels.

Mais quelque chose nous ramenait à la réalité, ou plutôt à la rivalité. Toujours les mêmes tags qui nous précédaient : LTP.

(16)

On admirait leur travail, surtout les créations de Gode et Ceet. Mais ça commençait à nous gonfler de les voir partout. Quand ils venaient graffer dans les terrains vagues de notre quartier, ils en arrosaient de tags toutes les rues.

Ils avaient peut-être commencé avant nous, mais ils étaient chez nous. Quand on a appris que leur quartier était immaculé parce qu'ils s'interdisaient d'y taguer, ce fut la goutte de peinture qui fit déborder le vase. Une nuit d'hiver, on a organisé une expédition punitive (de tags) chez eux. On a éclaté leur quartier.

On avait un pote en commun avec les LTP, et il était chez moi le lendemain. Il a téléphoné à Gode en mettant le haut-parleur. Je me souviens de cette discussion comme si c'était hier. « Putain, je regarde par la fenêtre, y en a partout ! Ils ont même déchiré l'église ! Là, c'est la guerre. »

On s'est alors donné rendez-vous pour en découdre physiquement. Ça s'est passé devant le lycée Saint-Sernin en fin d'après-midi. Il y avait une trentaine de protagonistes mais il n'y eut qu'un seul coup de donné. Un mec de notre équipe a demandé qui était le plus fort de la leur. Un costaud est sorti du rang et il s'est pris une baffe de daron. Ça a calmé tout le monde.

On a alors décidé de régler le conflit par un match de foot, qu'on a gagné (greffier, veuillez noter que Ceet me dit aujourd'hui qu'ils ont gagné 9-0 et qu'il a marqué tous les buts). L'ambiance s'est détendue. Puis j'ai fait un graff « ABS » avec Ceet, et la hache de guerre était enterrée.

De toute façon, je ne pouvais pas concevoir d'être en mauvais termes avec des gens qui partagent ma passion.

(17)

J'étais au lycée avec Don Choa, pas dans la même classe mais on avait sport ensemble. On se fréquentait au quartier mais une amitié qui dure toujours était en train de naître. J'allais souvent chez lui, on parlait musique, surtout rap et ragga, on jouait aux échecs avec son père et on passait des nuits entières chez son voisin David pour jouer à *L'Appel de Cthulhu*, un jeu de rôle.

La vie de bande m'intéressait de moins en moins. J'en avais fait le tour. On passait des soirées marrantes à se chambrer, mais avec un fond d'humiliation, comme dans tous les quartiers. Ça ne me plaisait qu'à moitié. On rigolait mais c'était sérieux, je pense qu'on se prenait trop au sérieux. Et puis certains glissaient vers une forme de délinquance. C'est là que j'ai commencé à m'éloigner.

J'étais toujours passionné de graffitis mais, même avec Julien, ce n'était plus comme avant. On n'arrêtait pas de se prendre la tête pour des broutilles, comme un vieux couple.

C'est à ce moment que le terrain vague m'a offert une autre révélation, plus magique encore, et plus ou moins consciemment, j'allais la suivre.

Un jour qu'on était en train d'y graffer, Skipper a débarqué. Il était accompagné de son ghetto-blaster, comme à l'accoutumée. On était habitués à y entendre King Sun, EPMD, Rakim ou Lakim Shabazz… Là, c'était le même genre de sonorités East Coast, mais je distinguais des mots français.

Skipper, c'était un électron libre du milieu toulousain. Il venait de la région parisienne et était le parfait B. Boy. Il rappait, dansait, taguait, graffait et c'était un badboy. Avant tout, c'était un poto qui partageait les mêmes passions que moi. J'ai immédiatement demandé : « C'est quoi ça ? – C'est Chill, d'IAM, les Marseillais », a répondu Skipper.

Quelqu'un l'avait fait : transposer le rap américain en français. Il y avait bien eu Sydney, Lionel D ou la bande de Destroy Man et Jhony Go, mais ça sonnait trop terroir, et nous, c'était d'Amérique qu'on rêvait.

C'est avec une cassette produite par le Massilia Sound System, *IAM Concept*, que pour moi le rap français était né. Et Skipper avait reçu cette cassette mythique des mains de Chill (Akhenaton) en personne. Il était allé la chercher à Marseille. Dans ma tête la graine était plantée, le rap : le rêve d'après.

On pouvait le faire en français. Ça a ouvert tout un pan de mon esprit. Si j'avais su à cette époque que huit ans plus tard je sortirais mon premier album produit par ces mêmes IAM, j'aurais davantage cru marcher sur la Lune.

Depuis, je pense que Marseille est la capitale du rap, Paris étant certainement la capitale du hip-hop. Il y a bien quelques tagueurs, danseurs et autres acteurs du mouvement, mais Marseille n'est pas hip-hop, elle est la cité aux 10 000 MCs, définitivement rap.

(18)

Quelques mois plus tard, je découvrais un autre groupe en train de changer la face du hip-hop français et ma perception du rap. La révolution portait un nom : Nique Ta Mère. Avec NTM, le rap français a pris un des virages les plus importants de son histoire. La foudre de Joey Starr et le rap posé et conscient de Kool Shen ont donné envie de rapper à toute une jeunesse française. Ce sont les premières stars du mouvement, peut-être même les premières stars banlieusardes et fières de l'être (excepté Renaud). C'était un véritable phénomène de société, sur fond de violences de bandes, gros titres dans les JT et mouvement hip-hop. Par la suite, il sera l'un des rares groupes de rap à franchir les frontières culturelles, allant jusqu'à compter dans leurs fans, métalleux, hipsters, bobos et punks à chiens.

Nous aussi, on aura nos stars du mouvement à Toulouse, mais dans le graffiti. Avec des artistes d'envergure internationale tels que Tilt, Der ou Ceet. Les filles aussi seront de la partie, avec les talentueuses Miss Van ou Fafi.

Le rap n'était pas pour autant en reste. Au début des années 90, il y avait quatre groupes sur Toulouse, à ma connaissance. Les Kool du Mouv de mon pote Bonis, mes amis les KDD, les TALP, notre groupe, et enfin Bouducon Production, également d'Arnaud-Bernard. On se fréquentait un peu, même s'ils n'étaient pas de la même génération que nous. Et puis, ils avaient un délire assez singulier, avec du rap en occitan et des sonorités régionales. C'était assez éloigné de ce que j'aimais, mais ils restaient des modèles. Ils avaient fait un album (dont j'avais réalisé la pochette) et entretenaient de solides connexions avec le Massilia Sound System, à Marseille. Surtout, on les voyait de près. Si l'on a pour objectif d'intégrer ce milieu, c'est très motivant. Inconsciemment, ça rend le truc accessible, presque banal.

Huit des dix meilleurs joueurs de tennis de table d'Angleterre sont originaires de la même rue à Londres. C'est le parfait exemple de fréquentation positive.

(19)

J'avais bien essayé de rapper, mais c'était ridicule. J'avais aussi fait un stage de sampling d'une après-midi avec Jean Valjean, le beatmaker talentueux de Bouducon Production, mais je n'avais pas le matos et tout ça me semblait si loin. Malgré tout, la musique me cernait à mon insu. Elle ne tarderait pas à déclencher son attaque finale.

Don Choa et Tober étaient partis à Marseille pour un concert de Massilia et IAM, finalement annulé. J'aurais bien voulu partir avec eux, mais c'était ambiance « fraude le train et on trouvera bien un endroit où dormir », pas trop mon délire. Un mois plus tard, Ange B de Bouducon Production me dit qu'il part à Marseille et qu'il reste deux places dans sa voiture. Il va chez Tatou, un des leaders du Massilia Sound System. Je réserve pour Choa et moi. C'est la fin de l'été 91 et je m'apprête à faire un voyage qui transformera ma vie.

On a pris la route en début de soirée, j'avais la boule au ventre. Marseille à l'époque, c'était quelque chose : l'exotisme, mais en France.

Au cours du voyage, alors que je m'étais assoupi, Ange B a ouvert sa fenêtre en grand. On était à 140 sur l'autoroute, j'ai sursauté. Il s'est retourné en gueulant : « Je renouvelle l'air ! » Les minutes qui suivirent furent étranges. Je n'arrive pas à décrire ce que je ressentais. L'impression que le temps et l'espace se mélangeaient dans une confusion harmonieuse. J'étais en fumette, mais ce n'était pas que ça.

J'avais déjà rencontré cette sensation trois ans plus tôt lors d'un voyage à Detroit dans une famille d'accueil. Après avoir passé vingt-quatre heures seul dans le tentaculaire aéroport de JFK (j'avais quinze ans) pour cause de tempête, j'arrivais enfin à destination, au milieu de la nuit. Je me retrouvais dans la voiture de parfaits étrangers sous une pluie diluvienne. Je me suis penché et j'ai posé la tête sur la plage arrière. En contemplant le ciel du Michigan déchiré par les éclairs, j'ai eu cette même sensation bizarre, comme si le destin se mettait en marche. Et là, je n'étais pas en fumette.

Ma fille me dit que j'ai déréalisé. Je ne sais pas trop ce qu'elle veut dire par là, mais j'aime bien ce nouveau mot.

On est arrivés à Marseille après minuit, dans le quartier du Panier. Ange B était toujours au volant, sa copine était devant côté passager et j'étais derrière avec Choa et Claude Sicre, le fondateur des Fabulous Trobadors. On s'est garés en haut de la rue du Panier et à peine le contact coupé, j'ai vu une silhouette s'approcher à toute allure à droite du véhicule. Sans avoir eu le temps de comprendre quoi que ce soit, un jet lacrymogène est entré par la fenêtre, une main a saisi le sac de la malheureuse Sarah et l'individu a disparu avec son butin dans les ruelles obscures du Panier.

Je n'avais pas posé le pied dans cette ville qu'un comité d'accueil très terroir annonçait la couleur.

Bienvenue à Marseille.

Chapitre 3
Cowboys et pêcheurs

(20)

On est restés une dizaine de jours chez Tatou et sa copine Élodie. C'était des personnes charmantes et très accueillantes, je me suis immédiatement senti à l'aise. J'avais besoin de ce changement radical : une nouvelle façon de penser, un nouveau logiciel. J'étais seulement à 400 kilomètres de chez moi mais c'était une tout autre ambiance, un autre mode de vie.

Tatou et son équipe, le Massilia Sound System et son « chourmo », avaient une gamberge bien particulière. Un truc global, à la fois sérieux et léger, artistique et politique. De l'extérieur, on aurait pu les prendre pour des allumés, mais après avoir partagé quelques repas avec eux, j'ai capté que c'était construit, un poil utopique donc séduisant, mais pas con.

Pour résumer, c'était un concept anticentraliste basé sur l'identité régionale. Ils étaient contre l'assimilation culturelle et prônaient entre autres la parabole de la pâte à modeler. Si l'on prend plusieurs barres de couleurs différentes, censées représenter les cultures, et qu'on les mélange, on obtient une belle boule multicolore. Mais si l'on continue de la malaxer, on se retrouve avec une boule grise et moche. Les cultures peuvent cohabiter, mais si elles s'assimilent, le résultat ne ressemble plus à rien. Très actuel.

C'était avant tout de remarquables artistes, entiers. Les fréquenter à dix-huit ans avait quelque chose de grisant. C'était les premières « stars » que je voyais de près, et ils étaient devenus mes potes. Puis c'était des activistes avec des convictions fortes. Difficile de ne pas être séduit.

Après quelques concerts, sardinades et apéros à l'Idéal Bar, il fallait déjà repartir.

(20b)

De retour à Toulouse, tout me paraissait fade. Avec Choa, on planifiait déjà de repartir. D'autant qu'on avait une invitation pour revenir quand on voulait chez les Cowboys. Tatou vivait en couple et n'avait pas notre âge, ce n'était donc pas top pour squatter.

Goatari, le troisième membre du Massilia, nous avait conduits un soir chez ces Cowboys. C'était un appartement au premier étage de la rue Vian, au cours Julien, juste en face de la Maison hantée, lieu historique du rap marseillais puisque c'est la première scène où ont performé IAM et compagnie.

Mathias et Bronsky habitaient cet appart dans un genre de bringue perpétuelle. Bronsky bossait chez Biceps, une friperie branchée de la Plaine, et il avait toujours une nouvelle meuf. En repensant à lui, je dirai que c'était un punk beau gosse qui écoutait du rap. Mathias, que tout le monde appelait Marcel, taffait chez Quetzal, un photographe de la rue de Rome et il était plutôt le gars sérieux du binôme. Il portait souvent une casquette et un Starter des Dallas Cowboys, d'où le nom qu'on leur donnait à tous les deux.

En ce temps-là, les shops sympas n'étaient pas légion à Marseille. Biceps était l'un d'eux. Tout le monde passait par là et Bronsky les invitait chez lui le soir. Il y en avait de l'entourage du Massilia tels que Polo, Boris 51, Gari, Lux B, Jagdish, Goatari et même Jali, des tagueurs comme Abel, Seek, Rayem ou Kame, des mecs de l'Estaque avec Bosco, Kiné, Fafa ou Alain, des rappeurs tels qu'Arno, Kaydee ou Namor, et des DJ en herbe comme Mr No et Djel. Tout ce beau monde se réunissait pour des soirées mythiques. Il y avait aussi Queen K, Céline de son prénom, dont j'allais tomber amoureux.

Pour l'heure, j'étais encore au lycée, en première (enfin) et j'étais totalement largué. J'allais en cours que le matin, et je m'y faisais chier comme un journaliste à une conférence de presse de Didier Deschamps. Je ne songeais pas encore à quitter Toulouse, mais mon esprit était déjà happé par cette ville fascinante où tout était différent, Marseille.

(21)

Aux vacances de Noël, avec Choa, on a pris le train direction la ville la plus pauvre de France. Il n'y avait pas encore de téléphone portable, alors on a débarqué chez les Cowboys sans prévenir. Bronsky nous a ouvert avec son grand sourire, on était les bienvenus. Tout ceci avait un formidable goût de liberté : de nouveaux amis, un nouveau territoire, vaste et passionnant.

J'y débarquais avec un passif de graffeur respectable et on ne tarderait pas à faire des sorties tags, notamment avec Choa, Seek et Bronsky. Le quartier du cours Julien est parcouru de petites rues, parfait pour exercer. C'est aujourd'hui l'épicentre du graffiti marseillais.

On passait aussi des soirées à l'appart à écouter du son et à se marrer. C'était une période très forte musicalement, le début de ce qu'on appellera plus tard l'âge d'or du rap. Nous étions hyper-réceptifs, en phase avec cette nouvelle vague. L'un des plus grands groupes de rap de l'histoire, Public Enemy, était sur le déclin et une quantité de jeunes groupes émergeaient. Gang Starr, Jungle Brothers, NWA, A Tribe Called Quest, 3rd Bass, Showbiz & A.G.… la liste est longue. C'était ça la bande-son de cette époque.

En fin de soirée, n'ayant pas de chambres attitrées, on capotait tous dans les canapés. Un soir où il n'y avait plus d'électricité, on a allumé plein de bougies dans un gros cendrier en verre et on s'est installés autour façon feu de camp. Alors que tout le monde était défoncé, le cendrier a éclaté sous la chaleur et la cire en fusion s'est déversée sur la moquette du salon. Une gerbe de flammes est montée jusqu'au plafond mais personne ne réagissait, comme fasciné par le spectacle. Je ne sais toujours pas comment j'ai pu me décoller du gros fauteuil dans lequel j'étais affalé pour me précipiter à la cuisine et remplir une gamelle d'eau. Au moment où je l'ai versée, ça a réveillé tout le monde. La fumée, mais surtout la puanteur nous avait tous mis à jeun. On a joué aux pompiers puis on est sortis faire un foot sur le cours Julien. Ça puait trop pour rester.

Chaque jour il se passait quelque chose de neuf, un nouvel endroit à découvrir, une nouvelle ambiance, des inconnus à rencontrer. Je me sentais de mieux en mieux ici.

(22)

On est revenus aux vacances de février. À chaque voyage, je repartais le cœur serré. Si bien qu'à la fin de l'hiver 92, j'ai arrêté le lycée sur un coup de tête et je me suis installé chez Céline, à Marseille. J'allais avoir dix-neuf ans.

Elle habitait avec sa mère, son beau-père et son petit frère dans une petite maison des Aygalades, XVe arrondissement, au cœur des quartiers Nord. La vue y était époustouflante. On voyait tout le littoral et la ville jusqu'à Notre-Dame-de-la-Garde. Le genre de panorama qui change tout. C'était si inspirant, cette ville bouillonnante avec toutes ses tours, cette verticalité de l'homme face à l'horizontalité de l'eau.

Je me suis toujours senti chez moi au bord de la mer. Rien d'étonnant, venant d'une famille de pêcheurs de la banlieue barcelonaise. J'ai grandi avec les récits de mon père et de ses frères sur le bateau de Papi en Méditerranée. J'étais fasciné par les histoires de pêches miraculeuses qu'ils racontaient. Comme cette nuit d'encre en pleine tempête, où ils ont remonté soixante cigales de mer, des sortes de langoustes, mais en meilleur – les pêcheurs se les gardent. Il y avait aussi les pêches géantes au thon, une fois l'an. Quand un banc de thons était repéré, la cloche du village sonnait pour prévenir toute la flotte de pêche. Ils appelaient ça « aller aux singes ». Ils encerclaient les 4 000 ou 5 000 thons rouges avec les filets de tous les bateaux et ils les remontaient un par un à la gâche. Ils n'arrêtaient pas tant qu'il en restait un seul à l'eau. Ça pouvait durer deux ou trois jours. Parfois il fallait plonger pour démêler les filets ou remonter les thons noyés, dans une eau rouge sang infestée de requins. Puis ils vendaient leur butin à la conserverie du coin, qui avait pour quelques semaines de mise en boîte.

J'ai moi-même participé à quelques parties de pêche à la traîne étant petit, et j'ai encore gravée en mémoire l'odeur mêlée d'embruns, de poissons et de gasoil. C'était ma mer, j'étais chez moi.

Les Martinelli, la famille de Céline, m'ont adopté comme un des leurs. Ils sont dans mon cœur pour toujours. On jouait à la contrée, aux jeux vidéo, je leur préparais des plats de poisson. Du côté de mon père, ce sont les hommes qui cuisinent le poisson. Ça n'a rien de macho, c'est juste qu'ils rentraient de la pêche à l'heure où tout le monde dort et mettaient le repas en route. Maquereaux au sel pour toute la famille.

(23)

Le temps passe et je me sens bien ici. Je n'ai aucune envie de retourner à Toulouse. Des amitiés sont nées, et comme souvent à cet âge, elles sont puissantes. Particulièrement avec Djel, que je retrouve tous les jours au métro Saint-Charles à 14 heures.

À cette époque, on le surnommait le Maire de Marseille. Il connaissait tout ce que la ville comptait de membres du mouvement. On mettait une bonne heure à traverser la rue Saint-Ferréol tant il s'arrêtait pour saluer les uns et les autres. Ça m'a permis de rencontrer tout le hip-hop marseillais. J'étais encore sous logiciel graffiti, alors j'étais partant pour monter un nouveau crew : les RDR. Un collectif de tagueurs avec Djel, Namor, Seek, Abel, Rayem, Kame, etc. Mais nous étions les seuls vraiment actifs sur Marseille, ce qui veut dire absence de concurrence, mauvais pour la créativité. J'allais me démotiver petit à petit.

Pour l'heure, il me fallait un boulot, je ne pouvais pas continuer à squatter comme ça sans me remuer. J'ai donc commencé le parcours classique : ANPE (Pôle emploi), mission locale, Assédic… Comme je n'avais pas de qualification, ils m'ont envoyé à l'APO, l'atelier permanent d'orientation, au collège Rabelais de l'Estaque. C'était une salle de classe normale, mais avec des femmes enceintes, des mecs qui ne savent pas lire, d'autres qui dorment en prison. Jumanji.

Mon niveau scolaire n'était pas incroyable, mais je détonnais quand même un peu ; en même temps, je me marrais bien. Le midi, je prenais un sandwich dans un bar et je rejoignais mon ami Fafa sur les marches de la gare de l'Estaque. Lui arrivait de la rue Pasteur toute proche, connue alors pour abriter le dernier bidonville officiel de France. Fafa a grandi dans des conditions difficiles, mais il me disait que c'était la vraie vie et qu'il se levait tous les jours avec le sourire, sans eau courante ni tout-à-l'égout, et avec l'électricité piratée des lampadaires publics pour certaines habitations. C'est toujours un ami précieux et l'on se parle quasi quotidiennement.

Je les soûlais avec les graffitis, alors on a fini par me proposer un stage dans une agence de pub pour apprendre le graphisme. J'ai sauté au plafond.

Je me levais aux aurores pour prendre le bus 30 jusqu'à Bougainville, puis le métro jusqu'à la Canebière, et enfin le 8 jusqu'à Bois-Luzy, un quartier paisible où se trouvait l'agence Satory. J'y suis resté quelques mois et j'en garde d'excellents souvenirs. On me faisait faire des logos, des prospectus, des affiches, que je réalisais systématiquement dans un style graffiti. Ça devait les gonfler mais je pense qu'ils m'aimaient bien. J'ai même graffé un métro légalement, vu qu'ils avaient la RTM pour cliente. Mais je sentais bien que je n'étais pas fait pour cette vie, l'entreprise et tout ce que cela implique. Je restais donc à l'affût de la moindre opportunité.

(24)

Contre toute attente, c'est dans un lieu qui était pour moi synonyme d'impasse sociale que j'allais trouver le sésame.

On dit souvent qu'on n'oublie jamais la première rencontre avec les personnes importantes de notre vie, ça m'est arrivé avec un dépliant trouvé à la mission locale. Il était orange, tout en longueur, et il y était question d'un casting pour une école artistique. Ça, ça me causait. J'ai immédiatement noté la date d'une croix rouge dans ma tête.

Ce style de rencards mettait la pression. Il fallait trouver l'endroit, arriver à l'heure, le tout en transports dans les recoins des quartiers Nord. Une mission.

L'audition se déroulait dans un collège et on devait être une quarantaine de jeunes debout dans une salle de classe. On nous a fait passer deux par deux en nous demandant d'improviser une scène de théâtre. Une première pour moi, et je me jetais à l'eau avec Farid de Font-Vert, un parfait inconnu. On a pondu une histoire farfelue de jeans volés et ça a fait marrer tout le monde. Puis, comme dans tous les castings, on nous a balancé : « On vous appellera. »

Je n'ai pas plus de souvenirs de cette audition, si ce n'est l'image de deux silhouettes dans la cour, attendant la prochaine session de casting. Casquettes, jeans serrés, blousons, Air Max, des dégaines de crapules. C'était Christophe

Carmona et Mohamed Ali, plus tard connus sous les noms du Rat Luciano et de Menzo. Ils avaient seize ans.

Une fois encore, l'adage ne mentirait pas. Je n'oublierai jamais cette image, gravée dans ma mémoire comme dans le marbre.

Christophe et Mohamed allaient devenir des personnages centraux de cette nouvelle vie.

(25)

S'en est suivi une attente interminable d'une quinzaine de jours. Puis un coup de fil m'annonça que j'étais pris. Le genre d'appels qui changent un destin. Sur la centaine de prétendants, je me demande encore comment ils ont pu trouver un truc intéressant en moi.

Le projet s'appelait « FDM Dropper ». C'était l'initiative d'un millionnaire philanthrope que nous ne rencontrerions jamais. Il s'agissait d'offrir des ateliers artistiques pendant deux ans à une vingtaine de jeunes Marseillais, majoritairement issus des quartiers Nord. Mais aussi à vingt jeunes de Mantes-la-Jolie et à vingt autres de Vaulx-en-Velin. Je pense que notre philanthrope voulait montrer qu'il y avait du bon dans les quartiers cramés.

C'était un genre de Star Academy avant l'heure, sans caméras, et avec des candidats assez éloignés de Jenifer ou de Jean-Pascal. On se retrouvait deux fois par semaine pour faire de la danse, du théâtre, de la musique ou du cinéma, le tout avec des professionnels reconnus. La cerise sur le gâteau, c'était les voyages : deux à la montagne et deux à l'étranger. Le jackpot.

Djel avait raté l'audition, je suggérai à Jean-Michel Bruyère, le directeur artistique, de l'enrôler. Il trouvait l'idée d'avoir un DJ séduisante. Le naturel sympathique de Djel a fait le reste. Je me suis donc retrouvé avec mon meilleur pote pour la plus folle des aventures dont on puisse rêver à dix-neuf ans sans un sou en poche.

(26)

Le soir, je racontais tout ça chez les Cowboys quand M. No a débarqué avec un long carton sous le bras et son air penaud. Là non plus je n'oublierai jamais cette image. C'était un Roland W-30, une station de production musicale de haut vol. Il l'avait acheté sans savoir s'en servir et il était bien embêté. Il voulait le laisser branché ici en espérant que quelqu'un débloque la situation. Mais c'était une usine à gaz et personne n'y entravait rien.

Après quelques jours d'infructueuses recherches, j'ai proposé de le prendre chez moi pour creuser l'affaire au calme. Avec une notice de 400 pages en anglais et sans internet, c'était pas gagné. D'autant que je n'avais aucune notion musicale, encore moins sur ce genre de bécanes. Mais j'étais littéralement aspiré par la musique. Je me sentais capable d'en faire, il me fallait juste l'outil, il venait de tomber du ciel.

J'étais hyper-motivé par cette nouvelle aventure qui s'avançait, mais aussi par un disque qui venait de sortir. Je ne me souviens pas avoir connu une telle excitation pour un premier album. Après un premier tir de sommation avec l'EP *All souled out*, Pete Rock était précédé d'une réputation de MVP. En un album, il serait hissé au rang de top producteur. Je parle bien évidemment de *Mecca and the Soul Brothers*, de Pete Rock & CL Smooth, classique parmi les classiques. (Vous pouvez poser le livre pour l'écouter, vous avez une heure.)

Le natif du Bronx restera à jamais dans le top 5 des producteurs mythiques pour avoir créé le son qui amorça le virage majeur des années 90.

À cette époque, les beats étaient plutôt chargés, voire brouillons. À quelques exceptions près, c'était très bruyant. Toute la côte Est était encore sous l'influence des frères Shocklee et du Bomb Squad, les producteurs de Public Enemy. Ils avaient pour habitude de faire tourner une dizaine de samples dans un même morceau. Artistiquement, c'était fort, mais ça avait fait son temps. On avait besoin d'air, de fraîcheur. Pete Rock est arrivé avec un son clair, grâce à des drums simples dans la programmation et l'utilisation de samples uniques. Cet album restera un des cinq chocs musicaux de ma vie, avec *The Low End Theory* d'A Tribe Called Quest, *The Infamous* de Mobb Deep, *Enter the 36 chambers* de Wu-Tang Clan, et bien sûr, l'incroyable *The Chronic* de Dr Dre.

D'abord parce qu'il est d'une qualité de production proche de la perfection, puis parce que comme les quatre autres, sa complexité le rend difficile à déchiffrer. Ce qui lui confère une profondeur que seul Jacques Cousteau pourrait sonder.

La découverte de ce bijou, en 1992, fut pour moi une motivation extrême, alors que je commençais à peine le son. Là encore, je me souviens parfaitement de notre rencontre. On faisait un barbecue chez Bosco et on a laissé tourner l'album toute la soirée. Ce que j'ignorais, c'est que le CD était rayé et qu'il revenait sur certains titres aléatoirement. J'ai pensé que c'était fait exprès, car ça tombait bien à chaque fois. Je me suis dit : « Putain, quel génie ce Pete Rock. »

(27)

Je me retrouvais donc face à cette machine. Les yeux dans les yeux. Il fallait que je la fasse causer. Après quelques jours, j'arrivais à bricoler. Je faisais des boucles inspirées de ce que j'écoutais. Mais j'ai tout de suite saisi l'importance de la phrase d'Oscar Wilde : « Soyez vous-même, les autres sont déjà pris. » J'ai donc essayé d'être différent.

Une véritable passion naissait en moi. C'est là que j'ai compris pourquoi on disait « jouer » de la musique. On s'amuse comme un gamin.

Quand j'ai fait écouter mes premières prods à mes potes, je me suis senti comme un prodige. Je ne sais plus trop ce qu'il y avait dedans, probablement des samples de Velvet Underground et d'Average White Band. Toujours est-il qu'ils étaient bluffés. J'avoue que le plaisir que j'ai ressenti était une bombe. Il allait devenir une drogue dure. Je suppose que c'est comme un comédien qui fait rire son premier public, ou un chef qui fait déguster sa dernière création. Le « c'est toi qui as fait ça ? », on en tombe accro.

Que quelqu'un apprécie ce qui sort de notre p'tite tête est la première motivation du créateur, ça devrait d'ailleurs être la seule avec le plaisir de créer. Après viennent se mêler ego, fric, et ce genre de merdes.

(28)

Choa continuait ses études à Toulouse, mais il me rendait régulièrement visite. Il aimait bien Marseille, où il y avait plein de scènes ouvertes. Il était déjà très fort en rap et avait un style bien à lui, teinté de ragga. Il était aguerri et n'hésitait jamais à s'emparer du micro en public. Il tenait ça des nombreux shows donnés avec les ABS, souvent dans des endroits peu recommandables. Je pense que Choa est le premier des quatre rappeurs de la Fonky Family à être parvenu à une maturité technique et artistique.

Djel m'a présenté Sat dans une rame de métro, station National. Il évoluait dans le cercle des Hardcore MCs, le groupe de Namor et MP. Il était moins expérimenté que Choa, mais on sentait un fort potentiel et une grande envie.

La toile Fonky Family se tissait car d'un autre côté, je commençais à fréquenter Le Rat et Menzo par l'intermédiaire des ateliers artistiques de FDM (ils avaient été également retenus) qui avaient lieu au centre culturel Mirabeau, à Consolat, dans le XVe arrondissement.

On était loin d'être de bons comédiens mais en impro, il y avait de sacrés phénomènes. Le Rat, qu'on appelait encore Christophe, était archi-fort. Chaque fois qu'il montait sur les planches, il se produisait quelque chose, même les profs étaient épatés. Il avait un côté très attachant.

Il avait déjà un groupe avec Menzo, les BWZ, pour Black White Zoulous. Ils bossaient dur et avaient enregistré un album de dix-huit morceaux sur des faces B américaines. Ils avaient trois danseurs (Kingchou, Kratchou et Fel), des tenues de scène et, fait rarissime, un local. Mais ils n'avaient ni DJ ni beatmaker. En plus d'une amitié naissante, la complémentarité était évidente avec Djel et moi.

(29)

Je dois dire quelques mots sur le quartier du Panier et sa singularité. En dépit des apparences pittoresques véhiculées par *Plus belle la vie*, ce village au cœur de Marseille est un véritable quartier populaire. Il est fait de ruelles escarpées, d'escaliers interminables et d'un entassement de petites maisons. Au XIXe siècle, il fut la destination privilégiée des Napolitains et des Corses. Depuis, les vagues d'immigration s'y sont succédé et empilées façon lasagnes. C'est également le berceau de la mafia des années 30, le bastion de la résistance en 40 et le QG de la French Connection dans les années 60 et 70 (la légende raconte même que Charles « Lucky » Luciano et Meyer Lansky y ont été aperçus).

Avec un tel historique, au tournant des années 90, c'était un drôle de cocktail. Il ne faisait plus bon s'y promener à certaines heures de la nuit, j'en avais été le témoin privilégié. Les trafics de stups et la délinquance supplantaient désormais les beaux voyous. De quartier populaire, le Panier devenait un quartier dangereux.

Le petit train pour touristes s'y est fait attaquer plusieurs fois, à coups d'œufs périmés depuis 82 et de farine, avec la revendication : « Vous vous croyez au zoo ?! » Et ça, c'est pour le côté plutôt marrant. Sinon, c'était « videz vos poches » façon attaque de diligence dans le Colorado.

Comme souvent dans les quartiers de ce type, le Panier avait sa bande de jeunes, celle du Refuge. Le Rat en était la mascotte. Ils étaient une bonne vingtaine et je suis devenu proche de certains. Dont l'auteur du fameux coup de bombe lacrymogène quelques années plus tôt. Il m'a avoué un jour avoir repéré notre voiture immatriculée 31 comme un gigot dans le couscous.

Sans le vouloir, ils m'ont donné l'une des plus importantes leçons de ma vie, en remettant le bien et le mal à leur place dans ma tête. Ils ne voulaient pas être des « méchants » comme certains jeunes que je connaissais à Toulouse. Ce n'étaient pas des enfants de chœur non plus, mais ils avaient une morale, celle qui fait de nous des hommes. Par la suite, j'ai découvert que c'était assez caractéristique des quartiers de Marseille. Il n'y a pas de mal à faire le bien, ce n'est pas un signe de faiblesse, au contraire. Un genre de code éthique plane implicitement dans l'air. Tout simplement le respect. Si tu fais du mal, c'est que « tié un con, et on veut pas de toi ». Il n'était pas rare que des délinquants sans foi ni loi soient chassés manu militari de leur propre quartier par des jeunes du coin.

Lorsque la France était en feu, en 2005, aucune voiture n'a été brûlée dans la cité phocéenne, en partie grâce à ce respect. Je pense qu'il y a (avait) un genre de filiation avec les aînés qui empêche les plus jeunes de commettre de telles imbécillités. Je ne suis pas sociologue mais c'est peut-être dû à l'absence de fossé générationnel. Les enfants sont proches des aînés, qui ont encore des attaches dans le quartier et qui sont des modèles. Quartier, j'emploie ce mot au sens noble, par opposition aux cités-dortoirs sans âme et sans histoire.

(30)

Ce sont ses amis qui ont surnommé Le Rat ainsi, probablement à cause de son allure fluette et de son intelligence. Pourtant, il a été déscolarisé à l'âge de douze ans à la suite d'une altercation avec sa prof de musique, ce qui a entraîné son exclusion définitive du pire collège de France en matière de résultats : celui du Vieux-Port. Il m'a raconté s'être senti comme un paria après ça. Il s'est alors réfugié au Refuge et dans sa passion pour la mécanique. Sa cave renfermait des centaines de pièces de mobylettes, particulièrement de

103 Peugeot. Il était connu pour redonner vie à tout ce qui roule. Mais une passion bien plus importante l'habitait : celle de la musique. Quand je l'ai connu, c'était déjà un puits de science en rap américain et il nous arrivait d'échanger des heures sur nos idoles d'outre-Atlantique.

Menzo, lui, habitait sur la place du Refuge. Mais il n'y restait pas autant que Le Rat car il suivait des études de menuiserie et jouait beaucoup au foot. C'était le gardien de but de la redoutable équipe des Carmes-Belsunce. En revanche, il ne ratait jamais une répète au local. J'entends encore Le Rat l'appeler sous sa fenêtre avec l'accent comorien : « N'so MC Mahamadi, c'est l'heure ! » Ils étaient toujours joyeux et ne se prenaient jamais au sérieux.

J'ai commencé à leur faire des sons début 93. On a même enregistré et publié un EP, produit par le CIPM. Ma première expérience en studio.

C'est aussi là qu'on est partis à Métabief avec FDM, dans le Jura. On y a rencontré les sections de Mantes-la-Jolie et de Vaulx-en-Velin. Au programme : ateliers théâtre avec un spectacle en ligne de mire. Bien entendu, j'ai fait équipe avec Djel et Le Rat. Menzo n'était pas là, il était aux Comores où il est resté presque un an après avoir contracté le palud. On y a fêté les dix-sept ans du Rat, qui après avoir perdu un pari a dû courir à poil dans la neige. On s'est évidemment pris de passion pour l'épopée européenne de l'OM, et pour finir, on a rasé la tête de Djel dans un sketch sur fond de « OPP » de Naughty By Nature.

Chapitre 4
Retour aux pyramides

(31)

De retour du Jura, une triste nouvelle m'attendait : M. No voulait récupérer son W-30 pour le vendre. Je l'aurais bien acheté mais j'étais fauché. Cette restitution était une véritable déchirure, j'en aurais pleuré. On m'enlevait l'outil de ma passion.

Heureusement se profilait un des plus grands voyages de ma vie : l'Égypte, où je partais avec la troupe FDM.

On a quitté Marseille dans un train de nuit direction Paris. Nous étions tellement excités qu'il était impossible de dormir. On a fumé tout le trajet.

À Roissy, on a eu droit à un sermon de Manu, un encadrant de FDM. « Je vous préviens, l'Égypte, c'est pas la France. S'ils vous chopent avec du shit, c'est la peine de mort », qu'il a dit. On s'est regardés avec Djel et Le Rat. On en avait une quantité importante. On a décidé de presque tout planquer à l'aéroport, enterré dans la pelouse devant l'entrée en espérant le retrouver à notre retour, un mois plus tard (j'ai quand même gardé quelques joints dans les chaussettes, faut pas déconner).

On a embarqué pour Le Caire dans un petit avion à hélices. Je me souviens d'avoir été frappé par la netteté des côtes méditerranéennes, particulièrement celles de la Grèce que je distinguais clairement. On aurait dit la carte de géographie du collège. Après sept heures à bord, on a survolé des habitations pendant un bon quart d'heure avant d'atterrir. Ce qui laissait présager de l'immensité de la mégalopole, qui était alors la plus grande ville du monde avec plus de vingt millions d'habitants.

En passant l'immigration, ce qui devait arriver arriva. On s'est fait guinter par la douane égyptienne. Après avoir passé huit heures dans un compartiment SNCF enfumé, nos fringues empestaient le shit. Les chiens de la douane se sont instantanément mis à l'arrêt en nous reniflant.

Un genre de sergent Garcia version bled nous a demandé de le suivre. Notre encadrement a tenté de s'interposer, mais les fonctionnaires n'ont rien voulu savoir. On s'est retrouvés, Djel, Le Rat et moi, dans un petit bureau pour la fouille au corps, ambiance *Midnight Express*.

J'avais glissé le matos entre les lacets et la languette de mes Nike. Rien d'extraordinaire, mais c'était suffisant pour les duper. On est quand même restés une bonne demi-heure avec eux. Quand ils nous ont lâchés, ils ont attendu qu'on soit à une cinquantaine de mètres et ils nous ont appelés en criant. Je suppose qu'ils voulaient voir si l'on s'enfuirait, mais on a gardé notre calme et on est retournés les voir. Ils ont baragouiné un truc et nous ont fait signe de partir.

Les autres nous attendaient après la douane. On est arrivés avec le sourire d'Hannibal Smith de *L'Agence tous risques*. Je ne sais pas si les éducateurs étaient soulagés ou furieux de nous revoir.

Puis on a pris un bus direction Daher, un quartier populaire du centre du Caire.

(32)

On logeait au collège de La Salle, un établissement copte géré par le père Boulad. Les élèves étant en vacances, tout était désert et on a investi les dortoirs. Dans notre chambre équipée de quatre lits, il y avait Djel, Le Rat, Rachid de Mantes, qui deviendra le beau-fils de Charles Aznavour, et moi. Les quatre mousquetaires.

On n'a pas réussi à dormir la première nuit. Excitation, chaleur étouffante, assauts des autres dortoirs à coups de seaux d'eau, ce fut mouvementé. Ça le serait tous les soirs. Impossible de dormir avant la prière du matin, magnifique au demeurant : Le Caire est mondialement réputé pour la beauté de ses *adhans* (appels à la prière). Lors de sa lune de miel en Égypte, Neil Armstrong a qualifié ce chant de spatial, et en matière d'espace, il était plutôt bien placé le Neil.

On ne dormait jamais avant cette prière, car c'est au lever du soleil qu'arrivait une légère brise rafraîchissante. Seulement, elle n'était pas seule. L'escadron de la mort des mouches cairotes se réveillait aussi. En apparence, ce sont les mêmes bestioles qu'en France, mais physiologiquement, il a dû se passer quelque chose qui m'échappe. Un savant fou leur a injecté de l'ADN de ninja, ou de raptor, ou de ninja-raptor... bref, elles sont intuables. Pourtant je suis un spécialiste de l'attrapage de mouches en plein vol. Mais là, impossible. Et une seule dans la chambre empêchait tout le monde de dormir. Elle rentrait dans le nez, dans le coin de l'œil, dans les oreilles, c'était infernal. On ne s'y est laissés prendre qu'une fois. On a croisé les volets au lever du soleil.

(32b)

Tous les matins, un bus nous lâchait dans un quartier du Caire où l'on devait étudier le mode de vie des habitants. J'ai rencontré la misère, la vraie. Les gosses de cinq ans qui cassent des cailloux, les familles entières qui vivent dans les cimetières, mais toujours dans la dignité. Ça m'a fait passer l'envie de me plaindre de tout et n'importe quoi.

Le midi, on rentrait manger au collège et l'après-midi on était en classe pour débriefer la matinée. On faisait des exposés sur l'artisanat local et les spécialités du quartier. On a quand même fait la misère aux profs. L'un d'eux est même rentré en France après que Farid de la Busserine lui a crié du fond du bus : « Oh, cheveux gris, on va te niquer, on est des quartiers Nord ! » Il est allé se plaindre façon Jacquard dans *Les Visiteurs* : « Mais qu'est-ce que c'est que ces énergumènes ? »

(33)

Un matin, on s'est retrouvés dans le quartier de la mosquée Al-Azhar, qui était à l'époque la plus grande du monde après La Mecque. On s'y est posés quelques minutes avec Djel, c'était magique. La paix, le poids de l'histoire m'ont enveloppé. En redescendant de la citadelle, on est tombés sur la grande horloge que Napoléon a offerte en échange de l'obélisque de la Concorde. L'Empereur avait le sens des affaires, petit filou va.

Visiter les quartiers, c'était sympa, mais après quelques jours, on avait faim d'action. Alors un soir, on a voulu sortir tous ensemble. On avait entendu parler d'une boîte à l'européenne. On a pris cinq taxis pour s'y rendre. Sauf que celui dans lequel j'étais avec Djel et Le Rat nous a plantés. Il nous a arrêtés au pied d'un immeuble en nous disant que c'était là. On avait payé d'avance et cet escroc a écourté sa course. On n'a jamais trouvé ce club et on est rentrés bredouilles au collège.

Pour éviter qu'on ne sorte trop tard, notre encadrement avait demandé au gardien de n'ouvrir les portes sous aucun prétexte entre minuit et 6 heures du matin. Il était minuit et demi.

On a d'abord pensé que c'était une question de bakchich, mais le gardien nous a dit qu'il avait juré sur le Coran de ne pas ouvrir. On était bons pour passer la nuit dehors.

Après avoir ruminé un moment, on a fait le tour du bâtiment à la recherche d'une autre issue. Dans une ruelle, on est tombés sur un mur de 2,50 m environ, surmonté d'un grillage. On s'est dit que ça devait donner sur la cour du collège. En bon rat, Christophe a escaladé le long d'une gouttière et je lui ai emboîté le pas. Ça donnait bien sur le toit du préau, on était sauvés. Djel est parti prévenir le gardien qu'on avait trouvé une autre entrée et qu'il n'aurait pas à trahir sa parole. Mais il est revenu comme un dératé en criant : « Revenez ! Ils vont tirer ! » À cet instant, deux gardes se sont avancés vers nous dans la cour en nous invectivant, mais surtout en nous pointant dessus leurs kalachnikovs. On était en pleine période d'attentats islamistes et le collège chrétien était placé sous haute protection militaire.

Pris de panique, Le Rat a escaladé en catastrophe et une fois debout sur le grillage, il a sauté sur ce qui lui semblait être un tas de sable, en fait un tas de ciment dur. Il l'a senti passer. Il est resté accroupi dessus pendant quelques secondes, et on en a rigolé pendant des années. Quant à moi, je me suis ouvert la main en me laissant glisser le long du mur.

Résignés, on s'est installés dans un petit parc devant le collège. Au bout de quelques instants, les flics sont venus nous contrôler. Après leur avoir expliqué la situation, ils nous ont souhaité une bonne soirée en nous laissant quelques cannes à sucre pour tuer le temps. On a poireauté là toute la nuit à ronger ces putains de bambous. Vis ma vie de panda.

Après cet épisode, une forme de défiance avec notre encadrement s'est installée. Déjà, on avait faim. Pour chaque repas, on n'avait qu'une petite assiette de tomates avec des concombres et un petit bol de riz aux vermicelles noirs.

En plus, on avait interdiction de manger à l'extérieur sous peine de choper une chiasse monstre.

Un midi, en plein repas, je me suis mis debout sur ma chaise et j'ai protesté. « Au moins un œuf putain, une omelette, du poulet, mais des protéines. On bouffe que de l'eau alors qu'on est en pleine croissance. » Le lendemain, on avait droit à deux œufs durs chacun.

On se marrait, mais ce n'était pas l'Égypte dont on avait rêvé. Ça a commencé à gonfler Le Rat qui voulait rentrer chez lui. On a essayé de le convaincre de rester, mais c'est probablement la personne la plus difficile à faire changer d'avis que je connaisse. Vu qu'on avait un billet d'avion de groupe, il était hors de question qu'il rentre seul à Marseille. En signe de protestation, il a dressé son lit droit contre le mur de la chambre et il dormait dessous, sur le carrelage. Puis il s'est pointé en cours déguisé en pharaon. Torse nu, avec un caleçon sur la tête, ses fameuses lunettes roses en forme de cœur et un sceptre. Il a fait un tel bordel qu'ils n'ont eu d'autre choix que de lui payer un ticket retour pour la France.

(34)

Dès qu'il est parti, il y a eu une forme de prise de conscience et on a décidé de profiter. On a osé manger dehors et c'était succulent. Je n'oublierai jamais ces mini-burgers kebabs sauce blanche accompagnés d'un grand verre de jus de fraises, le tout pour deux francs. Autant vous dire que je n'ai plus revu le riz aux vermicelles noirs.

Et puis on a commencé à prendre des taxis pour aller où on voulait. Notre première destination fut le plateau de Gizeh. Au lieu d'aller dans un énième quartier pourri, on a pris la voie des pyramides, Djel et moi. Le premier choc fut de constater qu'elles sont quasiment en ville.

On a tous vu des photos, des reportages sur ces tombeaux royaux, mais être à leur pied, ben j'ai pas vraiment les mots. D'ailleurs Djel est resté bouche bée pendant cinq minutes devant la pyramide de Khéops. La grandiosité avec laquelle ce peuple a imaginé le concept de sépulture fait toujours mouche, quatre millénaires après leur construction.

Pourtant le terme de pharaon est aujourd'hui une insulte en Égypte, et plus globalement dans le monde arabe. Les rois de l'Égypte antique sont considérés comme des « associateurs » (le premier péché de l'islam), en plus d'avoir réduit en esclavage Moïse (prophète des trois religions du livre) et son peuple sous le règne de Ramsès II.

De retour de cette incroyable visite, on a retrouvé mon pote Nacer qui était arrivé avec une semaine de retard parce qu'il passait le bac. Il était choqué qu'on marchande les taxis et nous faisait la morale : « Oh, les gars, c'est des Arabes comme nous, c'est nos frères. Faites pas vos radins, arrêtez de discuter les prix. Vous voyez pas qu'ils sont dans la misère ? » Après deux jours de générosité, il traitait tous les chauffeurs de fils de putes : « Oh, les gars, c'est vraiment des fils de putes. Tu leur tends la main, ils te prennent le bras ces crevards. « Eh ben t'as ouvert les yeux », lui ai-je répondu.

(35)

On est retournés quelques jours plus tard aux pyramides avec tout le groupe, à cheval et à dos de chameau. Je n'avais jamais posé mon cul sur un canasson. J'ai donc demandé à en avoir un calme, et bien sûr ils m'ont donné un fou furieux qui voulait mordre toutes les chamelles.

Comme le trot faisait mal aux fesses, je suis passé en mode galop façon cowboy, à grands coups de talons. J'ai foncé droit vers l'horizon avec mon cheval blanc, mes Ray Ban imitation, mon jean noir, mon tee-shirt blanc, mes Huarache noires et blanches, et Lords of the Underground dans les oreilles. Après un bon quart d'heure de chevauchée, je me retrouve perdu au milieu du désert. Je ne distingue plus que le nuage de pollution du Caire, dans le lointain. Même la grande pyramide a disparu. Il fait 62 degrés, j'ai vingt ans.

Je retourne vers la ville, mais je suis loin du plateau de Gizeh et de la location de chevaux. Alors j'emprunte une avenue, en plein trafic. Et les embouteillages du Caire, c'est quelque chose. Je me retrouve à cheval au milieu des bagnoles, dans un concerto de klaxons. Faut dire qu'en Afrique, si t'as pas de klaxon t'es mort, c'est limite plus important qu'un volant. Heureusement, un flic à cheval a reconnu la selle de ma monture et m'a reconduit à la location où tout le monde m'attendait.

« On t'a vu partir comme un fou dans le désert ! m'a dit Manu. – Le trot, ça fait trop mal au cul », j'ai répondu.

(35b)

Après la sortie, on a testé une pizzeria qu'on nous avait recommandée. Djel est tombé malade comme un chien. Il était si mal qu'il répétait qu'il allait mourir. Le médecin est venu et au lieu de lui faire une ordonnance, il lui a donné du Sprite pour tout traitement. Djel a passé deux jours au lit avec une bouteille fraîche à portée de main. On venait souvent prendre des nouvelles, et avant de partir on lançait immanquablement : « Tu vas le boire ton Sprite ? » Vu qu'il était dans le cosmos, il ne répondait pas et on sifflait la précieuse boisson.

C'était la fin du séjour, on était fauchés. Une bouteille de Sprite fraîche se chassait comme la galinette cendrée au petit matin dans le Bouchonnois. J'étais parti avec 600 francs pour le mois, mais certains avaient à peine 50 francs en poche.

Au bout de trois semaines, on a quitté Le Caire pour finir notre séjour au bord de la mer Rouge, à Ismaïlia. C'était superbe. On était dans un hôtel sur la plage. On se baignait au milieu des supertankers en provenance du canal de Suez. Irréel.

Le temps de rentrer au bercail était venu. J'aurais pu raconter des dizaines d'histoires encore, mais je vais m'arrêter là pour les anecdotes égyptiennes. Je viens déjà d'en virer trois. Mon bouquin ne s'intitule pas *Pone en Égypte…* (D'ailleurs je ne sais toujours pas quel titre il aura.)

Ah, j'oubliais presque de dire que j'ai rencontré là-bas une des personnes les plus inspirantes et vertueuses de ma vie : sœur Emmanuelle. Elle était installée au Caire depuis des décennies pour aider les femmes et les enfants des bidonvilles. Elle est venue passer une après-midi avec nous, à discuter de tout et de rien. Un moment privilégié avec beaucoup d'humour, de spiritualité et de Sprite. J'ai adoré.

De retour à Roissy, on a déterré le shit qui nous attendait bien sagement et on a pris le chemin de Marseille.

À cet âge, on ne rentre pas indemne d'un tel voyage. Je venais de vivre un des tournants de ma vie. Je me sentais fort.

Chapitre 5
Ensemble

(36)

À la rentrée de septembre 93, j'ai eu mon tout premier job. J'étais embauché en CES (contrat emploi solidarité) au centre culturel Mirabeau, où l'on faisait les ateliers FDM. J'y ai fait un peu de tout : changer les ampoules, coller les affiches, décharger le matos des concerts… Je touchais du doigt un milieu qui me plaisait, celui du spectacle. On intervenait aussi sur de gros événements culturels, comme le festival de l'île du Frioul, où l'on montait et démontait des scènes non-stop. J'y ai rencontré des personnes inspirantes, des bourreaux de travail et des stratèges de la débrouille, des régisseurs prêts à tout pour que le spectacle ait lieu en temps et en heure.

J'adorais ces déplacements, toujours emplis d'adrénaline, particulièrement sur cette île magnifique au large de Marseille. Quand on y a débarqué par le bateau navette, en plein cagnard, je me suis jeté dans l'eau de la petite rade pour me rafraîchir. Mais un grand type costaud m'a interpellé aussitôt : « Tu te crois où toi ? Sors de l'eau, t'es pas au Club Med ici, on a du boulot. » C'était Djamel, le régisseur en charge des jeunes roadies.

Une fois arrivés sur les lieux du spectacle, enfin du chantier, il nous a rassemblés pour un briefing. Alors qu'il entamait son speech, une planche de contreplaqué a heurté son dos, poussée par le vent. Une petite pointe plantée dedans lui a alors éraflé le haut de l'épaule et il a commencé à se sentir mal. « C'est un point sensible l'épaule » qu'il a dit. Voyant bien que c'était très superficiel, l'un de nous a balancé : « Tu veux un sucre ? » Et on a tous éclaté de rire. À partir de là, dès qu'il criait un peu trop, il y avait toujours quelqu'un pour lui envoyer : « Hé, prends-toi un sucre. »

Djel était également de la partie, tout comme Cyril Abidi, le futur champion de kick-boxing, plusieurs fois finaliste du prestigieux K1.

Cyril était aussi employé par le centre culturel Mirabeau, il y faisait la sécurité, et ils avaient bien fait de l'engager. Chaque week-end un concert se déroulait dans la salle de spectacle du centre. Vu sa situation géographique, il valait mieux que la sécu soit solide. L'établissement était coincé entre la cité Consolat et le ruisseau Mirabeau, un camp de gitans. On a connu plus paisible. Mais tout le monde craignait Cyril, qui n'avait pourtant que dix-sept ans. On le surnommait Sagat, comme le personnage de *Street Fighter*.

Je raconterais bien quelques-unes de ses « aventures », mais j'ai peur de heurter son intimité. C'est un garçon réservé, qui n'aime pas la publicité. Pour cadrer un peu le personnage, je dirai juste qu'il a refusé un contrat de plusieurs millions de dollars pour habiter au Japon afin de combattre pour une organisation nippone. Il y était vénéré après avoir battu le géant hollandais Peter Aerts. La raison de son refus ? Il n'aimait pas les sushis et il venait d'obtenir un CDI à la mairie de Marseille. Le saint Graal.

(37)

Pendant les concerts, je passais la soirée derrière le bar avec Lila, à servir des bières à un public rock. On en a bouffé des groupes de fatigués, et chaque fois que je les voyais avec un clavier, je regardais si ce n'était pas un W-30. Mais ils n'avaient jamais ce genre de bécanes. Heureusement, parce que j'aurais pu faire une bêtise. Je me sentais toujours orphelin de mon W-30, ça me minait. Tous les jours je regardais les petites annonces et j'allais à la gare juste pour lire la rubrique occasions des magazines de musique. Mais je ne trouvais rien. Ça a duré des mois.

Puis, par un beau matin d'hiver, je suis tombé sur une annonce qui parlait d'un W-30 à 800 francs dans les Alpes, après Gap, le bout du monde. Sans voiture ni permis, j'ai demandé à mon ami Bidou de m'y accompagner.

On a quitté Marseille aux alentours de midi, direction le Grand Nord. Le trajet avait quelque chose d'irréel, déjà les paysages auxquels on était peu habitués, mais surtout, je n'y croyais qu'à moitié. J'en avais tant rêvé. C'était comme le bicross de mes 10 ans. Mon père avait beau me dire : « T'inquiète pas, tu l'auras », il fallait que je le voie de mes propres yeux, de peur qu'un sortilège venu de nulle part ne l'emporte.

À destination, mon bébé était bien là, m'attendant sagement. Après une brève inspection, on a réalisé la transaction. Je dois confesser que j'avais glissé deux ou trois faux billets de 100 francs, et je n'en suis pas fier, mais c'était vraiment la crise.

Sur le chemin du retour, dans la montée qui mène à Gap, on s'est fait prendre dans une violente tempête de neige. J'ai cru qu'on ne reverrait jamais la Méditerranée. On ne voyait pas à un mètre et la bagnole était équipée de pneus marseillais. J'ai pensé : « Ça t'apprendra à jouer les apprentis faussaires. » Je regardais sur la banquette arrière. Le W-30 était toujours là. Tant qu'il ne serait pas posé sur mon bureau, je ne serais pas tranquille.

À la nuit tombée, chez Céline, j'ai déballé mon trésor et je me suis mis immédiatement au boulot, en pensant à Pete Rock. Le lendemain au réveil, j'ai voulu vérifier que ce n'était pas un rêve, mais il était bien là, à moi. On ne se quitterait plus.

Quelques jours plus tard, mon ami Nabé m'a donné un morceau de pain azyme juif et m'a dit : « Mets-le là où tu veux pour que la baraka (le succès) vienne. » Alors j'ai ouvert mon W-30, j'ai scotché le bout de pain sur un circuit imprimé et j'ai refermé. Je ne suis pas plus superstitieux qu'un autre, mais quand j'ai revendu le W-30, dix ans plus tard, j'ai récupéré le pain. Comme on dit autour des tables de poker : « Chuis pas superstitieux, ça porte malheur. »

(38)

Deux bandes de 7,2 secondes chacune, voilà à quoi se résumerait ma vie pour les années à venir. Tout mon temps libre, ou presque, j'allais le passer à remplir les 14,4 secondes de cette machine. Un sampleur comme le W-30 est un instrument de musique qui permet de « capturer » n'importe quelle source sonore afin de créer une nouvelle œuvre. À cette époque, le temps d'échantillonnage était très limité, 14,4 secondes pour le W-30. Aujourd'hui, c'est infini.

Plus j'y passais de temps, plus j'aimais ça. Presque inconsciemment, je sentais que je trouvais ma voie. Le sevrage forcé entre les deux W-30 m'avait gonflé à bloc. Pratiquer me plaisait. Mais j'aimais aussi la réaction des gens quand ils écoutaient mes sons.

(39)

Choa venait me voir régulièrement et il commençait à se faire une petite réputation dans le microcosme du hip-hop marseillais. Notamment grâce aux scènes ouvertes du cours Julien et de la Plaine. Je me souviens particulièrement du jour de l'An 94 chez Brahim, au Dégust. Tout le rap local y était. Avec sa voix perçante, ses punchlines et son teint pâle, nul ne pouvait l'ignorer, il brûlait la scène.

Choa avait formé un groupe avec Sat qui s'appelait Le Rythme et la Rime. Djel était leur DJ et moi, leur beatmaker. Vu qu'avec Djel, on était également dans le groupe

BWZ de Menzo, du Rat et de Fel et qu'on s'entendait bien, on a décidé de créer une entité qui rassemblerait les deux groupes. On y a pensé avec Djel en sortant du bar-tabac du cours Lieutaud. Mais je suppose que c'était une évidence pour tout le monde.

Pour marquer le coup, on s'est fait prêter un magnétophone quatre pistes et on a enregistré nos quatre premiers morceaux : « Fonky Vice » (Don Choa et Sat), « Mais qu'est-ce qu'on ferait pas pour les femmes » (Don Choa et Le Rat), « Fonky Family » (Don Choa, Sat, Menzo et Le Rat) et « On pète les plombs » (Don Choa, Sat, Menzo et Le Rat), tous accompagnés de scratchs de Djel et sur mes prods.

On a fait ça aux Aygalades, dans le sous-sol de la maison de ma copine Céline. C'est là que Le Rat a suggéré qu'on s'appelle la Fonky Family, quelques semaines avant cet enregistrement. Il me semble que c'est Fel qui lui avait soufflé ce nom alors qu'ils étaient dans la cave du Rat. Comme je samplais beaucoup de funk, particulièrement le groupe Parliament, ça nous a parlé. On était un wagon et on avait tissé des liens forts, l'idée de famille nous correspondait bien, ce serait donc Fonky Family.

(40)

Nous étions contents de ces quatre morceaux enregistrés dans des conditions plus que rudimentaires. On allait en enregistrer d'autres, chez Bidou cette fois-ci, rue Ferrari, dans le quartier de la Plaine. Parmi ces nouveaux sons, il y avait notre premier « hit ». Il avait pour titre « C'est comme ça » et c'est mon pote Nacer, le justicier du Caire, qui en avait joué la basse.

On a fait ce titre en public à l'espace Julien lors d'un concert hommage à Ibrahim Ali, avec plein de groupes locaux. Pour la première fois, j'entendais ma musique autre part que sur mes enceintes bas de gamme. Je n'oublierai jamais ce moment. Les gens dansaient sur ma musique comme sur n'importe quel son. Incroyable. Je ne me suis jamais dit un truc du genre : « Ça y est j'y suis arrivé, ou ça y est je suis un producteur. » Ce que je voulais, c'était partager ma passion avec les potos.

J'ai toujours retenu une phrase de l'emblématique capitaine de l'équipe de France de rugby des années 80, Jean-Pierre Rives : « Le ballon, c'était juste un prétexte pour se retrouver entre copains. » J'adhère totalement à cette philosophie. J'ai toujours préféré les relations humaines à ce qu'on faisait, même si la musique me passionnait. Que reste-t-il au final ? Quelques heures de musique, dont je suis très fier, mais ce n'est rien à côté des amitiés fortes que j'ai vécues. Le fait qu'on ait accompli un truc hors norme n'a fait qu'accentuer ces relations. Ces millions de disques vendus, tous ces concerts, ces voyages n'auraient eu aucune saveur si j'avais été seul.

Chapitre 6
Guédiawaye

(41)

L'été arriva et de nouveau, un merveilleux voyage m'attendait : Dakar. Ce serait cette fois sans Le Rat, forcément exclu après son scandale au Caire, ni Djel, bloqué en France à cause d'un passeport périmé. Autant pour Le Rat, je le savais depuis un an, mais pour Djel, c'était une surprise et j'étais dégoûté. Je le revois dépité en bas de chez lui à quelques jours du départ : « J'aurai pas mon passeport Pone, ils m'ont dit qu'il fallait un mois d'attente. » C'était comme un coup de poignard. J'avais des potes dans FDM, mais c'était pas pareil, Djel c'était le sang comme on dit aujourd'hui.

On est partis fin juillet 94. Lorsqu'on a débarqué dans le quartier populaire de Cité-Enseignants à Golf-Nord Guédiawaye, un sacré comité d'accueil nous attendait. Une poignée de musiciens et une dizaine de danseurs et danseuses nous souhaitaient la bienvenue avec un show époustouflant.

Contrairement au Caire, nous serions logés chez l'habitant, choc culturel garanti. J'étais chez la famille Ba avec mon ami François, un gitan de La Ciotat habillé de la tête aux pieds en Lacoste. Il y avait la maman, Sarah, les enfants d'à peu près mon âge, et le papa, qui allait et venait entre les quatre maisons de ses quatre femmes, toujours accompagné de sa dernière fille.

L'objectif artistique du séjour était de créer un spectacle qui aurait lieu en public et en plein air. On devait collaborer avec des artistes sénégalais de renom tels qu'Aminata Fall ou Abdou N'Diaye. Des ateliers de travail avaient lieu tous les jours, mais moi, j'étais préposé à faire un graff en live pendant le spectacle avec mon pote Mounir de Vaulx-en-Velin. En un mois, on avait donc une simple maquette à faire. On était en vacances.

(42)

Malgré ça, Sylvie, la coordonnatrice du projet, nous réveillait tous les matins en fanfare, car François, lui, devait être en cours. Ça lui faisait péter les plombs. Un soir il m'a dit : « Oh, quand demain matin Sylvie arrive pour me réveiller, tu lui dis : François y t'a dit que si tu le réveilles, il te prend par le cul. » Avant d'ajouter : « Oh, je rigole pas », vu que j'étais plié. Le matin, quand elle est entrée dans la chambre, j'ai fait semblant de dormir. Dès qu'elle a commencé son boucan, François lui a dit : « Oh, il t'a pas dit Ponio ce que j'allais te faire si tu me réveillais encore comme ça ? » J'essayais d'étouffer mon rire dans l'oreiller quand elle a répondu : « Non, il m'a rien dit. » Et François, avec son accent gitano-marseillais : « Bon, ça va pour cette fois, mais que je t'y reprenne plus », avant de me lancer un clin d'œil accompagné de son sourire édenté.

(43)

Le quartier était séparé de l'océan par une petite forêt de tamarins. Tous les matins, avec mon pote Mounir et les enfants de la famille, c'était plage. Une immense plage, celle de l'arrivée du Paris-Dakar. Mais personne ou presque ne s'y baigne. L'océan y est dangereux et ce n'est pas dans les mœurs. En revanche, c'est un vrai lieu de vie. Les bergers y lavent leurs chèvres, les footballeurs et les lutteurs s'y entraînent, les promeneurs s'y baladent main dans la main et la bande de chiens locale s'y prélasse. Finalement, il n'y avait que moi le fou qui plongeais dans les gros rouleaux. Il faut dire que j'ai passé une partie des étés de ma jeunesse dans les vagues landaises.

À midi, on rentrait manger à la maison, avec les mains et assis par terre, dans un grand plat unique. C'est assez déroutant au début, surtout quand il y a des spaghettis ou des petits pois au menu, mais je me suis acclimaté et j'ai fini par adorer ça. L'abolition de nos prétendues bonnes manières, même s'il existe quand même certains codes, ça fait du bien. On se régalait à chaque repas, particulièrement le vendredi, jour du tiep.

L'après-midi, c'était sieste et balade dans Dakar. Il m'arrivait aussi de ne rien faire du tout, à part acheter un Fanta à la petite boutique du coin et parler avec les gens. J'allais également jouer aux échecs avec un voisin, une passion qui me suit depuis mes sept ans. J'y joue encore tous les jours en ligne, c'est ma gym du matin.

Le soir, après une grosse pluie d'été, on se retrouvait dans les familles pour boire le thé et discuter jusqu'à pas d'heure. Avant de me coucher, j'écoutais une cassette des premiers morceaux de ma Fonky Family. D'ici, ils prenaient une autre dimension. C'est entre le toit-terrasse de la famille Ba et le ciel étoilé de Dakar que j'ai su qu'on pouvait faire quelque chose de grand.

(44)

J'ai toujours aimé les choses simples et les gens simples. Je me suis naturellement senti proche des Sénégalais. Ils ne possèdent pas grand-chose mais ils sont heureux. Un thé le soir devant la maison, une partie d'échecs, une balade en bord de mer, un match de foot, le travail, la famille et l'islam. Une vie dans la simplicité à laquelle j'aurais aspiré. Ma femme se fout de moi quand on voit un reportage sur un pêcheur au bout du monde ou un berger au fin fond des Pyrénées et que je lui dis : « Ça c'est ma vie. » Moi qui ai toujours habité en ville, un bout de forêt, un ruisseau, une canne à pêche me suffisent. Sans oublier un W-30. Ça sera peut-être pour une prochaine vie.

(45)

Le spectacle s'est déroulé devant plus de 10 000 spectateurs, c'était fantastique. On a réalisé un énorme graff en live sur la scène avec des sensations incroyables. On m'a rapporté que quand je suis entré en action, Mama Sarah a dit à ses copines : « Regardez, c'est mon fils. »

Le soir, la fiesta a continué en petit comité jusqu'au bout de la nuit dans une maison voisine. Ils ont sorti la sono du quartier, quelqu'un a préparé un baril de bissap à la pomme (la boisson nationale, non alcoolisée, bien sûr) et un barbecue géant de brochettes de poulet est apparu comme par enchantement. Mama Sarah m'a ensuite expliqué que chaque semaine, c'est une famille différente qui accueille, organise et finance la fête du quartier. Le tout sur du Youssou N'Dour, Thione Seck ou Bob Marley.

(46)

Le Caire c'était génial, mais on avait dû se mettre au diapason de la mégalopole : speed. Là, c'était paisible et riche en relations humaines. J'ai toujours eu soif de ça.

Au moment du départ, beaucoup pleuraient. En un mois, des liens s'étaient créés dans chaque famille d'accueil. Encore aujourd'hui, je considère la famille Ba comme une deuxième famille et Mama Sarah comme une deuxième maman. Et je sais que je suis comme son fils. C'est ma famille du Sénégal.

Avant de quitter la maison dans laquelle j'avais passé un mois qui changerait ma vie, Mama Sarah m'a offert un cadeau pour que je ne les oublie pas (ce qui ne risquait pas d'arriver). C'était un petit collier bon marché fait d'une ficelle noire et d'un pendentif en ébène noir et blanc, ce qui est plutôt rare. Elle m'a dit en me le donnant qu'il protégeait de la noyade. Avant d'ajouter qu'elle appartenait au peuple peul, et que les Peuls vivaient de la pêche en mer depuis des lustres, un peu comme ma famille. Elle m'a dit que si je le gardais autour du cou, il était impossible que je me noie. Si j'avais su, j'aurais demandé s'il en existait contre la maladie de Charcot.

J'ai failli me noyer deux fois dans les années qui suivirent. Une fois à la jetée de Marseille avec Bouga (il insiste pour que je dise que je lui ai sauvé la vie) et une autre fois sur la plage de Saint-Gilles, à La Réunion. À deux reprises, j'ai eu l'impression qu'une intervention divine me sauvait, et je portais mon collier. Je l'ai toujours, mais pas autour du cou. Peu de chance de noyade dans un lit médicalisé.

Dans ma famille aussi, il y a des croyances mystiques. Pendant la Seconde Guerre mondiale, mon grand-oncle, le « gros Janou », connu pour sortir les thons de l'eau à mains nues, avait perdu le goût de la pêche. Ça inquiétait ma grand-mère qui lui a cousu en cachette une médaille de la Vierge dans l'ourlet de sa casquette. La semaine suivante, mon grand-oncle a acheté un petit bateau, puis deux, puis trois. Il a fini avec la plus grosse flotte de pêche de Palavas.

Je pense qu'on se serait bien entendus, gros Janou.

(47)

En partant, j'ai fait la promesse à Mama Sarah de revenir un jour avec ma femme et mes enfants. Ça semble mal parti.

Dans l'avion j'entendais encore des sanglots. Chacun était conscient qu'il venait de vivre quelque chose qui arrive rarement dans une vie. Quant à moi, je n'avais plus pleuré depuis mes huit ans, ça ne serait pas pour cette fois. Il faudrait encore attendre vingt et un ans pour voir mes larmes couler. Le 17 avril 2015, précisément, le jour où mon monde s'écroula.

Pour l'heure, je songeais à la ravissante Kadra que j'avais rencontrée pendant le voyage. J'étais allé jusqu'au Sénégal pour vivre une idylle avec une Algérienne de Lyon. Elle m'avait fait tourner la tête, et c'était réciproque. Seul bémol, j'étais toujours avec Céline, pour qui j'avais beaucoup de respect. Pas tant que ça, me direz-vous, puisque je l'ai trompée. Et pourtant si. Le Sénégal avait été pour moi une parenthèse, une bulle hors du temps. Sauf que je rapportais ces sentiments dans mes bagages, ça allait être compliqué.

Avant d'écrire ces lignes, j'ai tout avoué à Céline, avec qui je suis resté ami. Je ne voulais pas qu'elle l'apprenne dans un bouquin, vingt-cinq ans plus tard. Je n'avais pas trouvé judicieux de le lui dire avant. Elle ne l'aurait jamais su si je n'étais pas tombé malade, car je n'aurais pas écrit ce livre en bonne santé.

Chapitre 7
Vertiges

(48)

On est rentrés de Dakar fin août. Mon histoire avec Céline touchait à son terme et j'ai décidé de déménager. Ça tombait bien, Choa avait l'intention de venir s'installer à Marseille avec un autre Toulousain, Ali. Une colocation se profilait.

Choa et Ali ont débarqué début octobre 94 avec toutes leurs affaires dans une petite Autobianchi. On s'est mis en quête d'un appartement. Il était hors de question de payer une agence, alors on a passé trois jours à arpenter les rues du centre-ville à la recherche de pancartes « À louer ».

Le troisième jour, alors qu'on commençait à perdre patience, on est tombés sur un déménagement dans la montée du cours Julien. Ali a dit que si on les aidait, on trouverait notre appart dans la foulée, un genre de karma. On s'y est collés. Après avoir monté machine à laver, armoire et autres bricoles, on a repris notre route direction Belsunce, dans l'hypercentre.

Au début du xxe siècle, Belsunce était un coin bourgeois, mais à mon époque, c'était un quartier cramé. La rue où Rouget de Lisle a écrit *La Marseillaise* était dorénavant réputée pour ses tapins bon marché. On pouvait tomber sur des types qui faisaient du feu dans un bidon à la rue des Récolettes, et c'était le paradis des rats, gros comme des chats. Belsunce avait d'ailleurs sa bande de félins, celle du parking, menée par le redoutable « Œil Poché », un terrible matou roux à qui j'ai eu maintes fois affaire. Et pour finir, tout en haut de la chaîne alimentaire se trouve le gabian, qui règne sans partage sur la faune du centre-ville marseillais.

Refermons cette parenthèse « Nature & Découverte », et passons à la rubrique « Maisons & Travaux ». Dans ce quartier, on trouve de beaux immeubles en pierre de taille et les appartements, assez vastes, ont de beaux volumes. Je connaissais un peu le coin vu que Djel y habitait. L'idée de nous y installer était plutôt attirante. On est tombés sur une pancarte « À louer » au deuxième étage d'un immeuble au cœur de Belsunce, 47 rue Longue-des-Capucins.

J'ai appelé le propriétaire d'une cabine téléphonique et j'ai obtenu un rendez-vous le lendemain. Pour assurer le coup, j'y suis allé seul, histoire de ne pas l'effrayer. C'était un beau T3 de 80 mètres carrés, l'idéal. Je me suis tout de suite positionné, et on a signé le bail dans la foulée. Il m'a remis les clés puis m'a laissé dans l'appartement vide.

Je me suis assis un moment sur le sol en tomettes de ce qui serait ma chambre. Le soleil inondait la pièce et le temps s'est arrêté, encore.

Cet endroit allait devenir le centre névralgique de la Fonky Family. Son QG. On allait y vivre, y créer, y répéter, y faire des bringues, s'y aimer. Aujourd'hui, je sais que sans cet appart, on ne serait pas allés au bout de tout ce qu'on a fait.

(49)

On a emménagé avec trois matelas et quelques fringues. Le plus important, c'était de trouver où poser mon W-30. Une porte et des tréteaux récupérés dans la rue ont fait l'affaire, avec une chaise pliante en bois pour poser mes fesses, j'étais max.

Vu qu'on n'avait pas d'appareil de cuisine, on ne mangeait que des sandwichs. Ça tombait bien, Belsunce est probablement l'un des quartiers les moins chers de France pour ce qu'on appelle aujourd'hui la street food (parfois, je vous l'accorde, faut pas être trop regardant sur l'hygiène, mais en se donnant la peine, on y trouve de petits trésors).

Heureusement qu'on avait Ali. Il avait plus d'expérience dans les apparts que Choa et moi. Il a dit : « Numéro 1, matelas, numéro 2, frigo et numéro 3, machine à laver. » On s'est donc équipés en suivant ces précieux conseils. On a également pris une gazinière, tant qu'à faire.

(50)

Sur un plan personnel, je devais mettre à plat la situation avec Céline. Je n'avais pas pu la quitter en habitant chez elle avec ses parents et tout, mais là, il fallait que j'affronte la situation. Je n'étais plus amoureux et j'avais quelqu'un d'autre en vue. Je voulais faire ça correctement, si je puis dire.

Cette rupture m'a fait mal. Comme tout le monde, je n'aime pas ça. Mais il faut savoir tourner la page. Sans elle et sa famille pour m'accueillir, je ne sais pas quelle aurait été l'histoire. Peut-être que je n'aurais pas trouvé la motivation de me faire réformer de l'armée afin de rester à Marseille. Peut-être n'aurais-je jamais quitté Toulouse. Ça me fout le vertige d'imaginer tout ça.

(51)

Au lieu des traditionnels groupes de rock chelous, le centre culturel Mirabeau, où je travaillais toujours, avait programmé le groupe de rap suisse Sens Unik. Je ne sais plus si je leur ai suggéré qu'on fasse la première partie avec mon groupe, ou si ce sont eux qui me l'ont proposé, mais on serait à l'affiche en première partie. Notre premier concert. On était comme des fous.

On a beaucoup répété pour avoir un show digne de ce nom. On ignorait qu'il serait le premier d'une longue série. C'est seulement quand les journalistes ont martelé la question du premier concert que cette date est resurgie du passé : le 3 décembre 1994.

(52)

On était onze sur scène, comme l'OM, et comme eux, on avait notre douzième homme : le public. Tout le quartier du Panier avait fait le déplacement à pied, une trotte. Ils nous ont accompagnés partout durant des années, offrant une confiance et une assurance incommensurables au groupe. Je ne pense pas que la Fonky Family aurait été la même sans eux. Ils n'écrivaient pas les textes, ils ne composaient pas les musiques, mais ils étaient notre premier public, et qu'est-ce qu'un groupe sans public ?

Le concert du 3 décembre s'est super bien passé. Il y a eu quelques couacs, mais on a assuré. On était fiers de nous et on a reçu 100 francs chacun. Je n'oublierai jamais ce beau billet, il représentait tellement.

Chapitre 8
Takumi

(53)

Mon parrain Denis Rodriguez, né à Montevideo en 1932, a habité New York au milieu des années 80. Manhattan plus précisément, ou plutôt « Manerrratane » comme il disait à l'espagnole. Il y était pour peindre car c'était un artiste d'envergure internationale. Il a exposé plusieurs fois dans de prestigieuses galeries new-yorkaises, madrilènes ou parisiennes.

Il m'appelait souvent de là-bas (il prenait son rôle de parrain très au sérieux) et il me parlait de ces immenses fresques qu'il voyait dans le Bronx et de ces métros « entieramenté pintourés », ça me faisait rêver. On devait être en 85 et il affirmait sentir une grande énergie dans ce mouvement. En tant qu'artiste peintre, il appréciait cette explosion de couleurs et cette nouvelle expression sortie des bas-fonds. Mais il me téléphonait surtout pour raconter les galas de boxe auxquels il assistait. Il ne cessait de me parler d'une étoile montante qu'il était allé voir à l'entraînement, le jeune Mike Tyson. Je me suis mis à le suivre et j'ai été happé par la passion du noble art. Il faut dire qu'à vingt ans, Iron Mike était un ouragan de classe 5.

C'était le moment idéal pour tomber amoureux de la boxe anglaise. Les « quatre fantastiques », Thomas Hearns, Marvin Hagler, Sugar Ray Leonard et Roberto Durán, se tiraient la bourre dans la même catégorie, un feuilleton incroyable.

Quand j'ai appris qu'il y avait un boxing à deux pas de chez nous, au gymnase Velten, en haut de Belsunce, je suis allé m'inscrire. J'avais déjà fait deux ans de boxe à Toulouse dans le club de Roger Magana. Je renouais avec cette pratique dans laquelle j'aimais tout : les odeurs, les sons, les vestiaires, l'effort, la douche, la douleur. J'avais rendez-vous tous les jours avec les gants, ça m'a donné un point d'ancrage. Je vous épargne le couplet sur les bienfaits du sport, je citerai juste mon ami Massaï : « Le sport, c'est le plus fort. »

Je me sentais bien dans ce nouveau départ. Musique, sport, amitié, projets, amour avec Nadia, ma nouvelle meuf, tout était équilibré, mais à la fois très freestyle et sans prise de tête.

(54)

Je retournais souvent à Toulouse pour voir la famille. D'autant que j'avais des petits frères et sœurs du côté de mon père, Gabriel, Marie et Juliette. Les relations avec ma mère s'apaisaient. Mon départ, plutôt inattendu et brutal, avait jeté un froid. Déjà que c'était pas le top de mes quinze ans jusqu'à ce que je parte. Comme beaucoup d'adolescents, j'étais assez difficile. Je préférais traîner plutôt qu'aller en cours, la hantise d'une mère célibataire.

Ça avait été un peu pareil avec Julien. Mes derniers mois à Toulouse avaient été orageux. Mais de l'eau avait coulé sous les ponts. Rien de tel que les années pour apaiser les esprits, on était heureux de se retrouver. Je lui ai présenté Djel, à qui j'étais content de montrer mes coins de rue.

Julien était comme moi au début d'une aventure extraordinaire. Il venait de créer vingt tee-shirts avec deux chiens face à face en guise de logo. C'étaient les prémices de la célèbre marque de streetwear Bullrot.

(55)

Je faisais souvent le voyage avec Choa, toujours en train. Mais on était fauchés. Il fallait frauder. Pour ce faire, j'avais l'outil idéal. Je ne sais pas comment elle était arrivée chez les Cowboys, mais un jour, je suis tombé sur une carte d'identité d'un mec d'à peu près mon âge qui me ressemblait. Ça a été notre sésame pendant des années.

Invariablement, on se faisait contrôler. On disait qu'on avait perdu notre billet et que Choa n'avait pas de pièce d'identité. Mais moi oui. Notre petit numéro était bien huilé. On faisait mine de fouiller partout, étonnements, jeu d'acteur, « Je savais qu'il fallait pas te passer les billets », petite engueulade et pour finir, résignation. Choa filait un faux nom, on faisait les mecs dégoûtés et je tendais ma vraie fausse carte d'identité au contrôleur en lâchant : « Qu'est-ce que vous voulez que je vous dise ? Mettez-nous l'amende à mon nom. »

Je n'ai pas trop de scrupules car mon sosie a dû déclarer sa carte perdue et en vérité, c'était tout pour les assurances de la SNCF. Ça a fonctionné comme ça pour tous nos voyages. Et il y en a eu beaucoup, je n'aurais pas raté une fête ou des vacances en famille.

Les Noëls du côté de mon père étaient épiques. Ils avaient lieu dans la petite maison de Blagnac où il avait grandi avec ses cinq frères et sœurs, ses parents et ses grands-parents. C'est ma grand-mère qui avait fait construire cette maison. Elle avait dû pour cela vendre en cachette la poissonnerie familiale du quartier des Sept-Deniers au sortir de la guerre – dans la famille, les femmes sont fortes. J'y ai d'incroyables souvenirs et c'est le seul endroit au monde où j'arrivais à faire de vraies siestes. Pourtant, il y avait tout le temps du bruit, de l'agitation. Je dois avoir près de trente cousins et cousines, et cette maison était un point de rendez-vous incontournable. N'importe quel jour, du monde débarquait à l'improviste, surtout le midi. Il y avait toujours un plat de cannellonis maison, une friture de jols, une assiette d'œufs mimosas ou des merlans rôtis pour contenter la famille. Et en dessert, les fameuses oreillettes de mamie.

Un heureux hasard fera que le studio dans lequel on a passé le plus de temps avec mon groupe était situé à cinq minutes en voiture de chez mes grands-parents, le fameux studio Polygone. Ce qui me permettra d'y manger quasiment tous les midis en période d'enregistrement.

Je ne ratais pas non plus les vacances d'été au camping de Sérignan, ou en Corse, à loutronner dans les rivières de l'arrière-pays ajaccien en compagnie de mon père et de mes frères et sœurs, avec lesquels je suis resté très proche (on habite tous à deux pas).

Du côté de ma mère, j'adorais également les réunions de famille. On était moins nombreux mais je retrouvais ma cousine Marion et son frère Alexandre, avec qui j'ai passé presque toutes mes vacances étant petit, dans l'Ariège ou dans la maison de campagne de leur père Jean-Louis.

(56)

Musicalement parlant, l'année 95 a été un tournant. Détermination, plaisir et travail en ont été les maîtres-mots. On a tous progressé de façon importante. En premier lieu les quatre rappeurs grâce aux multiples scènes qu'on faisait.

Il y avait pas mal de groupes sur Marseille. On devait se faire une place. Et nous allions avoir l'outil parfait pour cela : les soirées du Squad. Elles avaient lieu une ou deux fois par mois au café Julien, une petite salle attenante à l'espace Julien, mythique salle de spectacle marseillaise à deux pas de chez les Cowboys. Il y rentrait 300 personnes max et c'était géré par Gilles et Lassad, avec Victor des Baffalos à l'entrée.

Les premiers temps, c'était assez difficile d'y pénétrer. On passait pour des bordéliques, mais on n'était pas méchants, on voulait juste s'amuser. Le légendaire DJ Rebel officiait aux platines. Il commençait par jouer des morceaux de rap US, puis quand la température montait, des MCs se pointaient sur la petite scène et s'échangeaient le micro dans une ambiance conviviale plus ou moins organisée. On allait entrer par la petite porte et se faire un nom.

Mis à part la scène, Djel progressait aussi à une vitesse fulgurante. Il avait pris la place d'Ali dans notre appartement, s'offrant ainsi un lieu où il pouvait pratiquer H24.

Quant à moi, je prenais mes marques dans cette nouvelle discipline. Je travaillais d'arrache-pied, habité par la passion du son, du hip-hop et de ce qu'on était en train de construire. Je me trouvais au début d'un cycle de production musicale intense qui allait durer plus de cinq ans. À raison d'environ quinze heures par jour, tous les jours ou presque. Ma chambre se transformerait petit à petit en local de répète, en studio, en point de rendez-vous unique de la Fonky Family. On était passionnés et on ne pensait qu'au rap. Quand on n'en faisait pas on en écoutait, quand on n'en écoutait pas on en parlait – des junkies. C'est le seul moyen d'être vraiment performant.

On m'a dit un jour qu'il fallait 10 000 heures de pratique pour commencer à maîtriser une discipline. Je pense que c'est exact. Mais sans un amour infini pour sa passion, ces 10 000 heures se transforment en calvaire. Et encore, 10 000 heures c'est la version française, au Japon c'est 60 000 heures. Ça s'appelle être un Takumi.

L'amour pour la musique, pour la culture, notre culture, mais aussi pour les gens avec qui on exerce, c'est la clé. Tous les jours, on se retrouvait avec bonheur, jamais on n'a eu l'impression de travailler. Je savais qu'on vivait quelque chose d'extraordinaire et avec le recul, c'est encore plus flagrant.

(57)

Le Rat arrivait tôt le matin, souvent avant 8 heures. Il se réveillait vers 6 heures et il écrivait. Puis il quittait son appartement de la rue des Muettes, au Panier, où il vivait avec ses parents et son petit frère. Il prenait la direction de Belsunce, en cyclo. Il sonnait et il me réveillait. Son éviction du système scolaire avait laissé un traumatisme : dorénavant, il serait le premier. J'avais travaillé tard, au moins jusqu'à 4 heures du mat. On écoutait alors la production de la nuit, il ajustait ses textes, puis on enregistrait quand on jugeait que ça valait le coup.

À la fin, c'était un peu comme quand un pêcheur remonte son filet : qu'est-ce qu'il y a de bon là-dedans ? Je faisais attention aux textes qu'il posait, mais j'étais davantage dans l'ambiance du direct, à surveiller la technique plutôt qu'à analyser le produit. Ce n'est qu'une fois que le son était dans la boîte que j'appréciais réellement. Pour lui, je pense que c'était différent. Il savait très bien ce qu'il y avait dans le filet, mais il ne bloquait pas dessus, il n'a jamais trop aimé se réécouter. Une fois que c'était plié, on passait à autre chose.

Il avait tout un tas de textes raturés sur des feuilles volantes ou sur des cahiers d'écolier, toujours écrits au bic et rassemblés dans des sacs plastiques. Il avait aussi plein de petits bouts de refrains, d'expressions (aujourd'hui on appellerait ça « gimmicks » ou punchlines). Souvent, je découvrais les textes en même temps qu'il les posait, et on en parlait ensuite. Les trucs les plus forts restaient dans ma tête et je ne manquais pas de les rappeler à son souvenir pour la construction des morceaux. Il fallait le pousser pour qu'il les place, par modestie je pense. Le Rat n'a jamais aimé se mettre en avant, moi non plus d'ailleurs. Si j'avais pu toucher le SMIC pour rester dans ma chambre à faire du son, j'aurais signé.

Choa et Djel se levaient vers midi, Sat arrivait avec Menzo, quelqu'un allait chercher les sandwichs à la Canebière, on mangeait, on parlait de tout et de rien, on se chambrait, on se marrait, et on bossait. Avec Le Rat, on avait déjà une demi-journée de taf dans les pattes. Alors on leur faisait écouter les enregistrements. S'il y avait un truc fort, c'était le point de départ d'un nouveau morceau, dans le cas contraire, les idées ne manquaient jamais. Choa, Sat, Menzo et Djel en avaient toujours une sous le coude, ça fusait. Fel passait régulièrement aussi, et son avis sur les textes et les thèmes était toujours judicieux.

Durant ces séances de travail, quelque chose nous chiffonnait Djel et moi. On pensait que l'improvisation était primordiale dans le rap, surtout quand on fait des scènes pirates. Et en impro, les gars étaient plutôt légers. C'était trop scolaire, ça manquait de vie. Alors avec Djel, on a créé le duo « MC Cousteau et Poupa Falco » (oui, on regardait les émissions de Cousteau tard dans la nuit) et on s'est mis à les clasher en impro sur des Faces B américaines ou sur mes beats. Nous aussi on était nuls, mais on osait, on les provoquait, souvent sans aucune rime. On chambrait en musique. Les premiers jours, ils sont restés muets mais soudain, ils nous ont répondu. On a pratiqué ça pendant des mois, jusqu'à ce que ça devienne des tueurs. Même si on n'improvise pas toujours sur scène, ça donne un aplomb, une assurance incomparable. Et au moment du freestyle, c'était des monstres.

Quand arrivait le soir, sandwichs encore, chez Ashraf si on avait les moyens, ou pizzas de la rue Nationale. Puis chacun rentrait chez soi. Djel se mettait aux platines, Choa restait avec moi jusqu'à tard. Pendant que je composais, il écrivait dans sa tête. Je lui disais : « Tu te sens pas d'écrire un truc sur ce son ? », il me répondait : « C'est ce que je fais. » Je n'ai jamais vu quelqu'un bosser comme ça, des couplets entiers dans la tête, sans rien écrire. Quand il avait fini, il nous le faisait écouter, et c'est seulement après qu'il le couchait sur papier.

La vie était douce, sans contraintes, et passionnée. Il nous arrivait parfois de manger juste un sandwich à la moutarde, mais rien ne pouvait nous enlever le sourire.

(58)

À l'été 95, on commençait à avoir une petite réputation, en partie grâce aux soirées du Squad au café Julien. C'était devenu un haut lieu du rap marseillais où tout l'underground se retrouvait, et il n'était pas exclu d'y croiser des rappeurs parisiens tels que MC Solaar ou les X-Men.

Un soir, lors d'une virée entre copines, les compagnes des membres d'IAM s'y retrouvèrent alors qu'on y jouait. Elles ont dû apprécier le spectacle puisque quinze jours plus tard, elles sont revenues avec leurs hommes, qui étaient déjà des stars, « Le Mia » étant passé par là.

Ce soir-là, mes gars ont fait une performance mémorable. Faut dire qu'on jouait à domicile, avec le Panier en première ligne renforcé par les MDLR de Belsunce.

Pendant la soirée, Akhenaton a demandé à Djel, qu'il connaissait depuis l'époque du Free Time et du métro Vieux-Port, s'il pouvait nous rencontrer après le show. Une fois tout le monde parti, on s'est attablés avec celui que tout le monde appelait Chill. Il préparait son premier album solo et il voulait qu'on y participe.

C'est paradoxal, mais on n'en revenait pas, tout en trouvant ça normal. Nous avions tant travaillé, il fallait bien que quelqu'un s'en aperçoive.

(59)

Le lundi suivant, nous sommes tous dans ma chambre quand l'interphone sonne. Je regarde par la fenêtre, c'est Akhenaton. Comme prévu à la soirée, il est là à 14 heures. Sur le coup, je reste focus, mais le soir en m'endormant, je ne pourrai m'empêcher de repenser à Skipper me faisant découvrir IAM six ans plus tôt, au terrain vague d'Arnaud-Bernard.

Il entre, nous salue, je l'invite à se poser sur mon clic-clac. On bavarde un peu et il me tend une cassette DAT avec un beat unique dessus. Je mets en marche ma platine. Le beat part. Après quelques secondes, il nous propose un thème : « Les Bad Boys de Marseille. » Ça nous a causé et le morceau est né dans l'après-midi. Je me souviens d'avoir suggéré à Choa la première ligne de son couplet : « Chaud comme Marseille / On vous met le feu. » J'ai aussi soufflé au Rat la phrase : « Une musique pas faite pour cent personnes mais pour des millions », que j'avais pompée sur un label de Barry White, Music for Millions. À l'époque, je samplais même les idées.

Chill est reparti en fin d'après-midi, visiblement satisfait.

(59b)

L'enregistrement a eu lieu à Naples au Capri Digital, sur l'île de Capri. Pour des raisons budgétaires, seuls les quatre rappeurs et Karima (notre chanteuse) ont été conviés. À leur retour, même si Djel, Fel et moi n'avions pas été du voyage, tout le groupe était très enthousiaste. Quand on a découvert le titre « Bad Boys de Marseille », tous ensemble dans ma piaule, on sentait qu'un cap était franchi. Nous allions avoir une exposition nationale. Avouons-le aussi, poser un son sur l'album d'Akhenaton, ça frappait. La majorité de nos idoles étaient plutôt outre-Atlantique, mais IAM, c'était un monument.

C'est en partie grâce à eux et à la première génération de Bboys marseillais que le centre-ville de Marseille est l'un des berceaux du rap en France. Non pas qu'on ait été des visionnaires, mais on avait un avantage sur nos collègues parisiens. Tous les trois mois, des marines américains débarquaient dans la rade de Marseille. Dans le lot, il y avait beaucoup de Blacks représentants de la culture hip-hop. Ils ont rapidement contaminé l'autochtone, déjà friand de galipettes sur des cartons.

J'ai toujours dit « on » pour parler des Marseillais ou de l'OM, ce qui m'a valu des railleries de la part des vrais locaux. On me disait en rigolant : « Et ké on ? Tié un Toulousain », et je répondais toujours sur le ton de l'humour : « Je suis plus marseillais que vous. Vous, vous n'avez pas fait exprès de naître ici, moi j'ai décidé d'être marseillais. »

(59c)

« Bad Boys de Marseille », c'est le titre qui nous a fait prendre l'ascenseur de la notoriété. Mais je suis convaincu qu'on aurait percé quand même. On était tellement déterminés qu'on aurait pris l'escalier qui pue la pisse.

Fort de ce succès et d'une productivité débordante, IAM ne tarderont pas à nous proposer d'aller plus loin via le label Côté Obscur. Akhenaton adorait notre groupe, il kiffait mes prods, mais surtout, il vouait une admiration sans borne au Rat. Il disait se revoir en lui à son âge, le côté quartier en plus certainement. Il dira plus tard en interview que Le Rat est tout simplement le meilleur rappeur français. C'est ce que je pense aussi.

On a donc signé avec eux sans réfléchir. Et on en était très heureux. L'idée d'un premier album est alors apparue. Surexcitant.

Chapitre 9
500 francs

(60)

J'ouvre une parenthèse temporelle d'environ cinq ans pour raconter d'un trait notre relation avec IAM. Nous avons fini fâchés et on m'en a souvent demandé la raison.

Au début tout allait bien entre nous, je ne peux pas dire qu'on se fréquentait au quotidien mais c'était cool. Les trois membres d'IAM avec lesquels nous avions le plus d'affinités étaient François « Kephren », qui était notre manager et qui habitait en face de chez nous, Malek « Freeman », qui passait souvent à la maison, et enfin, Pascal « Imhotep », qui était bienveillant à notre égard. Les autres on les voyait principalement en studio.

Akhenaton avait beaucoup d'ambition pour nous. Il était souvent enthousiaste lors des réunions qu'on faisait avec le label Côté Obscur dans notre local de la friche de la Belle-de-Mai. Ça nous touchait mais je pense que ça a été la première fissure dans notre relation. Il nous promettait beaucoup, de bonne foi je pense, et je suppose que derrière ses associés devaient lui dire qu'il était allé trop loin, puisque les choses avaient parfois un peu de mal à se concrétiser.

Ça nous faisait nous poser des questions sur la véracité de ses propos. À sa décharge, c'était une de ses premières expériences en tant que patron de label. Même s'il avait plusieurs associés, il avait un poids considérable dans la stratégie de Côté Obscur.

Quand on a signé avec Sony au printemps 97 (techniquement, c'est plutôt Côté Obscur qui a dealé avec eux une coproduction), Sony ont émis le souhait que nous ayons un manager. Ils avaient raison, les discussions deviendraient vite difficiles sans un interlocuteur unique. Deux choix s'offraient à nous. Soit on demandait à Sony de nous en trouver un, compétent mais étranger à notre équipe, soit on privilégiait la solution interne en prenant un proche qui, forcément, ne connaîtrait pas le métier.

On a opté pour la famille et je me souviens parfaitement comment ça s'est passé. J'étais avec Carole, notre productrice exécutive qui bossait chez Côté Obscur, dans un taxi à Paris. On discutait de la question et, soudain elle a dit : « Pourquoi pas Fafa ? » Fafa, c'était Farid de l'Estaque, un ami proche qui nous suivait dans tous nos déplacements. Il faisait partie du premier cercle. Le même Fafa que je rejoignais le midi sur les marches de la gare pendant que j'étais à l'atelier permanent d'orientation.

Une fois rentrés à Marseille, on a soumis l'idée au groupe et c'était validé. Après quelque temps, il s'est avéré que Fafa était un manager exceptionnel, compensant son manque d'expérience par de formidables relations humaines. Chez

Sony, tout le monde l'adorait. Il était marrant et ne se prenait pas pour quelqu'un d'autre. Dans ce monde parfois surfait, il tutoyait même le big boss de Sony Music France, Olivier Monfort, qui appréciait son naturel et sa franchise. Un minot des bidonvilles de l'Estaque, ça devait le changer des faux-culs.

Je raconte ça pour en venir à ce qui fut notre première prise de bec. IAM donnaient un concert au Zénith de Paris. Ils avaient invité de nombreux groupes marseillais à la fête. Alors que nous étions encore à Marseille la veille du show, on a appris que Fafa n'était pas prévu dans le voyage. S'il souhaitait venir, il n'y aurait pas de cachet pour lui et le trajet serait à sa charge. L'argument de la personne que j'avais au bout du fil était qu'on serait tous ensemble et qu'il n'y avait pas besoin de management. Mais Fafa faisait à présent partie intégrante de la FF et on insistait pour qu'il ait au moins son cachet de 500 francs, comme nous. On m'a alors expliqué que c'était ça ou rien et que c'était irrévocable. Ce mot a eu l'effet d'une bombe. « Les mecs nous disent la famille et ils nous balancent ça, irrévocable, pour 500 balles ? » Voilà en substance quelle fut notre réaction. Davantage par principe que par avidité.

Que faire ? Devait-on participer au concert ? Le boycotter ? C'est Fafa qui nous a donné le meilleur conseil : « Vous avez craqué ou quoi ? Faites-le. C'est un Zénith, les gars. »

Bien sûr, il avait raison.

On s'est donc rendus à Panam en pétard. L'ambiance aux balances était glaciale. Je ne sais même plus si on s'est salués. Même dans les loges, on faisait bande à part, sauf avec les autres groupes. Je crois me souvenir qu'il y a eu un léger accrochage avec le staff administratif d'IAM.

À l'entrée sur scène, on a d'emblée expliqué la situation au public. Je ne me souviens plus de la phrase ni de qui l'a dite, mais c'était violent. IAM étaient en colère. Je pense que c'est là qu'Akhenaton nous a lâchés. Je suppose qu'il a dû s'entendre dire un truc du genre : « Là c'est trop, ça suffit. On les invite et ils nous chient dessus. »

Je sentais bien que certains membres d'IAM et de leur entourage ne nous portaient pas dans leurs cœurs. On passait pour les casse-couilles de service. Ils pensaient peut-être à la manière de Tête de Brique dans le film *Snatch* : « Quand je file un os à ronger à un chien, j'attends pas qu'il me dise s'il est bon ou pas. »

On voyait toujours les trois membres d'IAM avec lesquels nous étions proches. Je pense, mais il faudrait le leur demander, qu'ils nous donnaient plutôt raison. Je me souviens d'Imhotep me disant dans son local de la friche : « Putain, pour 500 balles. »

Ce qui était certain, c'est que j'étais devenu persona non grata. Je catalysais l'embrouille car j'ouvrais ma gueule. Une bonne discussion aurait tout réglé, mais on voyait rarement les boss d'IAM, sans faire offense aux autres. En y repensant, je crois que je n'ai plus jamais revu Akhenaton depuis.

Le clash a pris une autre tournure quand ils ont voulu nous vendre à Sony. C'est comme en football pour un transfert lors du mercato. Il y avait Côté Obscur, notre club, Sony, le club qui nous voulait, et nous, le joueur. Tout le monde était d'accord sur l'idée du transfert mais les négociations n'en finissaient plus. Côté Obscur étaient plutôt gourmands, selon les dires de certains cadres de Sony, ce qui peut se comprendre car notre premier album avait été un succès. Mais le problème pour nous, c'est que pendant toute cette négociation, on ne jouait pas, on était le cul entre deux clubs. Sony refusaient de débloquer des budgets studio tant qu'on n'était pas encore chez eux, et Côté Obscur ne voulait rien entendre. Logique. On s'est donc retrouvé dans un genre de vide juridique et on l'a assez mal vécu. On débordait de créativité, mais impossible d'enregistrer, et ça a pratiquement duré un an, une éternité. Pendant cette période, l'animosité augmentait. On tenait responsables IAM de faire traîner les négociations en étant trop gourmands, et peut-être ainsi de régler les comptes.

Mais il y avait un hic. En tant que principaux concernés, nous n'étions pas invités à la table des négociations. Ça pouvait se comprendre, on était incompétents. C'était de la négociation de haut vol, il fallait une pointure pour nous représenter. Renseignements pris, il nous est apparu que le cabinet d'avocats Schmitt faisait autorité en la matière. On l'a donc engagé pour nous représenter. C'est moi qui ai fait le lien entre le groupe et maître Corinne Pourrinet, du cabinet. En une semaine c'était plié. Selon ses termes : « Certaines demandes émanant de la société Côté Obscur étaient aberrantes. » En quelques fax, elle a remis les pendules à l'heure. Peu de temps après, on a signé avec Sony. Elle est d'ailleurs toujours mon avocate et une alliée précieuse.

On pourrait penser que je nous donne le beau rôle dans cette histoire, mais je me suis efforcé de décrire les faits. IAM doivent certainement avoir une autre perception des choses, voire une autre version, mais celle-ci est la mienne et elle vaut ce qu'elle vaut. On pourrait également penser que je manque de reconnaissance, que je crache dans la soupe. Après tout, je m'en fous. On aurait tous préféré que les choses se passent autrement. Ça ne m'empêche pas d'exprimer tout mon respect pour cet immense groupe qu'est IAM et mon amitié à François et Malek. Je remercie également Chill pour l'influence positive qu'il a eue sur ma vie et pour nous avoir tendu la main.

Chapitre 10
Bad Boys

(61)

Retour fin 95.

Autant pour l'enregistrement à Naples, on comprenait que seuls les chanteurs aient été conviés, mais quand ils sont allés tourner le clip de « Bad Boys de Marseille » à New York sans Djel et moi, on a vraiment marronné (en français ça veut dire râler).

Je me souviens de l'ambiance qui régnait à l'appart. Nous qui avions toujours du monde et du bruit, là, c'était vide. On a passé du temps avec Djel à réfléchir à la suite, assis sur un matelas qu'on avait mis dans l'entrée. On sentait que le groupe changeait de dimension, alors on anticipait tous les cas de figure. De la science-fiction sur nos propres vies, c'était marrant. On bossait aussi pas mal et la nuit, on jouait à *Mario Kart*.

De temps en temps, les gars nous appelaient pour nous raconter là-bas. Le Rat nous a même envoyé une carte postale que j'ai retrouvée il y a peu, avec trois créatures de rêve en maillots. Je me souviens m'être demandé s'il était à New York ou à Miami. Du Rat tout craché.

Ils sont restés plusieurs semaines à New York. Le clip était une grosse production, environ cinq jours de tournage. On commençait à trouver le temps long à Belsunce, mais on ne serait pas déçus du résultat. Ce clip allait nous faire franchir le mur du son. Dorénavant, on serait les Bad Boys de Marseille.

Le Rat aussi avait changé de nom. Il s'était ramené un nom de famille de New York : Luciano. J'ignore encore les conditions et les motivations qui l'ont poussé à adopter ce sobriquet. Et aujourd'hui, je me demande pourquoi je ne lui ai jamais posé la question. Probablement parce que je savais à qui ça faisait référence et parce que ça sonnait bien, « Le Rat Luciano ».

(62)

Portés par ce clip et le succès du morceau, on a pour la première fois donné quelques petits concerts en dehors de Marseille. Après un déplacement mythique à Toulouse pour la fête de l'Huma, le suivant nous a menés jusqu'à Évreux, en Normandie.

Le centre social du Panier nous avait prêté un minibus neuf places. Seul à avoir le permis, c'est notre danseur Rachid, alias Kingchou, qui serait au volant. Le jour du départ, les mecs du Panier (Le Rat, Menzo, Ahmed, Rachid et Fel) se sont donné rendez-vous au véhicule près du centre social. Ils devaient nous récupérer à Belsunce (Djel, Sat, Choa, Karima et moi, oui je sais ça fait 10), mais on ne les voyait pas arriver. Les quatre pneus du minibus avaient été crevés dans la nuit. L'œuvre de jaloux qui, déçus de ne pas venir avec nous, avaient appliqué l'adage : « Ah ouais, j'y vais pas ? Et ben dégun y va. » C'était sans compter la détermination du Rat qui est parti voler quatre roues neuves sur un autre véhicule.

Malgré quelques erreurs de trajectoire, on est arrivés à bon port, comme disait notre chauffeur. Rachid était un homme de défi, il n'avait peur de rien et était très proche du Rat et de Fel. Je me souviens qu'un jour, on était place du Refuge en plein été et il y avait beaucoup de monde. Il disait qu'il était imbattable en pompes. Alors son ami Désiré lui a dit : « 100 francs que tu fais pas 100 pompes. » Il s'est mis torse nu et a commencé la série entouré d'une trentaine de jeunes qui comptaient en chœur : « 1, 2, 3, 4… 97… 98… 99… » Et puis plus rien. Impossible de se relever pour la centième et dernière pompe. Scotché sur le sol de pierre du Refuge.

Il existe un culte des pompes dans certains quartiers de Marseille. Des amis me racontaient comment ils pariaient des pompes aux Beaumettes. Ils jouaient aux cartes et au lieu de se devoir de l'argent ou des clopes, ils se devaient des pompes. Et ils me disaient qu'on ne te lâchait pas jusqu'à ce que tu payes. Parfois deux ou trois mille. Je ne sais pas si ça se fait encore. C'était le temps d'avant comme on dit.

Au concours de pompes de Rachid, il y avait un nouveau membre du crew, tout droit sorti du Queens, à New York : Bruizza. Il avait embarqué avec les garçons et IAM pour visiter Marseille et accessoirement fuir la prison où il venait d'être envoyé pour port d'armes. Il a dormi chez nous pendant près de six mois et on a tout partagé. Il adorait Marseille, surtout le Panier où il aimait zoner. Ça devait lui changer des tours de son Queens natal.

C'était un excellent rappeur et je pense qu'il fut pour quelque chose dans la progression de certains MCs de la FF. Sur scène, avec son gros charisme, son mètre 95 et ses dreadlocks, il était redoutable. Mais c'était surtout grâce à sa voix, incroyablement forte et singulière, qu'il brillait le plus. Pour certains concerts, il n'avait presque pas besoin de micro.

On l'a embarqué avec nous l'été 96 à l'université du hip-hop de Strasbourg. Mais il n'y avait pas que lui. Quasiment tout le Panier était du voyage, tout comme une bonne partie de Belsunce et de Félix-Pyat vu que le 3e Œil étaient là. On devait être pas loin d'une quarantaine de Marseillais à Strasbourg.

(63)

Être fier de son coin et le représenter, c'est la sixième discipline du hip-hop, la base de l'egotrip : « Chez nous, on est meilleurs que chez toi. » Là, on était toute une armée, menée malgré lui par le lieutenant Luciano. Sur scène, il était imprenable. Surtout quand il était en pétard. Il m'est arrivé d'en jouer, je l'avoue. Un jour, pour un concert en plein air, je le sentais un peu ramollo dans le minibus qui nous amenait de l'hôtel au show. Il avait pourtant sa veste

Lacoste magique. Comme c'était un truc important pour nous, j'ai provoqué une dispute dans le seul but de le chauffer pour la scène. Pas un gros clash, juste assez pour le mettre en rogne. De retour à l'hôtel, je suis passé aux aveux et il s'est marré en me disant : « Bien joué. »

Tout ce qui comptait pour moi, c'était que les gens aient la même perception que la mienne : les gars de la FF sont bons.

Chapitre 11
Le mur du son

(64)

Je ne m'en suis jamais vraiment rendu compte, mais c'est à cette période qu'on a commencé à être perçus comme des artistes, même si je n'aime pas trop le terme. Ça fait pompeux.

Le regard des gens changeait. Les proches restaient les mêmes, mais pour les gens qu'on voyait moins souvent, le changement était troublant. On allait passer de mecs tricards partout, à mecs bienvenus partout. Ça nous faisait marrer.

Dans cette situation, le plus important est de garder les pieds sur terre. Pour nous, je pense qu'il n'y avait aucun risque. En fait, il suffit juste d'être concentré sur sa musique et être conscient que rien n'est acquis. Et puis on vivait dans des quartiers populaires à Marseille, à des années-lumière du show-biz parisien.

C'est également là que sont apparus des mots qui allaient devenir récurrents dans notre vocabulaire : « concert », « album », « studio », « contrat »... La musique devenait notre activité professionnelle. Un rêve se concrétisait, juste sous nos yeux.

Mais je brûle un peu les étapes. Pour l'instant, on n'a encore rien fait de public, excepté « Bad Boys de Marseille » bien sûr, mais on sent bien que ça approche.

(65)

On venait de signer chez Côté Obscur. On a donc commencé à maquetter en prévision d'un album. À l'époque, c'était plutôt rare de faire un album de rap en major, on était à fond. Avant ça, on n'avait qu'un micro de poste radio, alors on a récupéré un vrai microphone pour maquetter, le fameux Shure SM58. On commençait à être rompus à l'exercice, ça devenait une bonne routine. Le Rat arrivait toujours aux aurores et on était hyper-productifs. Je bossais toujours autant, à peu près trois beats par jour, je pensais au son en permanence. Lui écrivait tout le temps. Des autistes. Djel aussi était collé aux platines du matin au soir.

(66)

Je m'aérais quand même un peu hein. J'aimais bien aller à Paris, changer d'ambiance. Des connexions commençaient à se créer avec les groupes de la capitale. Notamment pour l'enregistrement de la mixtape *Opération coup de poing* de mon ami Thibault. Presque toute notre génération était présente sur ce projet. Ce fut pour moi l'occasion de rencontrer Mode2, l'idole de ma jeunesse, en charge de l'artwork de la cassette. Il m'a offert un magnifique dessin qui est resté affiché dans ma chambre durant des années.

C'est aussi là que j'ai rencontré le collectif Time Bomb, dont certains membres sont devenus des amis, comme les X-Men ou Ali des Lunatic, deux groupes que j'adorais. J'étais pote avec les 2 Bal 2 Neg, les Sages Poètes de la Rue, Expression Direkt, Daddy Lord C de La Cliqua, Busta Flex, L'Skadrille, des mecs du Secteur Ä… Ce qui était étrange, c'était qu'une forme de fierté et de rivalité faisait qu'ils ne se fréquentaient pas, à quelques exceptions près. Je me souviens avoir dit à Gilles, des X-Men, un soir que je dormais chez lui à Ménilmontant : « Vous êtes tous cool, mais vous vous ignorez, on dirait que vous êtes en guerre. » J'avais du mal à comprendre. Chez nous, c'était plus relax, le soleil peut-être.

Mais ce que je préférais à Paris, c'était être en studio. Au milieu de toutes ces étranges machines hors de prix, je me sentais à ma place, au cœur du réacteur créatif.

Lors de l'un de ces séjours, j'ai eu le privilège de passer quelques jours avec IAM pour l'enregistrement de *L'École du micro d'argent*, au studio Guillaume-Tell, à Suresnes.

Cet album est particulier parce qu'il a été refait deux fois dans sa quasi-totalité. À l'écoute de sa première mouture, je pense qu'IAM n'étaient pas satisfaits, ils sentaient que ça ne suffirait pas. Le niveau était considérablement monté ces derniers mois. La nouvelle génération arrivait fort. Il y avait nous, mais il y avait surtout l'avènement de la clique Time Bomb. Ce que je vais dire ne concerne que moi, mais je pense que c'est après avoir pris la mesure de certains titres de ces artistes qu'IAM ont décidé de repartir de zéro avec un nouvel ingénieur : Prince Charles Alexander. Je suis arrivé au studio quelques jours après lui.

J'ai lu dans une interview d'Akhenaton que ce changement radical de braquet avait été motivé par un groupe new-yorkais : Mobb Deep. Je pense, et là encore, ça n'engage que moi, qu'ils ont été motivés par la nouvelle école de rap français qui émergeait, et qu'ils se sont inspirés des ambiances mobbdeepiennes pour l'artistique. Ils ont utilisé un levier fondamental dans toute carrière d'artistes professionnels : la concurrence. La compétitivité est primordiale dans ce domaine et Akhenaton était très performant en la matière. Il n'avait pas de mal à accélérer lorsqu'il voyait des jeunes le talonner d'un peu trop près dans son rétroviseur.

(67)

Quelques mois plus tard, après le succès colossal de cet album, je me suis retrouvé sur le plateau de *Nulle part ailleurs* dans les studios de Canal +, invité par IAM pour un mini-concert promotionnel.

Avec un public trié sur le volet, le show devait se dérouler dans une ambiance détendue et conviviale. C'était sans compter les velléités qu'entretenait Joey Starr à l'encontre du groupe marseillais. La tension entre IAM et NTM était importante à cette époque et il était dans le public avec une dizaine de gars à lui. Des mots furent échangés pendant le concert. C'était tendu. Lorsque IAM sont sortis de scène, une bousculade a eu lieu entre les deux équipes. Les insultes fusaient mais la sécurité maîtrisait la situation. C'est alors qu'un membre du management d'IAM sorti de nulle part a décoché une droite à Joey Starr. La panique a envahi le plateau. Les Baffalos (une boîte de sécu) nous ont évacués dans deux minibus, un pour IAM et un autre pour leurs invités, dont leurs compagnes. J'étais dans ce dernier avec François « Kephren ». Il était environ 23 heures.

On a pris la direction de l'Holiday Inn République où logeait le groupe. Quand on est arrivés sur la place, j'ai immédiatement repéré le comité d'accueil planqué dans les buissons, face à l'hôtel. Ils nous attendaient. Les femmes ont poussé un cri et quelqu'un a dit au chauffeur de ne pas s'arrêter. On a fait le tour de la place pour finalement stopper pile devant la porte. Tout le monde a foncé dans le hall sauf Malek, François et moi.

L'équipe du 93 nous encercle. Joey Starr dit à François et Malek : « Pourquoi ils vous envoient toujours vous ? Vous êtes leurs pitbulls ? » Le ton monte, il veut que celui qui l'a frappé sorte, mais il est déjà dans sa chambre. Je rentre voir ce qui se passe dans le hall de l'hôtel. Shurik'n est remonté, il veut sortir en découdre, mais un mec de la sécu l'en empêche. Akhenaton est là aussi. Son épouse lui demande de monter dans la chambre, mais son père (paix à son âme) lui intime de ne pas bouger. Quand je ressors, une voiture de flics est déjà là et demande des renforts. J'entends dans leur radio : « Embrouille IAM / NTM à République. » Avec François, on n'a pas pu s'empêcher de sourire. Puis la cavalerie a débarqué, que des Noirs et des Arabes en civil. Joey s'est exclamé : « Vous nous avez envoyé les flics du rap ou quoi ? » Ils ont fait redescendre la pression et on est rentrés dormir.

Des années plus tard, chez lui pour ses quarante ans, j'en ai reparlé avec Joey. Il m'a dit : « Ah, mais putain, c'était toi », en se marrant...

(67b)

De notre côté, les concerts commençaient à s'enchaîner et on aimait ça plus que tout. Cette tension, cette communion, cette adrénaline nous allaient comme un gant. Parfois, forcément, ça dérapait. Comme ce jour d'été à Nice, au théâtre de verdure, sur la promenade des Anglais. Le concert réunissait tout le rap français.

Nous étions montés avec le groupe 3e Œil. On devait jouer juste après eux, mais cela n'arrivera jamais. À cette époque, on se déplaçait en grosse équipe : le Panier, Belsunce et Félix-Pyat. On n'était pas là pour se battre, mais on peut dire qu'avec une telle équipe, on était parés à toute éventualité. Après les balances, on a posé pour quelques photos et signé des autographes avec des spectateurs. Vu qu'on n'avait pas vraiment des têtes connues, je vois qu'un jeune tend un papier et un stylo à un mec du Panier qui le prend tout sourire et commence à griffonner. Curieux de voir ce qu'il va écrire en guise d'autographe, je me penche pour regarder. Alors que mon pote rend papier et stylo au jeune, j'aperçois « Nique tes morts » écrit façon tag. Le jeune le remercie chaleureusement et mon pote lui répond avec un grand sourire : « Avec plaisir. »

Je ne sais pas si l'autographe contenant une insulte de cinquième catégorie[1] eut un rôle dans les événements qui suivirent, mais ça allait chauffer. Après une pause déjeuner, de retour à la salle de concert, j'ai commencé à sentir une légère tension. Je dois faire une parenthèse concernant les relations entre Marseille et les autres villes du Sud. Quand on va vers l'ouest : Nîmes, Montpellier, Perpignan, Toulouse... c'est plutôt cool, il n'y a pas d'hostilité a priori. Même footballistiquement, ce ne sont pas vraiment nos ennemis. En revanche, dès qu'on va vers l'est, à partir de Toulon et jusqu'à l'Italie, ils ne nous aiment pas. Je parle des mecs de quartiers et des footeux hein, les autres s'en tapent. Il y a des exceptions et j'ai tendance à généraliser grossièrement, mais c'est ce qui constitue le décor.

C'est donc dans cette animosité latente qu'on est arrivés à la salle. Il y avait quelque chose d'inquiétant et je l'ai d'emblée remarqué. Le concert était organisé par le Parti communiste, un genre de fête de l'Huma version Côte d'Azur. Jusque-là rien de dérangeant, si ce n'est que le service de

1. Les cinq catégories d'insultes : 1. Les insultes sur le niveau intellectuel (crétin, imbécile...). 2. Les insultes sur le niveau intellectuel volontaires (connard, salaud...). 3. Les insultes à caractère sexuel (va te faire ceci, fais-moi cela, pédé...). 4. Les insultes impliquant la sphère familiale (ta mère ceci, ta sœur cela...). 5. Les insultes impliquant les morts (tes morts, nique tes morts...).

sécurité était composé de bénévoles du parti, dont la majorité semblait être à la retraite. De plus, ils étaient tous en civil avec pour seul signe distinctif un morceau de tissu rouge autour du bras. Pour un concert de rap rassemblant plus de deux mille personnes, c'était un peu léger.

Comme je dois lancer les beats pour le 3ᵉ Œil qui joue juste avant nous, je me place à la régie centrale, face à la scène, au milieu de la foule. Alors que mes amis du « Troiz » commencent à s'installer, trois mecs qui n'ont rien à faire là entrent sur scène. Le premier parle à l'oreille de l'un des deux managers du groupe. J'ignore ce qu'il dit, mais ça ne lui a pas plu. Il fait un pas de recul et déclenche une gifle de cowboy dont il a le secret. La foule pousse un « Oooooh », le style de clameurs qu'on pouvait entendre au Vélodrome quand Waddle faisait un petit pont. Le giflé tombe KO et le deuxième s'approche belliqueusement. Il se prend le genre de balayettes où tu accompagnes la victime au sol histoire qu'elle se pète les côtes. Silence. Tout le monde regarde. Le fracas du mec sur les planches résonne dans la salle. Le troisième larron s'approche à son tour, ramasse le premier et l'évacue de la scène. Le management du 3ᵉ Œil, c'était costaud.

La tension est extrême. Les trois mecs viennent d'un gros quartier de Nice et tous leurs potes envahissent la scène. La sécurité est débordée. Depuis mon poste, je les vois s'engouffrer dans les backstages à la poursuite des Marseillais. Il faut à tout prix que je rejoigne mon équipe, mais j'ai cette horde à franchir. Heureusement, ma tête n'est pas connue et je me fraie un chemin jusqu'aux grands escaliers qui descendent aux loges.

Arrivés en bas, les Marseillais sont sur le pied de guerre. Les autres groupes se sont enfermés dans leurs loges, après tout, ce n'est pas leur guêpier. Ça débute par un conflit tactique : il ne faut surtout pas laisser les Niçois descendre. Ils ont beau lancer des bouteilles, on est à l'abri de chaque côté du large escalier. Les malheureux qui parviennent à franchir l'obstacle se retrouvent aux mains de pirates à faire rougir la bande de Jack Sparrow. Je dois confesser que j'ai assisté et fait des choses peu sympathiques, mais c'est l'instinct de survie qui causait.

Après quelques minutes d'échauffourées, l'un d'entre nous a la brillante idée de vider un extincteur dans l'escalier, qui se retrouve dans le brouillard. Il devient encore plus périlleux pour nos agresseurs, toujours plus nombreux, de descendre sans visibilité. On voit alors des silhouettes armées de bâtons avancer dans les escaliers d'un pas décidé. Djamel, qui est en avant-poste, arrive en courant et nous chuchote : « C'est les condés, remettez vos ceintures (qu'on a tous à la main) et faites les victimes. » Effectivement, c'était une vingtaine de CRS avec quelques mecs de la BAC. « On vient jouer et on nous agresse. » Voilà en substance ce qu'on leur dit, ce qui n'est pas faux. Ils décident alors de nous raccompagner à notre hôtel dans leurs fourgons. C'est sous une haie d'honneur de CRS qu'on est sortis de la salle. Bien entendu, les Niçois tout autour nous dévisageaient.

À l'hôtel, on a décompressé, on s'est douchés et on a mangé un morceau. Il y avait un after-show prévu dans une boîte du coin, mais hors de question d'y aller. Sauf que vers 2 heures du mat, l'un d'entre nous a eu la fumante idée de faire le tour des chambres en disant : « Qui a peur est un enculé. » Un quart d'heure après, on était en partance pour le club.

Il y avait un escalier pour descendre dans la boîte, on l'a emprunté en chantant : « Ouais ouais ouais ouais. » Arrivés en bas, grâce à Dieu ils n'étaient pas là. Sinon ça aurait pu être un carnage. Dans un sens comme dans l'autre.

C'est aussi cette nuit-là que Fel a été interpellé pour une tout autre histoire, il a immédiatement été écroué à la maison d'arrêt de Nice. Ce qui était plus que risqué pour lui vu l'altercation qu'on avait vécue. Mais un concours de circonstances allait lui venir en aide.

Depuis quelque temps, à la prison des Beaumettes, une grosse équipe algéro-italo-corse faisait la loi. L'administration pénitentiaire décida de la dispatcher en envoyant ses membres dans des prisons différentes. Un membre de cette bande, lui en liberté, était un « grand » du Panier qui aimait beaucoup Fel. Il a alors demandé à celui qui se retrouverait à la maison d'arrêt de Nice de prendre Fel sous sa protection. Quand il s'est fait transférer et qu'il est arrivé en taule, il a prévenu la population carcérale que personne touche au Marseillais sinon ils auraient affaire à lui. Ils ont respecté ses directives. C'était « un quelqu'un », comme on dit à Marseille.

J'ai fait appeler Fel par ma femme pour être sûr de ne pas raconter d'histoires sur cet épisode. Il a confirmé en précisant : « C'était un fou furieux, tout le monde se caguait de lui. »

Lors de son jugement, quelques mois plus tard, un non-lieu a été prononcé et Fel a été totalement blanchi. Il avait fait neuf mois de prison pour rien.

C'en est fini de l'aparté guéguerre et bagarre, mais j'y reviendrai, en version 99XL.

Chapitre 12
Si Dieu veut

(68)

Après des centaines de maquettes, on attendait de faire notre album sans vraiment y croire. On avait vécu plusieurs fausses joies avec des dates d'entrée en studio sans cesse repoussées.

Un soir de concert au printemps 97, à Montpellier, Le Rat s'est ouvert la main en tapant dans un pot de fleurs. Après quelques points de suture qui lui ont laissé une cicatrice en forme de M comme Marseille sur le poignet, il était opé pour un show qui devait maculer les murs du Rockstore de sueur. En ce temps-là, ce n'était pas encore Fafa notre manager, mais François d'IAM. À la fin du concert, il a reçu un coup de fil. En raccrochant, il m'a regardé et m'a dit : « Mario Rodriguez est dans l'avion. » C'était Noël puissance 1 000.

Côté Obscur nous avaient demandé de faire une short list avec les noms des ingénieurs du son qu'on souhaitait pour notre album et Mario Rodriguez arrivait en tête. Le New-Yorkais avait travaillé avec Notorious Big et Mobb

Deep, deux de nos artistes et groupes favoris. Mario était avant tout un ingénieur du son de mixage. Là, il venait aussi pour nous enregistrer, un luxe absolu.

(69)

Après une courte nuit de sommeil parsemée de micro-réveils au cours desquels je me demandais si tout ceci était bien réel, on s'est retrouvés au studio Cactus, à Marseille. Mario semblait ravi d'être là. Il avait une quarantaine d'années, la peau mate, il n'était pas très grand et était vêtu de fringues de motard très colorées. Une fois les présentations faites, il nous a exposé sa vision des choses. On devait d'abord choisir les morceaux qui composeraient notre premier album. Un tri entre une cinquantaine de titres. Ça nous a pris la journée, il ne fallait pas se manquer, on partait pour un mois d'enregistrement professionnel.

Puis Mario a investi le studio de son professionnalisme. Je le revois passer son doigt sur les magnétos à bandes à la recherche de particules magnétiques, façon adjudant-chef inspectant la piaule d'un troufion. Je l'entends encore appeler Christian, le patron des lieux, qui débarquait médusé pour se voir coller sous le nez un doigt de Colombien avec trois résidus de bande magnétique dessus. « Ça pas bon Cwistian », lui lançait-il, sympathique mais ferme. Et Christian de répondre avec toute sa bonne volonté : « Ah, d'accord… » On était partis pour un recalibrage complet du studio.

Le lendemain, on a posé sur bandes analogiques tous les instrus qui seraient dans l'album et j'ai commencé à sympathiser avec Mario, qui est devenu un ami. Il s'est tellement bien adapté au groupe qu'en débarquant à Marseille, il a repris la boisson et les joints qu'il avait arrêtés neuf ans auparavant.

Outre son apport technique, la façon dont il nous a pris au sérieux a changé la donne. On s'est tous dit : « Là ça rigole plus, faut qu'on donne le meilleur. » Ça nous a fait passer un cap.

(70)

Tous les matins, Carole passait nous récupérer dans un monospace de location. On devait être au studio Cactus vers midi. On mangeait un morceau et on attaquait la journée. Le simple fait de me remémorer ces repas me replonge dans l'ambiance incroyable de cet enregistrement. Moi qui n'ai plus d'odorat depuis cinq ans, comme tous les trachéotomisés ventilés, je me souviens même de l'odeur des lieux, un mélange de câbles en caoutchouc, de boissons chaudes et de bouffe bon marché.

On se réunissait dans le petit salon à l'entrée du studio pour le café, et on bossait jusqu'à tard le soir. Mario était déjà là, à inspecter le studio avec sa rigueur américaine. Tout devait être parfait. C'était tellement inspirant comme attitude.

Je discutais beaucoup avec lui. J'étais avide d'écouter les histoires de son immense carrière, particulièrement sur l'enregistrement de *Ready to Die*, premier album de Notorious Big, et du mix de *Hell on Earth*, troisième album de Mobb Deep, deux putains de classiques.

J'ai toujours été fasciné par Havoc, membre de Mobb Deep et producteur de génie. Pendant les temps morts de l'enregistrement, Mario se régalait à me raconter les mille et une anecdotes sur les sessions de studio qu'il avait partagées avec lui.

Havoc buvait beaucoup à cette époque, et pendant que Mario mixait, il produisait sur sa MPC 3000 jusqu'à tard dans la nuit. Il faisait des tueries mais une fois sur deux, trop bourré peut-être, il oubliait de sauvegarder. Il arrivait le lendemain en clamant : « Mario ? Where is my fukin beat ? » (Mario, où est mon putain de beat ?) Vu qu'il était tout le temps armé, Mario, tout penaud, rétorquait d'un air désolé : « Il est probable, que, éventuellement, par un fâcheux concours de circonstances, il se pourrait bien que tu aies oublié de sauvegarder ta prod. » Et Havoc de répondre : « OK fuck dat » (OK rien à foutre) avant de se remettre au boulot.

(71)

Une deuxième anecdote me revient au sujet de *Ready to Die*. Dans un interlude, Biggie est censé faire l'amour avec une femme. Pour donner l'illusion d'ébats amoureux, ils s'étaient assis à califourchon sur un tabouret de piano, tout habillés, dans la cabine du Studio A du Hit Factory New York. Je connais le lieu, il est grand comme deux terrains de basket et permet d'accueillir l'orchestre philharmonique de New York au complet. Pour le coup, il s'agissait vraisemblablement d'un autre genre de symphonie. Ils ont tellement bien joué le jeu qu'à la fin, le pauvre tabouret a cédé sous les coups de boutoir de Big, qui n'a jamais aussi bien porté son sobriquet, dixit Mario. Ils se sont retrouvés par terre mais la prise était bonne, et elle est telle quelle sur l'album.

Mario m'a raconté des dizaines d'autres anecdotes, et moi j'étais comme un gamin. Il avait vécu tous mes rêves de l'intérieur.

(72)

Créer est pour moi ce qu'il y a de plus fort. C'est l'instant où toutes ces heures de travail dans ma chambre se concrétisent. Du rêve à la réalité. Si en plus ça se passe avec les personnes qu'on aime, dans des conditions optimales et que, de surcroît, on se sent attendu à échelle nationale, c'est tout simplement magique.

On était très à cheval sur l'originalité. On ne voulait ressembler à personne. On se cassait la tête sur le moindre détail, des structures de morceaux à la plus insignifiante voix d'ambiance. Cette quête de perfection nous a quittés avec les années, à mon grand regret.

Je n'avais plus rencontré de bonheur aussi intense depuis l'enfance, quand je dévalais ma rue Jules-Dalou à la luge lors des gigantesques chutes de neige de 86, ou lorsque mon voisin remplissait enfin sa piscine au printemps sous un ciel d'hirondelles criardes revenues au bercail, ou encore quand je pêchais le crabe dans les rochers de Narbonne Plage. À la différence que dans l'enfance, on a ce sentiment d'insouciance, d'éternité, qui à l'âge adulte est remplacé par un autre sentiment tout aussi fort : celui de construire, d'accomplir.

(73)

Bruizza n'a pas assisté à cet enregistrement. Il était retourné à New York où il s'était fait coffrer à peine le pied posé à JFK. Il a tiré trois ans à la prison de Dannemora. Je lui ai souvent écrit, on était tous minés. La veille de son départ, on avait fait une grosse bringue tout en connaissant l'issue du voyage. Il figure malgré tout dans l'album grâce à un habile montage.

Fel était également toujours incarcéré à Nice. C'est pour eux qu'on a fait le titre « Aux absents », samplé sur le morceau « À ma fille » de Charles Aznavour, rempli de mélancolie. Quelques années plus tard, je me suis retrouvé à la table du grand Charles, avec sa fille, dans sa magnifique propriété des Baux-de-Provence. J'hésitais mais je me suis lancé à passer aux aveux alors qu'arrivait le dessert : « Charles, le morceau que vous avez créé pour votre fille

Katia (ici présente), eh bien je l'ai samplé dans notre premier album, qui est maintenant disque de platine. » Je suis d'un naturel plutôt serein, mais là, j'attendais sa réponse fébrilement. Il m'a fixé et il a dit : « Eh ben t'as bien fait. » On a tous éclaté de rire.

(74)

Pendant les jours off de studio, on faisait visiter Marseille à Mario. Pas une visite touristique. On lui a fait voir nos coins. À commencer par mon spot favori de l'été. Je vous explique un truc d'initiés : quand on habite en centre-ville à Marseille, qu'on n'a pas de voiture et qu'on veut se baigner, il y a soit la plage des Catalans, si on est de Belsunce ou de Noailles, soit la jetée si on est de la Joliette ou du Panier, ou bien le bus. Les Catalans, où étaient abonnés mes amis Nassim et Flayto, est une anse de sable à l'entrée du Vieux-Port, dans le quartier d'Endoume. Je n'ai jamais été fan de ce genre d'endroits, blindés de monde au moindre rayon de soleil. J'avais donc mes habitudes à la jetée. C'est la première digue faite de gros blocs de béton face à la mer, dans le port autonome. La vue sur les îles du Frioul y est splendide. On n'y a pas pied et on tombe directement sur un abrupt de trente mètres de fond. Évidemment, il y a dégun. Faut dire que l'accès en est formellement interdit. Fallait jouer au chat et à la souris avec la sécu du port pour y parvenir, ce qui rendait la baignade encore meilleure. On y passait la journée, barbecue, partie de cache-cache, concours de plongeons, combat de crabes, exploration de récifs, course à la nage… On ne s'ennuyait pas. Pendant que de l'autre côté du Vieux-Port, les frangins rôtissaient sur deux mètres carrés de sable au milieu des cris de gamins survoltés.

La jetée était inspirante, ressourçante. J'avais l'impression de vivre un moment spécial, là-bas. D'ailleurs, si je guérissais par miracle, c'est l'un des premiers endroits où j'irais. Je suis sûr qu'il n'a pas changé.

Mario a adoré la jetée, tout comme Bruizza, qui après s'y être baigné a jeté son beeper à la mer en guise d'offrande, pour la remercier de l'avoir épargné.

(75)

Le processus de fabrication d'un album comporte trois phases : l'enregistrement, le mixage, le mastering. Après un mois, nous avions terminé la première, il fallait à présent mixer. On l'a fait dans le Voyageur 2, un semi-remorque doté d'un studio haut de gamme. On se serait crus dans *K2000.* Il arrivait tout droit des prairies d'Irlande où il venait de servir au mix du dernier U2. Il était garé sur le parking d'un superbe hôtel dans la banlieue de Marseille, où résidait Mario.

Les premiers jours, c'était pas gagné. Mario passait des heures à expliquer à Étienne, l'ingénieur du Voyageur depuis des années, comment son studio fonctionnait. Particulièrement le routing de l'extraordinaire console Neve VR.

Mario faisait des dessins pour étayer ses explications dans un mélange d'anglais, d'espagnol et de quelques mots de français récemment appris. Étienne répétait en boucle : « C'est pas possible, ça ne marchera pas. » Mario maintenait que si, et ça fonctionnait, au grand dam d'Étienne qui fut affublé du surnom « C'est pas possible ».

Mario connaissait bien ces engins, il avait bossé pendant des années sur la plus grosse table de mixage du monde : la légendaire 96 inputs du Hit Factory New York. Réunion de deux Neve Legend, celle de John Lennon et celle de Jimi Hendrix.

Après l'effervescence et l'excitation qu'il y avait eu autour de l'enregistrement, on se retrouvait pour le mixage de l'album *Si Dieu veut* dans une tout autre ambiance : paisible et studieuse. On était seuls, Mario et moi, et on échangeait beaucoup sur la direction artistique du disque. Je voulais que tout soit cohérent, comme un vrai album. Ma référence absolue, en termes de cohésion, c'était *The Low End Theory*, deuxième album d'A Tribe Called Quest.

Le Rat était parfois présent, mais j'avais demandé au reste du groupe de ne pas venir au mix. C'était peut-être ma première expérience en studio, mais je savais que huit mecs qui donnent leur avis en plein travail pouvaient avoir un effet désastreux sur le résultat. Bien sûr, les gars validaient chaque morceau, mais quand il était fini. Avant, je ne voulais personne dans le studio. Lorsqu'ils avaient une objection, on retournait un mix conforme à leurs attentes, mais dans l'ensemble, on avait plutôt des compliments au moment où ils découvraient les morceaux.

Je décrirais ces séances d'écoute comme des moments d'euphorie maîtrisée. Un peu comme si l'on avait gagné une demi-finale de Coupe du monde. On se congratule, on se tape dans les mains, mais pas d'enflammade. On n'a encore rien gagné. Il reste la dernière bataille.

On découvrait nos morceaux sous un nouveau jour, c'était magique. Je pense que si un artiste kiffe autant ses morceaux que nous avons kiffé les nôtres, ça ne peut que marcher.

J'ai oublié de préciser qu'après avoir connu de multiples compositions, la Fonky Family était à présent sous sa forme définitive : sept membres et un manager. Djel, Don Choa, Fel, Le Rat Luciano, Menzo, Sat et moi. Managés par Fafa.

(76)

La moitié des mix de l'album était réalisée et on était satisfaits. Mais le Voyageur 2 était attendu sous d'autres cieux. On devrait finir le boulot dans un autre studio. On ne perdrait pas au change, nous allions passer quinze jours dans l'un des plus beaux studios d'Europe. Il fut offert il y a une dizaine d'années à Brad Pitt par son épouse Angelina Jolie. Un sacré cadeau.

Le studio Miraval est situé dans l'arrière-pays varois, non loin de Brignoles, on y est donc allés en bagnole. Carole, Mario, Le Rat, Fafa, la belle Mélanie (ma meuf de l'époque) et moi, avec tout mon matos.

Nous avons été accueillis à bras ouverts par Patrice, le propriétaire, son ingé Boris et le cuisinier des lieux. Professionnellement parlant, ce fut probablement les quinze plus beaux jours de ma vie. Tout y était parfait. J'avais mes amis, une copine, on mangeait divinement bien, le cadre était fantastique (une splendide bâtisse dans une forêt de pins), on avait beau temps et surtout, on faisait un super boulot dans un studio de classe mondiale. Cerise sur le gâteau : je dormais dans la chambre qu'avait l'habitude d'occuper l'immense artiste Sade, que j'admirais. C'était aussi la suite préférée de Mick Jagger, mais ça je m'en tapais.

On se levait vers 11 heures et on travaillait jusqu'à tard le soir. On mixait un morceau par jour, en toute décontraction, mais avec sérieux. Cette routine a juste été interrompue une nuit pour regarder un combat de légende en direct : Camacho Jr vs De La Hoya. Même ça, c'était parfait, comme quoi, quand les planètes sont alignées… Elles le seraient toute l'année 97, 98 aussi d'ailleurs, et 99, 2000 et 2001. C'est après qu'elles ont commencé à zigzaguer.

(77)

En mix, généralement, personne ne reste longtemps avec moi. Je mets le son très fort pour créer une bulle de concentration. Et je peux vous assurer que des morceaux comme « Sans faire couler le sang » à fond sur un gros système, c'est une expérience. La gestion des panoramiques réalisée par Mario Rodriguez y est incroyable. Et les paroles, le thème, tellement d'actualité encore aujourd'hui, quel tour de force. Et quand Le Rat dévoile le titre à la fin, tout le morceau devient concret. Les frissons.

Je me revois encore derrière le micro, à Cactus, à faire les « Représente » avec les frères, et cette sensation de vivre quelque chose d'important.

(78)

Une fois ce travail fini, on est rentrés à Marseille pour le faire écouter au groupe, qui a validé. À présent, il fallait masteriser l'album. Si l'on compare cette étape à de la cuisine, je dirais que c'est l'ultime rectification des assaisonnements avant que le plat parte en salle. Et c'est juste avec l'un des meilleurs ingénieurs de mastering du monde, Chris Gehringer, dans le plus gros studio de la planète, Hit Factory, qu'on allait assaisonner notre album.

J'ai toujours rêvé d'aller à New York. Je le voyais comme une fatalité : un jour ou l'autre, j'irais. Exactement comme la première copine, ça arrive forcément. Patience, me disais-je à quatorze ans en écoutant « You can't hurry love ».

(79)

Carole, Fafa, Djel et moi avons pris l'avion à l'aéroport de Marignane, le soir. On était surexcités, personne n'avait encore vu New York. On en rêvait, et le mot est faible. Mais avant, il fallait passer la douane. J'avais toutes les cassettes DAT des mix dans une petite mallette blindée. Étant donné qu'il était inenvisageable qu'elle voyage en soute ou que je m'en sépare, il faudrait la passer aux rayons X. Si j'avais pu me la menotter au poignet façon FBI, je l'aurais fait.

Les cassettes étant magnétiques, je craignais qu'elles se détériorent sous le portique roulant. J'ai donc expliqué le cas au douanier qui s'est montré compréhensif, mais qui a quand même examiné toutes les cassettes une par une.

Pendant le vol Air France, on était si joyeux qu'on a communiqué notre bonne humeur à tout le personnel navigant. Fafa est allé visiter le cockpit en chaussettes et on a invité les hôtesses à nous rejoindre pour dîner le soir même. J'ai pris le numéro de la cheffe de cabine et on a débarqué.

JFK avait la même odeur que dix ans plus tôt, lorsque j'y avais transité pour rejoindre Detroit. Kérosène, pollution et je ne sais quoi d'autre, le parfum de NYC. Chaque grande ville a son odeur, Le Caire, Dakar, même Marseille, sauf qu'on ne s'en rend plus compte quand on y vit.

Mario nous attendait aux arrivées, avec dans son 4×4 le tout premier CD de l'album *Si Dieu veut* qui tournait. Ce qui nous a littéralement transportés chez lui, au bord de l'océan, à Brooklyn. On n'aurait pas pu rêver meilleure entrée en matière. Le soleil se couchait sur la skyline de New York. C'était irréel. On y était.

Bordel.

(80)

Arrivés à Brooklyn, on a mangé une part de pizza made in NYC, énorme, comme tout dans ce pays. Ça nous changeait des pizzas des Tunisiens de la rue Nationale. Une fois dans la baraque de Mario sur la plage, on s'est douchés et il nous a exposé le programme de la soirée, mais je l'ai stoppé net. « Y a une dizaine d'hôtesses d'Air France qui nous attendent, frérot, ce soir, on s'occupe de toi », lui ai-je dit.

Le rendez-vous était pris dans un restaurant comme il n'en existe qu'à New York : une fusion mexicano-chinoise. Sur l'enseigne, on pouvait voir un dragon enroulé autour d'un cactus, tout un programme.

On s'est attablés à une quinzaine sur une immense table rectangulaire et on a super bien mangé. Quoiqu'un peu épicé, forcément. Un cactus et un dragon, on n'a pas idée. Pour finir, on a fait une soirée dans le 4×4 de Mario. Croyez-le ou pas, mais avec les sièges arrière rabattus, on pouvait rentrer à une douzaine, assis en cercle dans l'immense coffre. Avec la banquette passagers, c'était parfait. Mario roulait dans les plus beaux coins de Manhattan, tequila et mescal pour tout le monde, musique à fond. Biggie venait de nous quitter et toute la ville était sous l'emprise du label Bad Boy, c'était palpable. On les entendait partout : Ma$e, Puff Daddy, Lil' Kim, The LOX… Mais surtout Big, notre Elvis à nous. Pour une première soirée à New York, c'était le feu.

(81)

Le lendemain, on avait rendez-vous avec Chris au Hit Factory, à Manhattan. C'était un building comme tous les autres, mais rempli de studios. À l'entrée, on a dû montrer patte blanche à deux vigiles qui nous ont dirigés vers l'accueil où trônaient deux immenses cadres de deux certifications légendaires. Celui de *Born in the U.S.A.* de Bruce Springsteen, et celui de *Thriller* de Michael Jackson, tous deux multi-diamant international, évidemment.

On s'est retrouvés dans un ascenseur assez grand pour acheminer les gigantesques tables de mixage dans les étages, le même ascenseur où Mariah Carey et Boyz II Men ont tourné le clip du hit « One sweet day ». Tous les couloirs du building étaient tapissés de disques d'or, plus une seule place jusqu'aux chiottes. Difficile de faire mieux pour planter le décor.

C'était la première fois que Chris travaillait avec des Français et je lui ai d'emblée donné un surnom, Bosco, parce qu'il ressemblait à mon pote Bosco de l'Estaque. Le mastering a duré deux jours. C'était magique de l'entendre sur des enceintes à 150 000 dollars la paire. Mario était là tout le temps, ce qui est assez exceptionnel, car d'habitude, l'ingénieur qui a mixé n'assiste pas au mastering. Mais Chris était son pote. Les deux hommes avaient bossé des années ensemble au Hit Factory, où Mario avait été résident. Il en était parti après une embrouille avec la patronne, fille du clan Germano, appendice d'une des cinq familles mafieuses de New York.

(82)

Pour fêter la fin du mastering, Mario nous a invités au Justin, le restaurant de Puff Daddy. Après un coup de fil au dandy de Harlem pour s'assurer qu'on aurait la meilleure table, on a pris la direction de Manhattan dans le plus gros 4 × 4 du monde. On est entrés dans le resto et ça nous a fait tout drôle. Le groupe The LOX était installé au comptoir avec Puff Daddy, en train de mater un match de base-ball. Puff nous a salués et installés à notre table. À notre droite, Mike Tyson dînait avec une superbe créature. Fafa m'a suggéré de prendre une photo avec lui. Mais je ne l'ai pas senti, ce n'était ni l'endroit ni le moment pour le déranger. Mon idole, Iron Mike. Putain, j'aurais dû y aller.

C'était le genre de restaurant qui se prend pour un étoilé français parce qu'il sert du filet mignon avec de la sauce au bleu et des patates sarladaises. Mais nous n'étions pas venus pour la bouffe. On était au milieu d'un film, nous, les petits Marseillais. La BO de ce blockbuster, c'était des morceaux comme « Mo money mo problems » de Biggie ou « It's all about the Benjamins » de Puff. J'aurais aimé être au casting. C'est peut-être prétentieux, mais je me sentais l'égal de ces types. J'aurais assuré si j'avais taffé avec eux. Je savais bien sûr que je ne jouerais jamais dans cette superproduction. Mais je n'en retirais aucune frustration. C'était une fatalité, comme ce voyage. Il m'aiderait à forger mon mental, mon envie de bien faire, j'en reviendrais plus déterminé que jamais.

(83)

Les jours suivants furent consacrés aux loisirs et à la découverte de New York. Tous les matins, dès l'aurore, Djel et Fafa arpentaient les rues de Manhattan ou de Brooklyn pour faire du shopping. Je l'ai fait deux jours et ça m'a gonflé. Je préférais m'adonner à la passion de Mario : le jet-ski.

Il avait trois énormes scooters de mer, des Yamaha haut de gamme. On les chargeait vers midi sur la remorque du 4×4, et on prenait la direction du port de mouillage de Long Island. Une fois à l'eau, on naviguait sous Queensboro Bridge et Brooklyn Bridge en longeant Manhattan. On explorait les canaux sauvages de Long Island où je me serais cru dans les Everglades de Floride, pour finir par faire des pointes de vitesse à plus de 100 kilomètres-heure sur l'Hudson River.

Le dernier soir à New York, alors que je fonçais comme un malade vers le soleil couchant, j'ai ressenti quelque chose de rare, toujours cette sensation d'être au bon endroit, au bon moment. Je me suis arrêté au milieu de l'eau et j'ai coupé le contact. Je suis resté quelques minutes à contempler la magie de l'instant. Les tours jumelles, les ponts, la statue de la Liberté, l'océan, le soleil couchant. C'est con, mais je me suis senti touché par la grâce. Un bonheur intense et paisible, l'impression d'être là.

(84)

Dans l'avion du retour, nous étions conscients d'avoir donné le maximum pour cet album. Il fallait maintenant lui trouver un nom. Jusqu'à présent, on l'avait appelé l'Album. Sur le chemin qui nous ramenait de l'aéroport à Marseille, on a trouvé.

J'ai toujours pensé qu'un album ne devait pas avoir comme nom le titre d'un morceau qu'il contient, c'est trop réducteur. On cherchait donc un nom qui résume notre travail de ces deux dernières années. Au moment où on est passés à hauteur des Aygalades, où j'avais habité avec Céline, j'ai proposé *Si Dieu veut*. Djel a immédiatement répondu : « Inch Allah. » Mais il n'avait pas compris que je suggérais un titre. Il pensait que j'espérais qu'on rencontre le succès, gage d'une éventuelle carrière. Alors je lui ai dit : « Non, je parle du nom de l'album. » Il a répondu : « Ça tue. » Ça nous représentait bien. Ça serait *Si Dieu veut*, sous-titré « Inch Allah ».

(85)

On s'est tous retrouvés dans ma chambre pour écouter le master. Même sur mes enceintes de chaîne hi-fi bon marché, ça sonnait incroyablement bien. Avec des pointures comme Mario et Chris à la manœuvre, ça ne pouvait que frapper. Ce que je redoutais, en revanche, c'est que les gars n'aiment pas l'ordre des morceaux que j'avais concocté.

C'est un gros taf de concentration où il faut visualiser chaque track pour créer un ensemble harmonieux. Je l'ai fait à New York, aidé par Djel. J'ai imaginé chaque morceau comme une couleur, et j'ai essayé de faire un beau dégradé, comme pour un graff.

Le groupe a aimé, j'étais soulagé.

Chapitre 13
Zamunda

(86)

C'était la fin août, et notre album ne sortait qu'en janvier. On s'apprêtait donc à vivre une interminable attente. Il fallait créer tous les visuels, presser les CD, les vinyles et les cassettes, préparer la promo, la mise en place, établir une stratégie… Un tas de trucs nouveaux. Mais on appréciait. D'autant qu'on avait une équipe formidable à Small, un label de Sony au septième étage de leur building de l'avenue de Wagram, dans le XVIIe, à Paris.

Le patron, Philippe Desindes, était hyper sympa et très à l'écoute. Notre chef de produit était Jean-Marc Bakouch, assisté de Karim Thiam, avec qui je suis toujours ami. À la promo, Stéphane Théodoridès, dit Théo, et à la direction artistique… on ne l'a jamais vu. Les groupes comme le nôtre n'ont pas besoin de directeur artistique. Je dis cela modestement, mais artistiquement, on sait ce qu'on veut. C'est nous la DA. Dans notre genre musical, je pense d'ailleurs qu'on peut s'en passer, sauf si le type est expérimenté. Et à cette époque, les DA venaient plutôt du rock. J'aurais accepté Dr Dre, Russell Simmons ou Lyor Cohen, mais ils n'étaient pas dispos.

Un jour où on était en studio, bien plus tard, le DA de Small m'a dit : « C'est pas mieux si vous faites le refrain comme ci ? Et je verrais bien une voix féminine dans l'intro. » Je lui ai gentiment répondu : « Va te siroter un cocktail au bord de la piscine, si Sony me demandent, je dirai que t'as fait du bon boulot. »

(87)

Une fois par semaine, on allait à Paris. On dormait à l'hôtel, on mangeait au resto, on enchaînait séances photo et interviews, ça nous changeait.

Au cours d'une de ces interminables journées promo, je ne sais plus qui avait eu l'idée de transformer une bouteille plastique en divinité. On lui avait collé des oreilles, des yeux, une moustache et une bouche dans laquelle on avait glissé un joint. Elle s'appelait Zamunda et tous les journalistes devaient se prosterner devant elle avant l'interview. Ça les faisait rire.

On ne connaissait pas encore Olivier Monfort, le patron de Sony Music France et Fafa a tenu à nous le faire rencontrer ce jour-là. Il est entré et on lui a présenté Zamunda. Il s'est aussitôt mis à genoux pour la saluer et on s'est tous marrés, y compris lui. Cette petite anecdote montre parfaitement l'ambiance qui régnait dans le building Sony.

(87b)

On sentait bien l'attente autour de notre premier album. Tous les potos des groupes parisiens nous le faisaient sentir. C'était très frustrant parce qu'on savait qu'on avait une bombe, mais on ne pouvait rien faire écouter. Au label aussi, ils étaient dans les starting-blocks depuis qu'ils avaient entendu la galette. Certains n'avaient pas compris la démarche artistique, mais c'était plutôt bon signe selon moi. Non pas qu'ils étaient largués, mais si l'on décrypte toutes les subtilités d'un album à la première écoute, ça en dit long sur sa profondeur.

Le boss de Small avait décidé de ne pas donner la date exacte de sortie. Il avait simplement fait écrire sur toute la com : « Sortie début janvier 1998. » Il voulait ainsi que, dès le 1er janvier, les gens aillent dans les Fnac et les Virgin pour demander aux vendeurs si l'album de la Fonky Family était sorti. Il souhaitait tirer avantage de cet engouement pour faire grossir les précommandes, obtenir des têtes de gondole et des emplacements premiums pour les CD. L'idée était géniale.

L'album est sorti en grande pompe le 13 janvier 1998, avec une exposition maximale dans les rayons. Philippe avait réussi son coup. Nous avons écoulé toutes les précommandes en deux jours, 35 000 pièces. Quand Karim Thiam me l'a annoncé au téléphone, les mots n'existent pas pour exprimer ce que j'ai ressenti. C'était l'après-midi, le groupe était chez nous et j'ai répercuté l'incroyable nouvelle. C'était magique que les ventes démarrent si fort. Notre travail était reconnu et apprécié.

Nous étions heureux.

(88)

Alors, l'ego s'éveille. Au départ, c'est doux, agréable, on ne voit pas le mal. Mais insidieusement, ce truc peut nous changer. Il faut en être conscient et conserver des garde-fous, les fréquentations par exemple. Si l'on ne côtoie plus que des nouveaux « amis », ils peuvent nous voir uniquement par le prisme du succès et les chances que ces relations soient faussées sont grandes.

Pour l'heure, il fallait que Sony assurent le réassort. Les usines Philips des Pays-Bas allaient tourner nuit et jour pour manufacturer les 100 000 CD supplémentaires. Chez Sony, on avait vu grand. Et ils ne se sont pas trompés. Nous serions double disque d'or en moins de six mois, du jamais-vu pour un premier album de rap.

(89)

On nous a remis nos disques d'or lors d'une réception dans le hall de Sony. J'en ai eu plus d'une vingtaine par la suite, dont cinq de platine, mais j'ai oublié les cérémonies de remise. La première, je ne l'oublierai jamais. C'était tellement beau d'avoir accompli ça. L'album devait finir sa course avec plus de 500 000 ventes physiques. Une de mes plus grandes fiertés professionnelles.

Partis de rien, sans aucun contact dans le milieu de la musique, sans parents musiciens, tous de milieux modestes, c'est l'amour qui nous a portés là où nous sommes allés.

Et ça, ça n'a pas de prix.

Chapitre 14
Tour

(90)

À la suite du succès de l'album, tout s'est accéléré. Les interviews, les shootings, mais surtout, une tournée-fleuve se profilait : le « Si Dieu veut tour ».

On a choisi notre sécu : Haruna, José, André, Abou et Haykel, que des proches. On a pris le groupe Le Venin en première partie, et un beau matin de mars 98, on s'est tous retrouvés à la gare Saint-Charles, mais pas pour prendre le train. Cette fois, c'est dans un splendide bus de tournée à deux étages que nous sommes montés. Le premier niveau était consacré à la détente, avec deux salons et la télé, qu'on ne regardait jamais. Le second était équipé d'une vingtaine de couchettes assez confortables. Mais on a passé davantage de nuits à l'hôtel que là-dedans.

Après environ une heure de route, Haruna, qui était le responsable de la sécu, nous a réunis dans le grand salon pour un briefing. Je ne me souviens pas des termes exacts, mais voilà ce qu'il a dit en substance : « Les gars, on va jouer dans des endroits chauds. Le pire qui puisse arriver, c'est un envahissement de la scène. Si ça se produit, vous évacuez dans le car avec André et Abou, nous avec José et Haykel, on les empêche de passer. »

Il mettrait en adéquation ses paroles et ses actes en plongeant dans une foule de 50 000 personnes sur la grande scène des Francofolies de La Rochelle, juste pour séparer une bagarre. Je lui ai demandé de ne plus jamais le refaire. Il prenait des risques inconsidérés. Lui m'a fait son plus beau sourire en me jetant un « t'inquiète », et il a recommencé quinze jours plus tard aux Eurockéennes de Belfort. « Quand la foule s'excite, faut les calmer », s'est-il contenté de me dire.

Haruna prenait son rôle au sérieux, comme les quatre autres. Honnêtement, il ne pouvait rien nous arriver avec eux. C'était très précieux. Ça nous permettait de nous concentrer sur autre chose : notre taf.

Un soir, je suis allé dans leur chambre d'hôtel et le placard était ouvert. Il y avait là une armurerie à faire pâlir le FBI. (Bon, j'exagère un peu, mais à peine. Quand je vous dis que je suis plus marseillais que les Marseillais.)

(91)

Dans ce bus, on était comme des gamins et, très vite, eh bien on a commencé à faire des trucs de gamins. Batailles d'eau, emmerder les mecs endormis, se courir après entre les étages. Mais notre principale activité, c'était la flambe, les jeux d'argent, instaurés par Le Rat qui flambait depuis l'époque des dinosaures. On jouait essentiellement à deux jeux : le petit paquet, un jeu de cartes, et le barbude, un jeu de dés.

À la fin des concerts, quand on remontait dans le bus, Le Rat prenait le micro du chauffeur et chantait : « C.A.S.I.N.O. » sur l'air du tube d'Ottawan « D.I.S.C.O. ». Les jeux étaient ouverts. On faisait des parties interminables. Elles commençaient dans le petit salon au fond du bus, pour bien souvent continuer à l'hôtel ou même en backstage. Avec Fresh (un membre du Venin), on a eu une partie si prenante qu'on l'a terminée derrière la table de DJ de Djel, en plein concert. La paie de toute la tournée était en jeu.

J'oubliais l'essentiel. Les concerts étaient tous à guichet fermé et, franchement, c'était le feu tous les soirs. Mon groupe fait sans doute partie des meilleurs sur scène, avec NTM probablement. Je me permets de l'affirmer car je ne suis pas responsable de cette partie. Tout le mérite revient aux quatre rappeurs et à Djel, des bêtes de scène.

Malheureusement, il n'y a pas que sur scène qu'on mettait le feu. Il nous est arrivé de saccager des chambres d'hôtel, des loges et des caterings. On a même été bannis à vie de la chaîne hôtelière Accor après le carnage de l'Ibis Bastille, qui a dû refaire deux chambres à neuf après notre passage. Là encore, nous n'étions pas méchants, nous étions portés par l'euphorie de ce rêve qui se concrétisait (et on aimait la bringue, certes).

(92)

Le seul problème, c'est que j'avais parfois l'impression de perdre mon temps en tournée. J'étais habitué à beaucoup composer depuis quatre ans, le travail me manquait. Si les ordinateurs portables avaient été aussi performants qu'aujourd'hui, je serais resté, mais là, je décidai de quitter la colonie de vacances pour rentrer bosser à Marseille. On avait convenu que je les rejoindrais aux dates importantes, comme à l'Olympia.

J'ai eu une période féconde, seul à la maison. J'étais motivé par le désir de faire de la bonne musique, rien de nouveau, mais aussi par ce petit plus qu'une carrière nous attendait et qu'il nous faudrait de la matière.

Étonnés de me voir là, mes potes me disaient : « Mais t'es fou, t'es rentré pour travailler alors que les autres s'éclatent en tournée ? » Sauf que pour moi, la musique n'a jamais été un job. C'est une passion, un besoin, encore aujourd'hui.

Chapitre 15
Inflammable

(93)

Je venais de rentrer à Marseille, le groupe était encore en tournée, et je retrouvais ma routine de travail. Lever à midi, sandwich, achat de cinq-six vinyles aux bouquinistes du cours Julien pour les sampler, et prod jusqu'à 5 heures du matin. Les alarmes des grossistes en fringues du quartier ayant été arrachées par Djel peu de temps auparavant, j'étais dans des conditions de travail parfaites. Enfin presque. La dernière bataille connue à ce jour de la ville de Marseille allait me tirer de ma piaule et m'envoyer au front.

Ce midi de juin 98, en pleine Coupe du monde, à la veille du match Angleterre-Tunisie au stade Vélodrome, je mange un chiche-kebab chez Kader, dans le quartier de Noailles. Je suis avec Jacques, Kada, Haruna (rentré à Marseille pour trois jours off) et trois autres frangins. On entend dire par un fiston que ça chauffe au Vieux-Port. Des hooligans anglais seraient en train de casser du CRS. Ayant fini nos sandwichs, on décide de faire les curieux et d'aller y jeter un œil.

On arrive au Vieux-Port par les petites rues de l'Opéra et on s'arrête au niveau du McDonald's. Des centaines d'Anglais sont sur le quai Rive-Neuve. Ils bombardent les flics de projectiles en tout genre, quelques mètres devant nous. Ça pue la lacrymo, c'est tendu. Les hooligans n'hésitent pas à charger les CRS, visiblement peu habitués à ce genre de situations. En face de nous, il y a un bar rempli d'Anglais. L'intérieur est tout rouge, la couleur de leurs maillots.

À un moment, l'un d'entre eux, la cinquantaine, quitte le bar, traverse la rue et vient se poser avec nous, son verre de bière à la main. On sent de suite une défiance, son attitude nous dit : « Je viens au milieu de vous et qu'est-ce qu'y a ? » Ceux qui connaissent les noms que j'ai cités comprendront qu'il pouvait difficilement plus mal tomber.

Je suis le seul à parler anglais, Haruna me demande alors de l'interroger sur ses intentions. Mais le gars me répond simplement : « Fuck you », sans même me regarder. Haruna me demande de lui dire : « Pourquoi vous faites pas les hommes avec les CRS ? », ce à quoi l'Anglais répond : « Non c'est vous qu'on veut, on aime pas les gens comme vous. » J'ignore si c'était du racisme antifrançais, antimarseillais, ou ordinaire, toujours est-il que quand je lui ai traduit ça, Haruna nous a immédiatement dit : « Les gars, je vais lui mettre un gros coup de tête et après on cavale. » Faut dire qu'on était cernés.

Haruna s'avance alors vers l'Anglais qui dit ironiquement : « Ah, c'est toi le boss ? » À peine sa phrase finie, il se mange un des plus gros coups de tête que j'aie vus de ma vie. La lumière s'est instantanément éteinte à tous les étages. Alors qu'il tombe en arrière, un pote lui lance une bouteille de Despé qu'il vient de ramasser. Elle lui éclate en pleine tronche, un vrai tir de sniper. Je revois encore l'action au ralenti. Ce Rosbeef n'avait pas fait le voyage pour rien.

On se met à sprinter en direction de la place Victor-Hugo. Derrière nous, un essaim rouge. Les Anglais dans le bar ont tout vu. Arrivés sur la place, il y a un autre bar plein d'Anglais à vingt mètres sur notre gauche. Ils entendent les beuglements de nos poursuivants et ils foncent sur nous sans réfléchir, nous coupant ainsi toute tentative de fuite par la Canebière.

On se sépare alors dans la confusion et je me retrouve avec mon ami Jacques dans une ruelle qui mène à la rue Saint-Ferréol. Un pote nous double en courant et au moment où il passe devant un petit bar, un Anglais sort et lui assène un grand coup de bâton. Ils me semblent tous connectés par je ne sais quel sortilège poudlardien. Notre pote parvient à s'échapper, mais nous, on se retrouve en sandwich. Ceux de derrière sont une cinquantaine et ils arrivent à toute berzingue, devant ils sont trois. L'un d'eux s'avance vers nous en essayant de casser une bouteille de Heineken par terre. J'attrape alors un sac poubelle pour lui jeter dessus, mais je m'aperçois qu'il n'y a que des papiers dedans, piètre défense. Je le lâche et attrape une canette de coca ouverte. L'Anglais s'approche avec son tesson de bouteille. Je secoue ma canette dans sa direction. Comme il en sort un fond de coca, il doute et se demande si c'est du verre. Cet instant de flottement d'environ une seconde nous permet de fuir par la rue Paradis. Quelques minutes plus tard, on se retrouve à Noailles, en sécurité. Mais on peut entendre la clameur monter de la Canebière.

Je dis à mes potes du snack de fermer le rideau de fer. Ils me répondent un truc du genre : « Wesh, t'as craqué ? » Mais Jacques appuyant mes propos et Haruna nous ayant rejoints, on finit par faire fermer tout le quartier devant la menace.

Il est environ 15 heures. C'est le début de douze heures de guérilla urbaine.

(94)

Après avoir raconté notre périple aux abords du snack, nous sommes une petite vingtaine, principalement des jeunes de Noailles et de Belsunce, prêts à en découdre. On entend à présent les cris et les bris de verre monter du Vieux-Port. Les Anglais savent où on a fui, ils ont marché sur les CRS pour venir nous chercher.

On va alors sur la Canebière pour assister au spectacle, au niveau de la rue Longue-des-Capucins, ma rue. Et effectivement, ils arrivent. Une horde de centaines d'Anglais progresse lentement vers nous, cassant tout sur son passage. On aurait dit le blob. C'est là que le patron de la BAC Centre vient nous trouver, Bouga et moi. Il nous sort un truc surréaliste : « Les gars, on a besoin de vous. Ils vont tout casser si on les arrête pas. Faites-leur du mal, on vous couvre. » On a juste répondu « OK », et on est retournés à Noailles.

On a passé des coups de fil pour appeler les renforts. On était tous au téléphone et on entendait : « Untel arrive » ; « J'ai eu les gars de la fac, ils sont là dans cinq minutes » ; « C'est bon, j'ai eu les mecs des Carmes, ils descendent. » C'était complètement fou. Dix minutes plus tard, nous sommes une bonne cinquantaine. La corne de Roland marchait plein pot.

Je ne sais pas si ça existe encore, mais à cette époque il y avait une solidarité sans faille entre les mecs de sécu, particulièrement les Baffalos. Si l'un d'entre eux avait un problème dans n'importe quel coin de France et de Navarre, il n'avait qu'à passer un coup de fil et la cavalerie rappliquait. Et quelle cavalerie. Ils n'avaient rien à envier au GIGN. Eux aussi ont rappliqué.

En quelques instants, on a notre première ligne. Il y a Haruna, Jacques, José, Bouga et Galé, pour ne citer qu'eux. Les Anglais étaient mal barrés avec de tels golgoths accompagnés d'une armée de pirates. Mais ce n'est pas gagné. En face il y a des hooligans, les vrais. Que des trentenaires et des quarantenaires, torses nus, alcoolisés à souhait, tatoués, rasés, costauds, sales gueules. Des machines.

Les Anglais avaient une tactique : leur première ligne chargeait pendant que la ligne arrière l'accompagnait de jets de bouteilles. Puis ils se repliaient. C'était plutôt bien pensé, et flippant.

Arrivés au niveau du cours Belsunce, ils nous ont foncé dessus en hurlant. On les attendait au milieu de la Canebière. Entre-temps, nos rangs avaient encore grossi. Les quartiers Nord arrivaient en masse et tout l'hypercentre était à présent mobilisé. L'Union sacrée prête à essuyer la première charge des légions Phœnix 2.0.

Je n'oublierai jamais José se retournant vers nous en gueulant : « Dégun recule ! » Et il avait raison, si on reculait, c'était cuit. Les Anglais sont alors arrivés en criant comme des porcs sous une pluie de bouteilles, j'étais terrifié mais gonflé à bloc, on se serait cru dans *Braveheart*. Sauf qu'on n'était pas dans une plaine écossaise, mais sur la putain de Canebière.

Je pense qu'on flippait tous mais personne ne reculait, au grand étonnement des hooligans. Je n'ai pas de souvenirs précis de ce premier assaut mais c'était violent. Il n'y avait ni flics ni caméras. Juste nous contre eux.

Il y a eu plusieurs charges. Ça a duré environ une heure. De la pure castagne. Je vois des Anglais se prendre des coups atomiques sans broncher. Des rocs les types, anesthésiés et galvanisés à la bière. De notre côté, on est trop vifs pour eux, trop mobiles. Même nos « gros » sont des vifons. Des genres de Demba Bamba, pour ceux qui suivent le rugby. Eux, ce sont des bourrins et ils semblent aimer les coups. Ils sont servis.

Notre première ligne comprend vite le manège. Après avoir essuyé quelques charges, on se met nous aussi à charger. Si bien qu'une partie d'entre eux se réfugient dans le grand café à côté de chez Toinou. On y entre, c'est un carnage, comme si l'établissement subissait un tremblement de terre, 13 sur l'échelle de Richter. C'est à ce moment que la bataille tourne à notre avantage. Surtout que, quelques minutes après, on entend des sifflets venant du bas de la Canebière. Ce sont les Winners (un club de supporters) et le Panier qui arrivent par le Vieux-Port. On les tient en sandwich. Au même moment, ou presque, la porte d'Aix et Félix-Pyat déboulent par le cours Belsunce. Ça commence par une armada de motocross. Ils sont deux dessus, le pilote et le passager, armés de manches de pioche. Je me souviens de Djamel qui lance, tout excité : « Oh, c'est le feu, ils sont où ?! » avant d'accélérer en direction des Anglais. On aurait dit un gosse devant le sapin de Noël. Les Anglais avaient trouvé plus fadas qu'eux.

Là, j'ai su que c'était cuit. Ils n'avaient aucune chance. Face à eux : trop de haine, de vice, de cœur, de bravoure. Les mots sont peut-être forts, mais c'est la vérité, on était invincibles. D'autant que leur arme principale, la peur, n'avait plus d'emprise sur nous. Ils avaient beau beugler, on s'en tapait. On leur fermait leurs gueules à grands coups de taquets.

Le noyau dur des hooligans a alors pris la fuite par la rue de Rome. Ils ont compris que c'était perdu. On a bien essayé de les chasser quand on s'en est aperçu, mais le carrefour était encore occupé par les autres, la chair à canon, la viande soûle. Les généraux avaient quitté le champ de bataille. On était dégoûtés, c'est eux qu'on voulait guinter.

Mais il y avait encore du boulot. Ils étaient au moins 300 à vouloir en découdre, que des bœufs, il faudrait frapper fort.

(95)

On a alors l'idée de leur balancer des cocktails Molotov dans la tronche pour les finir. On se poste rue Vincent-Scotto avec quelques fistons et on se met à remplir des bouteilles de Heineken avec l'essence des scooters. On distribue les cocktails comme des petits pains aux artificiers de fortune qui font la queue. Mais je sais que pour être plus efficace, il faut mélanger l'essence avec du savon. Accompagné de José et Haruna, je pars donc chercher chez moi (à cinquante mètres) une bouteille de Paic citron. Le quartier est une zone de combat, il y a des petits groupes d'Anglais qui fuient de partout. Mais les raptors sont lâchés, et bon nombre de Rosbeefs se souviendront pour toujours des rues de Belsunce.

On entre dans l'appartement que je louais avec Djel et Choa. Je claque la porte, un frisson me parcourt. Je n'oublierai jamais ce sentiment de sécurité instantané. Ce n'était plus mon quartier, dehors, c'était autre chose. Je prends le liquide vaisselle, un manche à balai et un brise-vitre du TGV que je donne à José. Heureusement qu'il ne s'en est pas servi. Quand j'y repense, il aurait pu tuer.

Arrivé à la Canebière, je me remets à la fabrication des cocktails avec Rhorho, qui a fait rassembler par dizaines les bouteilles de verre, ça débite. Les projectiles leur pleuvent dessus, c'est parti en « sauve qui peut ». En plus, on est un million à présent, et les soldats continuent d'affluer.

Le gars de la BAC n'avait pas menti, les flics sont avec nous. Mais ils n'agissent pas, ils observent et semblent apprécier ce qu'ils voient. Je me retrouve avec un flic en civil derrière moi alors que je prépare mes potions. Je le connais et quand je le vois, j'ai un vieux réflexe, je me dis que je suis cuit, il va me coffrer. Mais non. Il me fait un clin d'œil, et son collègue, gants en cuir et tout l'attirail du bakeux, me dit : « On est là. » Les mêmes civils qui d'habitude nous courent après nous couvrent aujourd'hui...

C'est la débandade côté anglais. Des petits groupes s'enfuient dans tous les sens. Ceux qui se sont hasardés vers la rue d'Aubagne ont dû morfler, il y avait les Cap-Verdiens en embuscade là-bas. Quant à ceux qui ont tenté leur chance par Belsunce, on les a pris en chasse. Le secteur des Récolettes était couvert par Lyès et une vingtaine de pirates armés de gros cintres en fer qu'il y avait dans les cartons des grossistes du quartier. Impossible de sortir indemne d'une confrontation avec eux.

Nous, nous sommes au parking, au centre de Belsunce, sous mes fenêtres. Je ne me rappelle plus exactement qui il y avait, mais ce dont je me souviens très précisément, c'est que notre Maxime national était là. Il n'avait pas vingt ans, faisait déjà son quintal, et courait comme un Jamaïcain.

Je lui crie : « Guinte-le ! » en parlant d'un Anglais trop vif pour nous. Il se lance à sa poursuite rue Tapis-Vert en criant : « Baaaad boooooooy ! » Arrivé à sa hauteur, il le plaque contre un rideau de fer. S'ensuit une séance mémorable de mégagifles, Bud Spencer style.

Ce qui suit n'a aucun intérêt à être raconté, c'est lynchage sur lynchage. Après tout, ils récoltent ce qu'ils sont venus chercher.

On a quand même fait une bonne action avec José, en tournant dans sa grosse BMW bordeaux après la bataille, vers minuit. Boulevard d'Athènes, on tombe sur un papa et son fils d'une dizaine d'années, tous deux vêtus d'un maillot anglais et terrorisés. Il y avait de quoi : derrière eux, une dizaine de jeunes de Belsunce prêts à bondir. Sur le coup, j'ai vraiment eu l'image de la gazelle et de la bande de hyènes. Mais on connaissait les jeunes et on les a dissuadés d'agir. Les Anglais sont rentrés sains et saufs à leur hôtel.

Le lendemain, le match Angleterre-Tunisie a eu lieu, suivi des affrontements mémorables du Prado, mais on se tenait loin de tout ça. On avait eu notre dose.

Il me semble que *La Provence* a titré quelque chose comme : « Les jeunes ont sauvé le centre-ville. » À partir de là, bon nombre de commerçants nous ont vus d'un autre œil. Sans nous, les hooligans auraient tout détruit. Il aurait fallu un régiment pour les stopper, mais c'est les forces spéciales d'en ville qui s'étaient saisies du dossier.

Après ces affrontements, beaucoup d'Anglais ont été interdits à vie de déplacement lors de matchs de l'Angleterre à l'étranger.

La Canebière, c'est pas à vos grands-mères.

(96)

J'avais bien mérité les quinze jours de vacances au camping avec mon père et mes frères et sœurs. La Coupe du monde battait son plein dans une ambiance de folie. La demi-finale Brésil-Pays-Bas était retransmise au restaurant du camping plein de Hollandais. Toute la salle était orange, sauf moi, qui étais en vert, avec mon maillot du Barça floqué « Rivaldo », l'une des stars brésiliennes. Et je ne me suis pas privé d'exulter à la qualification de la Seleçao. Je n'étais pas spécialement supporter du Brésil, je souhaitais juste la plus belle finale possible. France-Brésil, ça avait de la gueule.

Elle approchait et je n'avais raté aucun match de la Coupe du monde. Je louperais pourtant le plus important à cause d'une angine blanche qui me clouerait au lit de notre petite caravane pendant trois jours avec plus de 40° de fièvre. Le mauvais œil hollandais m'avait eu. J'ai écouté la finale à la radio et je n'ai eu aucune réaction lors du doublé légendaire de Zizou.

Les garçons du groupe ont quant à eux vu le match en Belgique, avant le concert mémorable de Bruxelles.

La tournée s'est arrêtée à l'automne et a été un franc succès. Toutes les dates remplies de monde et de bonnes vibes. Inutile de dire que Sony étaient aux anges. Chaque date était suivie d'une explosion des ventes dans le secteur.

Chapitre 16
Hold-up

(97)

Fin 98, alors que je traînais entre deux interviews dans les bureaux de Small, Philippe Desindes m'a demandé de le suivre dans son bureau. Il était en contact avec deux groupes entre lesquels il hésitait pour une signature. Il y avait d'un côté la Mafia Trece, que je voyais souvent chez Sony lors de leurs rendez-vous, et de l'autre le groupe 113. Qui aurais-je signé à sa place ? J'aimais bien Mafia Trece, mais 113 était une telle bombe qu'il était impossible d'hésiter. J'ai dû lui dire : « T'es malade Philippe, signe 113. » Il a continué son petit sondage auprès d'autres personnes et, deux jours plus tard, le 113 était dans son bureau pour signer. Il était comme ça, Philippe, toujours à l'écoute.

113, c'était pour moi la quintessence de la Mafia K'1 Fry, leur collectif. Ils allaient faire ce que Notorious Big et Tupac avaient réussi à accomplir quelques années auparavant, toutes proportions gardées. Le Graal du rap, l'argent et l'honneur, le succès et le respect de la base. On aurait même deux victoires de la musique pour cet album. Sous les yeux médusés de la profession.

La recette ? Trois rappeurs hors norme, un parfum de rue tellement en vogue ces années-là, et surtout, la contribution du meilleur d'entre nous, l'être le plus gentil et doué que ce milieu ait connu : mon ami DJ Mehdi.

C'est à ce moment qu'on s'est connus. De cette rencontre est née une profonde amitié qui durera toute la vie, enfin toute sa vie, puisqu'il nous a quittés le 13 septembre 2011 à l'âge de trente-quatre ans.

Mehdi était chargé de la production musicale du premier album du 113, et il voulait que je sois dessus avec lui. Il avait adoré *Si Dieu veut* et n'avait pas tari d'éloges sur mon travail à son entourage. Je dois dire que j'en avais autant pour lui. J'admirais le prodige qui était de quatre ans mon cadet mais qui avait déjà une carrière fournie et une réputation en béton.

(98)

Rim'K, AP, Mehdi et Manu sont venus chez moi écouter et sélectionner des prods pour leur album. Le moment où le beatmaker fait découvrir sa production aux rappeurs est très fort. C'est l'aboutissement d'un long travail. J'ai toujours refusé d'envoyer des prods pour ne pas être privé de ce plaisir. Les sessions d'écoute sont des instants magiques où les univers artistiques s'entrechoquent, où les idées naissent, ça devient vrai.

On a tous en tête la session d'écoute entre Jay-Z et Timbaland (si vous ne l'avez pas, c'est que j'ai touché une plus large audience que j'espérais). Je ne pense pas que Jay aurait eu ces mêmes feelings s'il avait reçu les prods dans sa boîte mail. Déjà qu'on a une musique d'ordinateurs et de machines, si en plus on ne la vit pas…

Après avoir fait écouter une cinquantaine d'instrus au 113, il n'y avait rien de concluant. J'étais déçu. J'ai alors sorti une cassette DAT vieille d'un an avec des prods recalées par la FF. Je savais qu'il y avait des trucs pas mal dedans. Leurs yeux se sont écarquillés quand j'ai joué « Ivory » et « Coach », deux prods de la cassette qui donneront « Réservoir drogue » et le hit qui sera leur premier single : « Hold-up ». Soulagement. J'aurais été très déçu qu'ils ne trouvent rien à se mettre sous la dent.

À l'époque, la technologie ne permettait pas de transférer les pistes d'une musique à distance. Je suis donc monté à Paris avec mon sampleur. Mais là aussi, je n'aurais raté une session de studio pour rien au monde.

J'ai retrouvé Mehdi et le 113 au studio Twin. On a couché les pistes de la prod et Rim'K a posé son incroyable couplet : « Chuis postiché… » Puis AP, Demon One et Dry, du groupe Intouchable, ont complété le morceau. J'ai su qu'on avait une bombe.

Il s'est avéré être le deuxième titre le plus joué en radio (catégorie rap) de l'année 99, juste derrière un autre de mes titres, « Si je les avais écoutés », de la FF. Je finissais bien le millénaire.

Au-delà des chiffres, j'étais fier de figurer sur l'album de mes amis du 113. Ça représentait pour moi une nouvelle page : collaborer avec d'autres artistes.

Chapitre 17
Hors-série

(99)

L'année 98 avait été consacrée à la scène, avec plus de soixante dates à guichet fermé et d'incroyables souvenirs. Les concerts ne mentent pas. Nous étions appréciés.

Celui de Dunkerque m'a ramené en 1984. Il était animé par Sidney, de l'émission *H.I.P. H.O.P.* L'animateur a passé quelques instants avec nous dans les loges et en partant, il nous a dit : « Vous faites du vrai hip-hop, les gars. » Ça m'a marqué. Quelle pirouette du destin. Je me suis revu lorsque j'essayais de tourner sur la tête sur le tapis en poils blancs du salon.

L'année 99 serait celle du retour en studio. Après le tumulte de la tournée et enfin libérés de l'imbroglio contractuel avec IAM, on avait faim d'enregistrer. Créer de nouveaux titres nous manquait.

(100)

Je n'aurais pas la prétention de dire que j'étais l'élément déclencheur, mais il fallait d'abord que je produise. Je devais donner envie d'écrire aux gars. J'avais pour ce faire un sample dans le viseur depuis un moment.

Comme nombre de personnes de ma génération, j'ai été fasciné par le film *Scarface*. Les premières minutes sont si prenantes que je m'y hameçonne comme un gobi si je tombe dessus par hasard. Et la musique, fantastique, y est pour beaucoup.

Je me suis donc lancé à la recherche de la BO du film culte pour la sampler. Sans internet, ce n'était pas évident. J'ai tenté ma chance à la Fnac. Ça tombait bien, je voulais acheter le dernier Mobb Deep, *Murda Muzik*, fraîchement sorti. Je n'y croyais qu'à moitié mais ma bonne étoile m'a guidé jusqu'au rayon musiques de films où j'ai trouvé *Scarface*.

Je rentre chez moi chaud comme une baraque à panisses de l'Estaque Plage, mais avant de faire chauffer le sampleur, je m'écoute le Mobb Deep. Comme toujours en découvrant un disque, je lis les crédits sur la jaquette du CD. Je veux savoir qui produit, qui mixe, dans quel studio : tout. À la fin du tracklisting, je lis : « Contient un sample de Giorgio Moroder… », qui est justement le compositeur de la musique de *Scarface*, en plus d'être une légende du disco et de la musique électronique. Ça sent le roussi à Roissy, comme disait mon ami Brahim. Je zappe jusqu'au morceau en question : « It's mine », featuring Nas. Et là, je découvre que je me suis fait doubler par Havoc. Il a pris le sample que je convoitais. Ne voulant pas passer derrière lui, j'abandonne l'idée de sampler l'intro du film culte.

Une fois le coup digéré, je m'écoute quand même la BO de *Scarface* et je m'arrête sur « Push it to the limit ». Je revois la scène du film, celle où le banquier pète les plombs devant les sacs de billets. Je me dis naïvement : « Repousse les limites. » À l'époque, on était pleins de trucs comme ça, on croyait aux signes. Je boucle donc le morceau dans mon sampleur et je le ralentis. Je tenais quelque chose. Je programme les drums, tape encore quelques séquences… Le son de « Loin du compte » était né. Notre deuxième projet discographique, l'EP *Hors-série, volume 1*, était amorcé.

Après validation de la prod par le groupe, on pouvait retourner en studio. Je me souviens de la sensation que j'ai eue au début de l'enregistrement du morceau. C'était puissant, mais surtout, après tout ce temps sans rien créer, toutes ces émotions, nous étions capables de relancer la machine créative. On ne se l'est jamais dit, mais je pense qu'on doutait tous un peu.

Ce titre représentait parfaitement notre état d'esprit du moment : on vient d'accomplir ces choses incroyables (album, tournée, etc.), mais il en manque, on est loin du compte.

On le jouera un mois plus tard sur le plateau de *Nulle part ailleurs*.

Un seul regret peut-être : l'absence de Menzo sur le track. J'en profite pour faire une petite mise au point sur le MC du Panier. On l'a parfois critiqué, mais la FF sans

Menzo n'aurait pas été la FF. C'est vrai qu'il peut sembler un poil derrière ses acolytes, mais on ne pratique pas la sélection naturelle chez nous. On ne dit pas : « T'es bon, on te prend. » On n'a pas construit le groupe sur des compétences, mais sur l'amitié et la passion du rap. Menzo doit son surnom à un gardien de but hollandais, bien avant le rap, au temps où il était le goal des Carmes-Belsunce. Comme tout bon gardien, il nous transmettait confiance et sérénité, particulièrement avant les gros lives.

(101)

L'EP est sorti fin mars 99 et il est rapidement devenu double disque d'or. Au-delà du succès commercial, on se réjouissait de l'accueil que le public lui avait réservé. Ce n'est jamais facile de rebondir après le succès d'un premier album.

Avec Théo de la promo, j'ai fait écouter l'album à Laurent Bouneau, patron de Skyrock. C'était courant à l'époque. Quelques jours avant la sortie d'un projet, le chef de promo faisait le tour des diffuseurs pour le présenter. Laurent a flashé sur le titre « Si je les avais écoutés ». Il l'a joué six fois d'affilée sans dire un mot, en fumant six clopes, une par passage.

Théo jubilait. Un gros airplay sur Skyrock pouvait booster les ventes, il le savait bien. Et puis c'était gagnant-gagnant, une radio a besoin de tubes pour conquérir et fidéliser toujours plus d'auditeurs, et attirer ainsi davantage d'annonceurs.

On est rentrés chez Sony fiers comme des chevaliers ayant occis un dragon, pour conter nos exploits au roi Philippe (Desindes).

(102)

Sincèrement, je me demande si tout ça intéresse quelqu'un. Mais quelque part je m'en fous. Je le fais avant tout pour moi, comme la musique. Je me suis aperçu que j'adorais écrire, moi qui n'ai pas lu plus d'une dizaine de livres dans ma vie (les BD, ça compte ?).

L'écriture me replonge dans des atmosphères incroyables, alors que je suis bloqué dans ma chambre depuis six ans (je ne m'en plains pas). Elle me permet aussi de faire découvrir certains pans de ma vie à des proches comme mes parents, qui m'ont dit ignorer toute une partie de l'épopée marseillaise, ou mon épouse, qui m'a déclaré éprouver une forme de jalousie de ne pas avoir été à mes côtés pendant ces belles années.

J'écris ce livre depuis un an à présent, et je me régale. Toutes les « créations » devraient avoir une motivation de plaisir égoïste. Si mon texte plaît, c'est génial, mais quelque part cet aspect ne me concerne plus, qui plus est pour un bouquin qui parle de moi. Il y a un truc malsain à vouloir qu'il plaise au plus grand nombre, de l'autoflatterie ou un truc du genre. Je ne veux pas faire une egobiographie. J'en ai retiré du bonheur en l'écrivant, c'est déjà énorme. Le reste n'est que de l'ego, dans le meilleur des cas, et dans le pire un besoin matériel. Je suis dépourvu du premier, et pour le second, dix EuroMillions ne me sortiraient pas de mon lit.

Il y a aussi le besoin d'aider, de transmettre, de faire plaisir, qui sont de nouveaux concepts pour moi, mais qui prennent de l'importance.

J'ai écrit « créations » entre guillemets parce que je pense que personne ne crée vraiment en musique, en peinture, en cinéma… Il n'y a peut-être qu'en gastronomie que l'on trouve les derniers créateurs de notre temps. Ils ont à leur disposition une infinité de produits, de modes de cuisson, de techniques. Ça aide. Nous, en musique, on a douze notes et quelques instruments. Alors on recycle à notre sauce. Le pourcentage de création varie, mais nous sommes forcément influencés par nos prédécesseurs.

Je ne suis pas un ayatollah de la création. On peut tout à fait créer des chefs-d'œuvre sans rien révolutionner dans la forme. Une guitare et quelques mots suffisent. Francis Cabrel et Georges Brassens en sont les parfaits exemples.

Il me semble aussi que le talent n'existe pas, au sens inné du terme. C'est l'amour d'une discipline qui rend performant. Lionel Messi est l'un des meilleurs footballeurs à avoir foulé une pelouse, pourtant il n'a pas un physique d'Apollon et il est plutôt petit. Son secret est d'avoir aimé jouer au ballon plus que tout le monde.

Je pense que l'amour du football va parfois jusqu'à conditionner certaines blessures, certaines performances.

Paolo Maldini est l'un des plus grands défenseurs centraux de l'histoire. Il a pris sa retraite après vingt-cinq ans de professionnalisme exemplaire. En interview, il a dit qu'il ne sortait jamais, qu'il était rarement au lit après 21 h 30, qu'il ne buvait jamais d'alcool ni de boissons sucrées, qu'il préférait les salades plutôt que la bidoche et qu'il était très famille. Quand on aime quelque chose, on agence toute sa vie autour.

Le footballeur qui bringue, qui passe ses soirées à fumer dans les chichas et qui mange des kebabs, c'est qu'il n'aime pas le ballon tant que ça. Et il y a peu de chances qu'il ait la même carrière que celle du grand Paolo (ni qu'il fissure l'atome).

Mais aimer, ça ne s'invente pas, dans ce sens oui, il y a peut-être un caractère inné. En revanche ça se cultive. Mais qu'on ne me parle pas de génétique du talent, c'est des conneries. Sinon tous les enfants de stars auraient une grande carrière, et on se ferait bien chier.

Je ne crois pas non plus en l'inspiration. Comme Gustave Flaubert, je pense qu'elle s'assoit tous les jours à la même table et à la même heure, donc elle n'existe pas. Tout n'est que motivation.

Voilà, lynchez-moi.

Pour clore ce petit aparté « création » et revenir à la musique, ceux qui me connaissent savent que ce qui est le plus important pour moi, c'est la singularité. Par définition, si rien n'est apporté dans une création, ben ce n'est pas une création. C'est juste un business. Je préfère un truc nul et original à une copie super bien faite. Ce que j'aime par-dessus tout quand je découvre un album ou un morceau, c'est de ne pas comprendre ce qui se passe, être surpris, pas uniquement par la performance, mais par le concept, l'idée, tout est une question d'idée. Et d'amour, bien sûr.

Chapitre 18
La chemise de Scarface

(103)

Après le succès de *Si Dieu veut* et le boucan que commençait à faire *Hors-série, volume 1*, je recevais pas mal de sollicitations pour des prods. Je ne refusais jamais une collaboration. C'était génial de rencontrer tous ces artistes, tous ces univers. Et il ne faut pas se mentir, je devenais un producteur coté et j'aimais ça.

Une de ces prods m'a ramené à New York plus vite que prévu. C'était pour la rappeuse Beedjy en qui Columbia, un autre label de Sony, plaçait beaucoup d'espoirs. Malheureusement pour eux (surtout pour elle), ce sera un flop.

Plutôt que du cash comme salaire, j'avais demandé à Columbia un séjour d'une dizaine de jours à New York aux frais de la princesse.

J'ai embarqué à Marignane aux aurores après une courte nuit. J'étais tellement KO que je me suis endormi sur l'épaule de mon voisin, qui s'en est plaint. Une hôtesse m'a réveillé et m'a demandé de la suivre à l'avant de l'appareil. Elle m'a installé en première classe en me chuchotant : « C'est un connard. » C'était le coin avec les fauteuils qui s'allongent. J'ai pu finir ma nuit pépère.

Au réveil, je vois la splendide Bridget qui bouquine à la place d'à côté. On commence à bavarder. Originaire de Brooklyn, elle est choriste pour des chanteuses de RnB et connaît bien le studio dans lequel je me rends. Après une heure, je vois que le courant passe bien, en tout cas pour moi, mais je n'ai aucune raison de penser que ce n'est pas réciproque. Je lui propose de partager le taxi une fois débarqués et de manger un morceau. Elle est partante. Vu qu'on n'est pas censés se séparer, je ne lui demande pas son numéro. Erreur fatale.

Aux douanes, on se retrouve chacun dans sa file, elle dans celle des citoyens américains, moi dans celle de l'immigration. Et j'y reste plus de deux heures, bordel, c'est blindé. Forcément, quand j'arrive enfin à la zone taxis, pas de Bridget. Je prends donc mon taxi solo, un peu dégoûté mais ça va, je suis à New York (zeubi).

(104)

La production m'avait logé dans un très chouette appart tout équipé, pile en face des Nations unies. Le panorama sur Manhattan était imprenable. Inutile de dire que j'y aurais bien vu Bridget de Brooklyn avec sa dégaine fit, son tee-shirt blanc, son jean délavé, ses Nike roses et ses longues tresses.

Beedjy et sa manageuse étaient logées dans le même building que moi et on s'était donné rendez-vous pour dîner.

J'ai pris ma douche, je suis sorti m'acheter des Doritos et une pink limonade qui m'avaient tant manqué, et je me suis posé à l'appart.

Vers 20 heures, comme prévu, elles ont sonné à ma porte. J'ai été pris de stupeur en ouvrant. Elles s'étaient apprêtées, comment le dire poliment ?, plus que caliente. Elles devaient disposer d'un stock de fringues dont elles s'étaient dit : « Ça, c'est pour New York. » Impossible d'avoir ce look à Paris, ou alors dans certains quartiers. Pour faire simple, c'était très cuir et très court. Elles étaient certainement de très bonne moralité, elles s'étaient juste fait un kiff. Si j'étais sorti avec elles, on m'aurait pris au mieux pour un michto, au pire pour un mac. J'ai donc prétexté une grosse fatigue pour esquiver un resto plutôt gênant. Je me suis fait livrer des sushis et j'ai dormi, une bonne journée de taf m'attendait le lendemain.

(105)

Au réveil, j'ai pris une douche et j'ai sauté dans un taxi. Je déjeune jamais mais on s'en fout. La chaleur était déjà étouffante, ça aussi on s'en fout.

J'avais déjà bossé dans le plus grand studio du monde, j'allais à présent me rendre dans le plus mythique de New York : le D&D, propriété du légendaire DJ Premier, une de mes idoles et accessoirement le plus grand producteur hip-hop (avec Dr Dre) de l'histoire.

Je grimpe dans un ascenseur miteux et j'arrive à l'accueil du D&D. Une femme derrière son comptoir me souhaite la bienvenue et me dit que je suis le premier Français à travailler ici. Je lui réponds par une formule de politesse et lui demande si le taulier est là. Elle me répond qu'il est en tournée avec GangStarr, son groupe. Merde. Je tente une autre cartouche : « Connaîtriez-vous une certaine Bridget ? » Elle me dit que non avec un sourire en coin. J'ai fait chou blanc sur toute la ligne. Mais je ne suis pas là pour ça. Elle me conduit au studio où l'ingé m'attend. Pas n'importe lequel, c'est Rich Travali en personne, une pointure internationale.

La journée s'est merveilleusement bien passée. Après notre session de taf, Rich m'a emmené déguster une seiche grillée dans son italien favori et on a parlé du métier. Un gars adorable, comme tous les cadors que j'ai rencontrés. Il n'y a que les trous du cul qui se prennent pour quelqu'un d'autre. Normal me direz-vous, débiter de la merde, ça doit donner envie de changer de peau.

(106)

J'avais déjà eu deux ratés ce jour-là, DJ Premier et Bridget. J'allais en avoir deux autres le soir. Les seuls proches que j'avais à New York étaient Bruizza et Mario. Le premier purgeait toujours sa peine à la prison de Dannemora et le second mixait l'album du 3e Œil en France. J'étais tellement aveuglé par mon dernier voyage dans la grosse pomme qu'inconsciemment j'avais imaginé que chaque séjour à New York serait identique. Débile. C'était sans compter un détail : j'étais solo. Et je ne suis pas du style à aller me balader tout seul comme un fou, monter sur le toit de l'Empire State Building ou visiter des musées. J'avais fait n'importe quoi en demandant ce séjour. Il me restait une semaine à tirer et je n'avais plus rien à faire ici.

(107)

C'est alors que j'ai eu une idée. Mon ami Nassim de Belsunce habitait alors Miami. Il a toujours eu la bougeotte et il est pile-poil mon contraire : il voyage toujours seul. Il vit aujourd'hui à Tokyo depuis des années. J'avais donc en tête de lui rendre visite (Pas à Tokyo, hein, à Miami, suivez un peu, wesh). Je lui ai téléphoné et il était enchanté par cette idée. Aussitôt après avoir raccroché, j'ai appelé American Airlines et j'ai pris un billet pour Miami.

Le seul problème, c'est que j'avais amené vingt-cinq grammes de pollen jaune de Marseille. J'avais feinté les douanes du Caire, je n'allais pas trembler devant celles de JFK. Mais à Miami, plate-forme internationale du trafic de stupéfiants, je m'attendais à un tout autre accueil. Ce que je craignais le plus, c'était les chiens de douane. Je gambergeais donc à trouver une isolation olfactive totale.

J'ai d'abord coupé en morceaux une grosse bougie qui était dans l'appart, je l'ai mise dans un saladier et j'ai foutu le tout au micro-ondes. J'ai emballé le shit dans de l'alu, je l'ai mis dans un mug, et j'ai coulé la cire liquide dedans jusqu'à ras bord. J'ai enfin planté la mèche que j'avais récupérée sur la bougie au milieu de la cire tiède… J'avais ma bougie au shit, complètement hermétique.

Je raconte ça parce que c'est marrant, mais c'est totalement débile. Je risquais gros. Aller en prison à Marseille, où je connaissais la moitié des détenus, c'était une chose, mais être incarcéré à Miami…

J'ai malgré tout pris l'avion serein.

(108)

Ce que j'ignorais, c'est que les deux mecs que Nassim avait envoyés me récupérer à l'aéroport contrôlaient le trafic de coke de tout un quartier. Deux Colombiens répondant aux doux prénoms d'Anderson et d'Eduardo. Et ils avaient fait les choses comme il faut les bougres, ils m'attendaient aux arrivées avec une pancarte faite maison « PONE » fluo (que j'ai gardée). Comme comité d'accueil, on a connu plus discret. Mais tout a finalement glissé comme un vote truqué dans une urne de Floride.

Je me suis retrouvé dans la grosse Cadillac des deux loustics direction Miami Beach, où résidait Nassim. En chemin, j'ai fait une tentative de discussion avec les deux Sud-Américains. « Vous savez que Cadillac, c'est le nom d'un bled dans le sud de la France ? et que limousine, ça vient de… » À ce moment, Anderson s'est retourné d'un air « wesh mon pote » (en français on dit dubitatif), j'ai alors dit : « Naaan laisse tomber. »

(109)

Nassim m'attendait en bas de son appart, à un jet de pierre d'Ocean Drive. Il nous a fait monter et nous a servi un verre. Au moment où les Colombiens allaient partir, je leur ai demandé d'attendre car je tenais à les remercier. J'ai alors sorti ma fausse bougie et j'ai commencé à la fracasser. Ils ne comprenaient pas, jusqu'à ce que le morceau d'alu apparaisse. Leurs visages se sont alors éclairés d'un large sourire et l'un d'eux a dit : « Traficanté ! » On a éclaté de rire. Je leur ai donné un morceau, ils n'avaient jamais vu ça. Il n'y a que de l'herbe là-bas, les seuls à trafiquer de la résine de cannabis sont des bikers comme les Hells Angels – autrement dit, c'est un truc de Blancs. D'où le fait qu'ils étaient comme des gosses. Je leur ai expliqué comment le rouler et ils sont partis.

J'étais heureux de retrouver Nassim, que je voyais presque tous les jours à Marseille, soit au snack de Kader, Le Bon Burger, soit le soir en terrasse de l'hôtel Victory, boulevard Dugommier, où on faisait des tournois d'échecs jusqu'à pas d'heure.

Nassim avait un plan pour ma première soirée en Floride. Alors j'ai enfilé ma plus belle chemise de Scarface, et on a pris la direction d'Ocean Drive, où toute la jeunesse de Miami se retrouve pour bringuer. C'est vraiment un autre monde : toutes les meufs sont en maillot de bain, et elles ne vont pas à la plage. La plus pétée des bagnoles est une Mustang et j'y ai vu des caisses dont je ne soupçonnais pas même l'existence, toutes décapotables, bien sûr.

Nota bene : les meufs en maillot dans des Ferrari existent vraiment.

On se rend dans un établissement à ciel ouvert où le DJ joue le tube « Welcome to Miami » de Will Smith. Tout le monde reprend en chœur « Bienvenidos a Miami », je le prends pour moi. Je sors un gros cigare que j'ai acheté au duty-free, je commande un Cuba Libre pour moi et un cocktail de fruits pour Nassim. On s'intègre ou pas ? On se regarde et il prononce la phrase toute marseillaise : « Qui mieux que nous ? » Effectivement, dégun.

Après quelques verres, on décolle pour le Liquid, la plus grande boîte de Miami Beach, à l'époque. Ne vous inquiétez pas, il ne va pas y avoir de bagarre ou d'actions violentes, je raconte justement ça parce que c'est relax, je suis un garçon tranquille en vrai.

C'est la cohue devant l'entrée. Derrière un barriérage en arc de cercle, deux cents personnes attendent qu'un videur leur fasse signe d'avancer. Et dans le lot, il y a des filles dignes d'être dans des clips. Je dis à Nassim : « Laisse tomber, on rentre à l'appart, y a aucune chance. – Mais si, t'inquiète, file-moi ton passeport », me répond-il. Il brandit les deux passeports en les agitant et en disant : « Français, Français ! » Aussitôt, un mec de la sécu nous fait signe d'approcher. Trois meufs captent le manège et attendent qu'on les fasse rentrer avec nous. Nassim leur dit : « Wanna come ? », et elles nous emboîtent le pas. Ce que j'ignorais, c'est que la majorité des types qui faisaient la sécu à Miami Beach étaient des Arabes de la banlieue parisienne. On était un peu chez nous.

Après une soirée mémorable dans le club à trois étages, on est allés prendre un petit-déjeuner made in Floride. Ça sera ça tout le reste du séjour : plage le jour, sorties la nuit.

(110)

Un après-midi, alors que Nassim était à son entraînement de foot, je suis allé flâner dans le quartier et j'ai été surpris par une tempête tropicale. Je me suis réfugié dans une petite cabane pour enfants dans un parc de jeux. J'y suis resté deux bonnes heures, sous des trombes d'eau et les mêmes éclairs que quand Eren se transforme dans *SnK*. J'ai ressenti la même sensation que sur le jet-ski deux ans plus tôt, à New York. Tout était parfait et le temps s'est de nouveau suspendu.

L'heure du départ avait sonné et mon comité d'accueil me reconduisait à l'aéroport. Une fois à Marseille, je ne défis même pas mon sac. Le lendemain, on partait en tournée au Canada.

On a fait toutes les grandes salles du Québec pour finir par un festival au stade olympique de Montréal.

Nous étions toujours surpris de notre popularité, même à 7 000 kilomètres de chez nous.

Chapitre 19
Mode de vie

(111)

Vu la productivité du Rat Luciano, il était inenvisageable qu'il ne se penche pas sur son album solo. On avait déjà près d'une centaine de maquettes avec des titres forts, dont le mythique « Déguste », qui à l'été 99 tournait partout. Même en boîte de nuit. Je l'entendais presque autant que « Bad Boys de Marseille » dans les voitures qui sillonnaient le centre-ville, l'un des meilleurs baromètres. Et puis l'expression « Déguste » était dans toutes les bouches.

Je n'avais jamais vu un tube de rue prendre autant d'ampleur. Le morceau était sorti de ma chambre, comme d'hab, enregistré d'un trait, façon David Bowie. Le Rat avait fait tourner la cassette qui s'était multipliée comme des petits pains en Galilée. Contrairement aux autres maquettes maison, « Déguste » allait devenir un hit, sans maison de disques, sans promo, sans airplay. Wélou, juste la rue.

Sony souhaitaient également que Le Rat s'inscrive dans une perspective de production solo. Lui aussi paraissait en avoir envie. Pour toutes ces raisons, on s'y est mis.

(112)

J'ai tant à raconter sur cet album, une grande aventure humaine et artistique. Elle a commencé en mars 2000 à Vaunières, dans les Alpes. On avait loué un grand gîte sous la neige, habituellement destiné à accueillir des centres sociaux et des colos. C'était plutôt spartiate niveau confort, pas de télé, pas de canapé, rien : des lits superposés et une cuisine. Parfait pour bosser. J'ai toujours été partisan de l'isolement total, se retrouver dans une bulle et partir de zéro dans un autre décor pour un processus créatif optimal.

J'avais apporté tout mon matos pour une quinzaine de jours de pré-prod au grand air. L'expédition était composée de José (dit l'Escroc), Fel (dit Flingue), Abou (dit Massaï), Kader (dit Déga), Le Rat (dit Loutch) et moi (dit le Vieux). Six dans un gîte prévu pour trente. Choa et Menzo nous rejoindraient pour quelques jours ainsi que L'Ani et Samir du Panier. Ils connaissaient bien les lieux puisque c'est là que le centre social Baussenque du Panier les emmenait en sortie.

Notre ami José (le même qui assurait la sécu en tournée, et qui était en première ligne face aux hooligans) s'occupait de la popote et était coach de boxe le matin. On se levait tôt. Impossible de faire autrement avec Kader qui entrait dans les dortoirs au petit matin en gueulant façon adjudant-chef : « Vous vous croyez dans une maison de repos !? Allez, debout ! »

Après une heure de sport dans un cadre exceptionnel et un petit-déj sur la terrasse, Le Rat et moi nous mettions au boulot. J'essayais des trucs avec ma bécane, et il me demandait de continuer si ça lui causait. Alors il écrivait, et on échangeait à propos du thème, du refrain, de telle ou telle phase, on parlait beaucoup musique. Mais je n'étais pas le seul à qui il demandait conseil. Tout le monde était consulté quand on avait un truc qui tenait la route.

Nous avions le sentiment de faire du bon boulot. C'est un de mes moments préférés dans la création, lorsque ça avance. On a été assez productifs puisqu'on est revenus avec huit ou neuf nouveaux morceaux, dont « Mode de vie complexe ». L'instru a tourné pendant plus de 24 heures non-stop. Abou refusait catégoriquement que je l'arrête. Il a dormi auprès des machines, comme hypnotisé par la boucle.

(113)

Le soir, vu l'absence de PlayStation et de toute activité dite moderne, on jouait à cache-cache. Celui qui se faisait trouver devait boire cul sec un grand verre de punch maison, préparé par Le Rat avec des fruits frais, du sucre de canne et tout le bordel. Je le soupçonne même d'y avoir mis des écorces de sapin, des pommes de pin ou des trucs du genre, c'était bien son style. Le machin avait macéré toute la journée et faisait au moins 200 degrés.

Certains se cachaient volontairement mal pour étancher leur soif. Mais il y avait une deuxième sanction s'ils étaient trouvés par José. Ils devaient subir un assaut de l'ancien boxeur qui remettait les gants pour l'occasion. Et quand on sait qu'il s'agit d'un beau bébé cap-verdien de 120 kilos, autant vous dire que quelques côtes ont sifflé. Mais, toujours avec le respect, comme disait Abou.

Pour ma part, je ne boirais plus une goutte de rhum de toute ma vie après ça. La gueule de bois a été si terrible que j'ai vomi onze fois le lendemain.

(114)

Après cette pré-prod de folie, on allait passer deux mois au Polygone, à Blagnac. C'était un studio de classe mondiale en plein cœur du superbe parc Odyssud. Il y avait une résidence privative, une cuisinière rien que pour nous, et une piscine. Ça nous changeait de la rigueur alpine. Le studio était géré par Francis Delmas, l'exceptionnel manager du groupe Gold dans sa vie d'avant. C'était un gars exceptionnel dans le sens où il était toujours aux petits soins pour les artistes qu'il accueillait. Il me connaissait depuis dix minutes qu'il voulait déjà me prêter sa grosse Mercedes. Dommage, je n'avais pas le permis.

(115)

Je venais d'effectuer mon premier gros changement de matos, acquis grâce au succès de *Si Dieu veut*. J'avais lâché ce bon vieux W-30 pour un S3200 XL de chez Akai piloté par Cubase. Mais un autre sampleur me faisait de l'œil : le fabuleux 4XT de chez E-mu, les créateurs de la légendaire SP-1200. Mais ce modèle n'était pas encore disponible en France.

J'en ai alors parlé à Francis dès notre arrivée à Polygone. Une semaine est passée, et Francis, qu'on appelait à présent « Cissou », a fait venir de Californie le premier 4XT de France. On a d'ailleurs dû bidouiller l'alimentation pour l'adapter au réseau du pays. J'étais comme un gosse impatient de recevoir sa maquette du *Faucon Millenium* à Noël. Je me souviens de son arrivée comme si c'était hier.

J'étais allongé dans le canapé devant la table de mixage du studio B, pile devant les gros moniteurs, de sorte que si quelqu'un entrait dans le studio, il ne pouvait me voir. J'avais l'habitude de siester là. Francis est entré tout excité. Ne voyant que notre pote Kader qui buvait son café pépère sur la banquette du fond, il n'a pu s'empêcher de lui annoncer la nouvelle.

« Kader, tu ne vas pas me croire !

— Quoi Francis ?! Dis-moi !

— L'E-mu, il est arrivé !

— L'E-mu ??! T'es sérieux Cissou ?

— Oui Kader, j'ai réussi à avoir le seul de France !

— Ah tié un monstre Cissou, le seul en France tié sûr !?

— Oui Kader, je t'assure, il arrive directement d'Amérique !

— L'E-mu, t'es vraiment certain ? D'Amérique ?

— Oui oui Kader ! »

Et ça a continué ainsi pendant quelques minutes. Bien entendu, Kader n'avait aucune idée de ce qu'était un E-mu. Ça aurait pu être une tondeuse à gazon ou une cafetière, c'était pareil. Il le faisait marcher. Et Francis, avec sa gentillesse habituelle, ne marchait pas, il courait. Quant à moi, planqué dans mon canapé, je me délectais de cet improbable duo composé d'un Kader du Panier et d'un Francis Delmas, patron de l'un des plus prestigieux studios d'Europe. J'ignore même si Kader savait que j'étais là. Il était tout à fait capable de réaliser ce genre de blagues sans public, juste pour son plaisir perso.

(116)

On était grosso modo la même équipe que dans les Alpes et on occupait presque toutes les piaules de la résidence. L'été approchait, et on profitait tous les jours de la piscine. On faisait des barbeuks dans le jardin. De grandes tablées. De beaux moments.

Des amis toulousains nous rendaient souvent visite. L'équipe de Bullrot, avec Julien et Mokhtar, mais aussi ses frères, Fayçal, Miloud, Ben, Karim, Kader et leurs potes. Je suis toujours proche de ces gens. Ils ont été présents dans le bon comme dans le mauvais, des amis sur qui je sais que je pourrai toujours compter. Tout comme eux sur moi, sauf pour les déménagements et les bagarres.

(117)

On était en bringue tout l'enregistrement. J'ai d'ailleurs pris une quinzaine de kilos cette année-là. Seuls Loutch et moi travaillions, et Thierry, le super ingénieur résident du studio. Les autres dégustaient, ça créait une ambiance parfaite.

Les nouveaux morceaux s'accompagnaient d'une énorme charge émotionnelle, et je pèse mes mots. Il n'était pas rare que Le Rat sorte de la cabine en pleurs. Il se mettait à nu à chaque morceau, chaque couplet, chaque mot. Il n'a jamais triché : un putain d'artiste. Je me disais que s'il était né quinze ans plus tôt à Dublin, il aurait été Bono.

Il écrivait ses textes sans aucun filtre et c'était tellement fort, maladroit parfois, mais d'une profondeur, d'une poésie empreinte d'un réalisme inégalé dans le rap, et même au-delà. Je me sens béni d'avoir eu une telle jeunesse. D'avoir fréquenté de tels personnages. C'était exactement ce que je voulais, ma vie rêvée.

(118)

Quand je ferai écouter l'album du Rat *Mode de vie… Béton style* à mon père, et ce n'est pourtant pas son répertoire, il me dira texto : « Putain mais c'est un poète ce mec. » Ce qui me fera marrer. Pour nous, de tels qualificatifs prêtaient plutôt à la moquerie. Tout comme le terme d'artiste. Je ne me suis jamais considéré comme un artiste ni comme un musicien, ne sachant jouer d'aucun instrument et ne connaissant pas le solfège.

J'avais beaucoup de mal à me qualifier dans les premières années, lorsque l'on me demandait quel était mon rôle au sein du groupe. Je retrouvais le même problème « existentiel » que j'avais eu quand je commençais à taguer sans connaître le nom de ce que je faisais. Le terme de « beatmaker » n'existait pas encore et celui de « producteur » désignait en France l'investisseur financier. Alors je disais tout simplement : « Je fais la musique. » Quelques années plus tard, tandis que je lui parlais de ce dilemme, un grand chanteur de variété française m'a dit : « Tu es musicien non instrumentaliste. » Ça m'allait très bien.

(119)

Après un peu moins d'un mois d'enregistrement, Mario a débarqué des USA pour le mix.

On a vécu des moments incroyablement forts au cours de l'enregistrement, mais l'effet révélateur du mixage allait produire des sentiments encore plus intenses, du moins pour moi. Toute cette matière brute allait passer par le tamis. Je me sentais comme un Seringueiro dans une rivière d'Amazonie.

C'est un peu ma partie. Je suis très impliqué dans les mix, et je ne conçois pas qu'il puisse en être autrement. Je fais toute la réalisation et la structure des morceaux durant cette étape, ce qui est assez unique d'après les ingés avec lesquels j'ai bossé.

Ce type d'arrangements avait le don d'exaspérer certains ingénieurs français, dont un en particulier. Je tairai son nom, mais il faisait partie des ingés cotés de la fin des années 90. Il était certainement très compétent, mais assez psychorigide.

À la fin du mix d'un titre que j'avais produit pour le 3e Œil, l'ingé en question, qui n'avait émis aucune critique sur mon taf, a attendu que les gens du label soient là pour lâcher un cinglant : « Si le titre sort comme ça, ne mettez pas mon nom dessus. » Il faisait allusion à mes arrangements qui salissaient son mix. J'ai naturellement songé à lui insulter sa famille. Mais je l'ai jouée relax en répliquant : « OK, vous pourrez mettre mon nom, ça me dérange pas. » Je précise qu'il avait tout à fait le droit de critiquer mon boulot. Mais le faire après avoir passé cinq heures ensemble sans rien dire, et maintenant que tout le monde était dans le studio, cracher son venin, c'était moche. S'en est suivi un clash auquel je n'étais pas familier dans cet environnement. Il a dit que normalement, je n'avais pas à venir en mix avec un instru non séquencé. Ce à quoi j'ai répondu que s'il avait été vraiment dans la musique, il aurait dû savoir que le mot « normalement » n'existe pas. J'ai fini par dire que si les artistes étaient contents, moi aussi. Ce qui était le cas.

Je me suis toujours considéré au service des artistes pour lesquels j'ai travaillé. Ça m'a rarement gêné de faire des modifications tant qu'ils étaient satisfaits. Encore plus quand je bossais pour d'autres groupes que la FF. J'ai souvent répété : « T'es content ? Alors je suis content. »

Cette petite anecdote illustre bien la difficulté à trouver de bons ingés français rap dans les années 90. Mais ce n'était pas leur faute. Ils venaient souvent du rock où les bases du mixage sont différentes. Par comparaison, lorsque quelques mois plus tôt, j'étais aux D&D Studios à New York pour mixer avec Rich Travali, j'avais appliqué la même méthode. Ce qui avait créé plein de petits bruits parasites liés à la grossièreté de mes cuts. Je me suis absenté une demi-heure pour boire un thé et fumer une clope, et quand je suis revenu, Rich avait tout nettoyé et me gratifiait d'un « great job ». Entre l'ingé-star américain et le Parigot coincé, le contraste était saisissant. Heureusement, par la suite est apparue une grande génération d'ingénieurs français.

(120)

DJ Mehdi est passé nous voir à Polygone à la fin des mix. En mode vacances, pieds nus, avec sa meuf et sa guitare. Il voulait écouter l'album avant tout le monde. Il adorait Le Rat. On a donc fait une écoute dans les règles de l'art, au studio B, son à fond. Son avis allait au-delà de mes espérances : il avait surkiffé. Hormis mon équipe, son opinion était la plus importante au monde, car il était musicalement très cultivé et c'était un ami sincère.

Un CD était alors limité à environ quatre-vingts minutes. Certains morceaux ne pourraient donc pas figurer sur l'album faute de place. Un crève-cœur de faire ces choix, calculatrice en main. On a eu un débat avec Mehdi au sujet d'un morceau qui devait passer à la trappe, « Où ça mène ». Je me rappelle de sa réaction comme si c'était hier : « Vous êtes malades, c'est une bombe, en plus c'est un de tes meilleurs beats. » Mais la décision était prise. Grâce à Mehdi, le morceau sortirait quand même en face B d'un maxi.

On a aussi eu une discussion autour du pseudo qu'avait choisi Le Rat, « Luciano ». Ce qui nous a amenés à parler de l'histoire de la mafia américaine, un de nos sujets de prédilection, tranquillement installés au bord d'une piscine dans le Midi. Les films comme *Le Parrain*, *Il était une fois en Amérique* ou *Les Affranchis* nous avaient bousillés. Cette après-midi-là, entre les discussions sur Q-Tip, Bob Marley ou Dr Dre, nous avons parlé d'Arnold Rothstein, le premier parrain de l'histoire américaine. Alors qu'il agonisait après s'être pris une bastos dans le buffet, un flic lui demanda qui lui avait tiré dessus, ce à quoi il répondit avant de mourir : « Faites votre boulot, je ferai le mien. » Chez nous, on aime bien ce genre de conneries.

Ça peut paraître déplacé d'éprouver une certaine forme d'admiration pour des personnages qui ont choisi de vivre dans l'illégalité. Mais comme dirait Le Rat dans cet album : « On est fascinés par la classe ouvrière et la vie des voyous. »

Aujourd'hui, c'est davantage les mangas la référence, et c'est pas plus mal.

(121)

L'album *Mode de vie… Béton style* est sorti à l'automne de l'an 2000. Malgré son disque d'or, il fut davantage un succès d'estime que commercial. Peut-être est-ce parce qu'il ne contient aucun single digne de ce nom, faut dire que ce n'est pas vraiment le style de la maison.

Avec cet opus, Le Rat est devenu le rappeur préféré des rappeurs. Encore aujourd'hui, il est l'ultime référence de certains artistes tels que Jul ou SCH. Je le comparerai à Ronaldinho ou à Mike Tyson. Ils ont été les meilleurs à avoir pratiqué leur art, sans toutefois être reconnus comme les plus grands, par manque de constance et de longévité.

J'ai eu la chance de souvent collaborer avec lui et d'avoir été son ami. Sa première qualité, à mes yeux, est son hypersensibilité, d'où découle une immense passion pour la musique et le rap en particulier. Ajoutez-y une hyperactivité, et vous avez la recette de ce qu'on appelle le talent : travail et amour.

Chapitre 20
Art de rue

(122)

On avait prévu une tournée et pas mal de promo pour cet album. Mais on n'en fera rien, pour plusieurs raisons. Tout d'abord, Le Rat n'a jamais aimé se réécouter, je pense que son esprit critique ne voyait que ce qu'il avait loupé (très peu de choses sur cet album, à mes yeux). D'où le fait que défendre les titres qu'il « n'aimait pas » sur scène, en radio, en interview, le faisait chier. Il ne trouvait pas son album abouti. Lors du tout dernier jour de studio, il m'a dit : « C'est maintenant que je commence à me sentir bien [pour créer]. »

Deuzio, on a eu une discussion avec le groupe sur la suite des événements. Tous voulaient embrayer sur un deuxième album, y compris Le Rat. Il a alors jeté le plan promo prévu par Sony pour le sien, ainsi que la tournée, et trois semaines plus tard, on était de retour à Polygone pour *Art de rue*, notre deuxième album. Je n'irai pas jusqu'à dire que Le Rat a sacrifié sa carrière solo pour l'intérêt général du groupe, mais ça y ressemble quand même.

(123)

Sans avoir eu le temps de dire ouf, je me retrouvais de nouveau à Polygone. Et je ne m'en plaignais pas. J'adorais être là, dans des conditions optimales et près de ma famille, à qui j'étais ravi de faire visiter le studio. Pour eux, j'avais gagné mon pari, presque impossible à imaginer cinq ans auparavant.

Je dois dire qu'on était tous super heureux et excités de se retrouver, ensemble à nouveau. On avait changé de statut depuis notre premier album. Nous étions passés d'espoirs à poids lourds. Mais on le vivait pépère, sans pression. Rien ne pouvait nous atteindre tant que nous étions unis.

Installés dans nos chambres, on est allés dans la grande cabine de prise de voix du studio B pour une réunion. L'ordre du jour : établir un semblant de direction artistique pour ce nouvel album. Contrairement au précédent, nous avions zéro matière. Après plusieurs heures, beaucoup de joints et davantage de rigolades que de réelles idées artistiques, une seule pensée se dégageait et elle concernait directement mon taf.

Je suis super fier de notre premier album, mais on y trouve très peu de morceaux scéniquement pêchus. Les garçons m'ont déclaré plusieurs fois s'être un peu fait chier par moments sur le « Si Dieu veut tour ». Ils ont réitéré cette remarque lors de la réunion. Il fallait donc que j'intègre cette donnée dans ma petite tête de producteur. J'aime bien les défis et à bien y réfléchir, je n'avais qu'un seul « banger » à mon actif sur *Si Dieu veut*, le morceau au titre prémonitoire « Sans rémission ». Le reste était plutôt mou.

Alors qu'on s'était construits sur scène, on avait occulté cette donnée pour notre premier album. Il faut dire que les artistes américains qu'on kiffait n'étaient pas des excités, à quelques exceptions près. J'avais déjà un peu rectifié le tir sur *Hors-série, volume 1*, notamment avec le titre « Cherche vraiment pas à comprendre ». Mais là, il en faudrait davantage.

(124)

Vu que je n'avais pas un stock de centaines de prods comme pour les projets précédents, je me suis installé dans le studio M, que Francis m'avait réservé pour deux mois afin que je puisse « proder », comme on dit aujourd'hui. J'avais tout mon matos ainsi que quelques centaines de vinyles ramenés de Marseille ou prêtés par Mokhtar. Il avait une collection considérable de funk et de soul. Il a d'ailleurs grandement contribué à la création de l'album du Rat en me prêtant une tonne de disques dans lesquels j'ai trouvé cinq ou six samples qui figurent dans *Mode de vie… Béton style.*

(125)

C'était l'hiver, donc pas de piscine ni de barbecue, mais l'ambiance était chaleureuse, studieuse et détendue. On s'est rapidement mis au boulot, particulièrement moi. Une tâche titanesque m'attendait : faire un album en temps réel. D'ailleurs je n'y parviendrais pas.

Mais je prenais le truc relax et on commençait à avoir quelques morceaux qui nous plaisaient. Ça partait pas mal malgré l'omniprésence d'un nouveau membre dans le groupe : la PlayStation. Étant chez Sony, on en avait tous une. Si vous voulez faire chuter la productivité d'un groupe de 50 %, il suffit de leur mettre une Play et un jeu de foot dans les pattes.

Je jouais aussi mais je ne tarderais pas à arrêter définitivement. D'abord parce que je ne supportais pas de perdre, rien de nouveau, et puis j'avais compris que c'était une enculerie comme on dit chez nous. En bon français une perte de temps.

À peine leur couplet posé, les garçons couraient au salon terminer leur partie.

Je me souviens qu'il était parfois difficile de leur faire écouter un truc. Et comme ils m'appelaient « le vieux » depuis des lustres, bah je jouais mon rôle de casse-pieds. Je rouspétais mais on ne peut pas dire que ça n'avançait pas, sur ce point ils avaient raison. Mais je me suis toujours demandé ce qu'aurait été cet album sans PlayStation.

(126)

Cette époque était pour moi assez spéciale. Pour la première fois, je sentais une fissure dans le groupe, dont les ego étaient à mon sens responsables. Un tirage de bourre à qui sortirait le prochain album solo avait lieu en plein enregistrement. Ça se jouait entre Choa et Sat. Afin de dissiper tout malentendu, ils se sont mis d'accord pour que Choa sorte le sien en premier. Ça déteignait sur l'ambiance du studio et je sentais que cette compétition interne n'était pas que bénéfique. Et elle allait laisser une certaine amertume quand, quelques mois plus tard, Sat annoncerait que son album était prêt.

Une autre chose avait changé : on s'écoutait trop. On était devenus nos premiers fans. Il y avait un côté narcissique malsain. Par moments, j'entendais des cris d'euphorie dans les chambres à l'écoute de nos morceaux. Ça me dérangeait mais je ne pouvais quand même pas jouer les rabat-joie. Je ne dis pas qu'on ne doit pas apprécier sa musique, au contraire, mais je pense qu'il y a une retenue à conserver, un certain recul. Ce n'est que de la musique.

(127)

Pour notre premier album, on peut dire que j'étais aux manettes de la réalisation avec mon compère Djel, mais là, je sentais que certains voulaient s'affirmer. Je m'effaçais le cœur lourd, car j'adore le taf de réal. D'un autre côté, ce changement apportait beaucoup d'énergie. Et puis j'avais moins de légitimité que pour *Si Dieu veut*. J'étais en panne de beats.

Ce n'était pas évident de produire à flux tendu avec quatre voraces comme Don Choa, Sat, Menzo et Le Rat.

Ils sont exigeants et avides de nouveautés. Ce n'était pas non plus facile de les mettre au diapason : il fallait toujours que la prod fasse l'unanimité. N'ayant pas un an de prods en stock comme pour *Si Dieu veut* ou *Mode de vie… Béton style*, j'allais traverser quelques trous d'air. Ce qui nous faisait stagner et s'avérait frustrant pour tout le monde.

Malgré la confiance emmagasinée ces dernières années, on n'était pas certains d'aller au bout d'une aventure comme celle-là. Puis il y a un aspect financier : même si on s'en tapait, les journées de studio étaient très chères et, à terme, ça poserait problème. Pour vous donner une idée, le budget total d'enregistrement s'élevait à 110 000 euros. On l'a éclaté.

Heureusement, j'ai bénéficié d'un coup de pouce de premier choix de la part d'un des beatmakers les plus sous-estimés et talentueux de sa génération, j'ai nommé : Le Rat Luciano. Il était si doué en rap que ça en occultait cette facette. On était en permanence en compétition tous les deux, jeu d'échecs, cartes (belote contrée, rami et poker), PlayStation, ping-pong, flambe. On pouvait jouer toute la nuit aux dés en tête à tête. Et une discipline supplémentaire s'invitait à présent : le beatmaking.

Cette concurrence, si elle fut bénéfique pour le groupe, a mis à mal le tandem qu'on formait avec Le Rat : je produisais, il écrivait. À partir de là, on ne travaillerait plus jamais comme avant.

Plus de diversité dans les beats nous a pourtant renforcés, car Le Rat apportait ce côté patate qui me faisait défaut, au grand bonheur des MCs qui savaient qu'en live, ça allait péter. C'est en partie grâce à ça qu'on est devenus encore plus redoutables sur scène. Ça a aussi déséquilibré une certaine alchimie au sein du groupe pour en créer une nouvelle. Meilleure ? Moins bonne ? Ce n'est pas à moi d'en juger.

On partageait les machines et Le Rat me laissait la place dès que j'entrais dans le studio M, même si la plupart du temps je n'en faisais rien. Il faisait du bon boulot et j'avoue que ça nous a sortis d'une certaine panade. Non seulement Le Rat créait de bonnes prods, mais il amorçait également le morceau en écrivant le premier couplet, parfois même le refrain, ce qui enrayait les éventuelles pannes d'inspiration. C'est ainsi que sont nés des morceaux tels que « Imagine », « Dans la légende » ou « Filles, flics, descente ».

(128)

Quand les gars repartaient à Marseille pour faire un break de deux-trois jours, je dormais chez Julien, où j'avais une pièce réservée à la musique.

Bullrot marchait très fort. Avec Mokhtar, ils avaient à présent 270 points de vente en France et ils exportaient dans une douzaine de pays, pour un chiffre d'affaires qui flirtait avec les trente millions d'euros. Une grosse industrie. Partis de rien, comme nous. Je me rappelle un de leurs associés disant avec l'accent pied-noir : « Un jour, mon fils me demande de rencontrer des petits jeunes qui cherchent des associés expérimentés dans le textile. Je lui réponds pour lui faire plaisir que j'irai les voir. Putain, tu vois pas que ça s'est avéré être la plus belle affaire de ma vie. » J'étais très fier d'une telle réussite, et je pense que Julien tirait de la fierté de la mienne.

Un jour, son père Gérard nous a attrapés chacun sous un bras et nous a dit : « Je n'aurais pas misé un kopeck sur vous quand vous étiez gamins, et maintenant regarde-moi ça, un qui caracole en tête des ventes d'albums et l'autre qui est à la tête d'un empire de la fringue. »

Un soir que je prodais chez lui, Julien est venu me voir. « Pourquoi tu samplerais pas Rockwell, tu sais le morceau qu'on kiffait avant ? » m'a-t-il dit. Il parlait du tube des années 80, « Somebody's watching me », avec Michael Jackson au refrain. J'ai trouvé l'idée plutôt bonne, d'autant que j'étais dans un trip de samples eighties depuis l'album du Rat. J'ai alors téléphoné à Mokhtar pour savoir s'il avait ce maxi. Ça m'aurait étonné qu'un fin limier comme lui n'ait pas ce genre de classiques. Le lendemain, il était sur ma platine.

La prod finie, je l'ai fait écouter au groupe dans le studio, son à fond. Je n'ai jamais été capable de juger le potentiel de mes prods avant d'avoir un avis extérieur. Je ne les trouve jamais bonnes, même si elles ne sont pas forcément mauvaises.

Les garçons ont immédiatement accroché et je l'ai laissée tourner quelques heures, directement depuis mes machines. Chacun était dans son coin à griffonner, sauf Choa qui, comme à son habitude, écrivait dans sa tête. Il est assez rapidement venu me souffler le refrain d'« Art de rue » et je lui ai dit que c'était mortel. Il a alors fait le tour de tout le monde pour avoir leur avis.

Des années avant, on avait mis la pratique de « l'éstouffator » en place, du verbe éstouffer, soit mentir, inventer. Dès qu'un rappeur écrivait un couplet, il passait au crible de l'éstouffator. Non seulement on en jugeait la qualité, mais surtout, la véracité. Au moindre truc exagéré, incohérent par rapport à nos vies, ou inventé, on disait en chœur : « refusé ».

On n'avait pas perdu ça. Pour qu'un texte soit validé, il fallait qu'il fasse l'unanimité.

Une fois le refrain validé par l'équipe, Choa a fait quelques ajustements en live puis il est passé derrière le micro pour le poser. Un tube était né.

(129)

On a mis une bonne vingtaine de morceaux dans la boîte et Mario Rodriguez a débarqué pour le mixage. On ne change pas une équipe qui gagne. Le mix est une phase plus relax, le gros de notre job est fait. Donc ça allait devenir un camp de vacances option fiesta.

Mario attaquait vers 11 heures avec Thierry. Ils montaient les bandes du morceau à mixer, faisaient un rapide check-up du studio et allaient manger. Je les rejoignais après une bonne douche lorsque je ne mangeais pas chez ma grand-mère ou que je n'avais pas de leçon de code. Je m'étais enfin décidé à passer le permis.

Notre cuisinière me préparait toujours la même chose : une salade de mâche avec un avocat, un œuf mollet, du surimi, de l'huile d'olive, et beaucoup de poivre. Un genre de régime. J'étais gras comme une frite de camping.

Vers 14 heures, on se retrouvait tous les trois au studio pour une longue journée de mix. Au fil des heures, les mecs rappliquaient. J'ai oublié de mentionner que l'équipe de frangins déjà présente pour l'album du Rat était là, dont le noyau dur : José, Abou et Kader. Puis en fin de soirée, une fois le mix validé, on bringuait. Souvent des amis toulousains passaient au stud et ça écoutait du son, ça jouait au poker, ça buvait des coups et ça discutait jusqu'au bout de la nuit. On a même foutu en l'air une grosse table de mixage en trinquant au-dessus.

Tous ceux qui entraient dans le studio quand on y faisait des écoutes son à fond étaient pris dans l'ambiance. Je me souviens de célèbres rappeurs parisiens (qui bossaient dans le studio A) montant sur la table (pas celle de mix, hein) en criant : « Jusqu'au bout art de rue ! », un verre de Jack en main.

(130)

Je parlais hier sur Messenger avec Djel, malheureusement au sujet du décès de notre ami Abel, et il me rappelait l'immense chance qu'on a eue de vivre toutes ces expériences. « Cette aventure, y a personne qui l'a vécue. » Tant d'émotions, d'adrénaline, de performances, de succès, de rencontres, de communion avec les gens, d'amour... peut-être qu'un sportif de haut niveau connaît ça, mais nous qui étions partis de rien, je ne suis pourtant pas avare de superlatifs, mais là, je n'ai pas de mots.

(131)

Je suis sorti de ces deux mois de studio assez mitigé. L'apparition des ego me laissait perplexe, même si quelque part, c'est ce qui nous avait permis de faire un bon album. Je devrais plutôt dire de bons morceaux, car je considère cet opus comme une suite de morceaux plutôt que comme un véritable album tel que le fut *Si Dieu veut*. C'est mon plus grand regret. Même si j'en suis très fier.

C'était pourtant bien le début de la fin, le moment où les individualités prennent le dessus sur le collectif. 1 + 1 + 1... Non plus 1 × 1 × 1. Comme l'ont fait Pogba, Griezmann ou Mbappé pendant l'Euro 2021 qui se déroule au moment où j'écris ces lignes.

Je m'inclus dans le lot. Je sortais de plusieurs succès, je n'étais pas à l'abri d'avoir le melon.

(132)

Vous connaissez la chanson : après le mix, le mastering, toujours à New York. Cette fois-ci, Chris Gehringer et son compère Tom Coyne avaient emménagé dans le légendaire

Sterling Sound Studio, le numéro un mondial en termes de mastering. Ils rejoignaient ainsi leurs illustres prédécesseurs Ted Jensen, Greg Calbi, George Marino, Bob Ludwig… Les termes de « légendaire » ou « illustres » ne sont pas galvaudés. Je parle ici de mecs ayant reçu des dizaines de Grammy Awards, qui ont bossé avec les Stones, Kool and the Gang, Madonna ou Prince, tout le rap des années 90, plus récemment avec Beyoncé, Drake, Lady Gaga… Et la Fonky Family.

On est partis avec une équipe légèrement différente que pour *Si Dieu veut*. Le passeport de Djel était (encore) périmé et Carole avait été remplacée pour ce voyage par celui qui deviendrait son mari, Jean-François, alors directeur artistique chez Small. De la team, il n'y avait que Fafa et moi, mais on allait retrouver un équipier.

Bruizza, enfin libéré, serait notre guide. Le séjour aurait un tout autre parfum, légèrement plus ghetto dirais-je. On dormait dans un hôtel en plein Time Square et le premier soir, Bruizza est venu nous chercher pour une virée dans son coin : Corona, Queens.

Après s'être emmitouflés dans nos doudounes – New York en janvier ça caille –, on est montés dans la caisse de Bruizza, Jeff, Fafa et moi. Il tenait à nous faire découvrir un club qui venait d'ouvrir près de chez lui et qui serait devenu incontournable. On y est arrivés vers 23 heures. Il y avait déjà foule devant l'entrée. Un des videurs a reconnu Bruizza et nous a fait passer devant tout le monde. Je suis entré dans le sas avec lui et on a payé les dix dollars réglementaires. Mais à peine un pied dans la boîte, j'ai compris qu'on n'était pas au bon endroit. Y avait que des Blacks avec des têtes de tueurs qui nous (me) dévisageaient et les quelques meufs présentes étaient à moitié à poil. On se serait crus au casting de *The Wire*. Ça sentait pas bon. Après deux secondes, Bruizza m'a dit : « On bouge. » On a fait demi-tour et on est tombés sur Fafa et Jean-François en train de payer. Je leur ai dit qu'on ne pouvait pas rester, et vu ma tête et mon ton, ils n'ont pas cherché à comprendre et nous ont suivis.

Une fois dans la voiture, Bruizza a éclaté de rire et nous a balancé : « I know those niggas, they are no joke. They thought you were a cop. » Littéralement : « Je connais ces négros, ils ne rigolent pas. Ils ont cru que t'étais un flic. – Oui, j'avais compris », ai-je répondu amusé. Je lui ai alors demandé s'il ne connaissait pas un endroit plus posé, juste pour boire un verre. Il nous a conduits dans un bar lounge avec un billard et une grande baie vitrée du côté de Jamaïca Queens. On était enfin tranquilles pour boire un coup en parlant du bon vieux temps. On ne s'était pas vus depuis quatre ans et il s'en était passé des choses, depuis son départ.

(133)

On bavardait depuis une demi-heure quand je remarque qu'un « négro » (pour emprunter le terme en vigueur) ne nous lâche pas du regard. J'interroge Bruizza sur cette attitude pour le moins étrange. Il me répond : « Je le connais, il me teste parce que ça fait longtemps qu'on ne m'a pas vu dans le secteur. » (Normal, vu qu'il vient de sortir de trois ans de placard après s'être fait péter avec deux Glock 19 sous le siège de sa tire.) Avant d'ajouter : « Il fera rien, ce pussy ass nigger. » En marseillais, on aurait pu dire « ce fatigué ».

Toujours est-il qu'après une heure passée à siroter, je vois le type sortir et se caler dans sa voiture à travers la baie vitrée. Je dis à Bruizza : « Il attend quoi ? », et Bruizza de répondre : « Nous ! » dans un éclat de rire. Moi-même je riais jaune en me demandant dans quelle merde on s'était encore fourrés. On boit une ou deux Heineken et on sort. Je ne suis pas serein mais la bonhomie de Bruizza est rassurante. Quant à Fafa et Jeff, ils n'ont rien capté. Je n'avais rien dit pour ne pas en rajouter.

Je m'installe côté passager, Bruizza démarre.

(134)

On remonte les larges avenues du Queens, c'est désert, les trottoirs sont enneigés. Je règle mon rétroviseur pour voir derrière. Une voiture nous suit, tous feux éteints. À peine ai-je ouvert la bouche que Bruizza me coupe : « I know, it's him. » (Je sais, c'est lui.) Mais son ton est nettement plus sérieux à présent. Il lâche ensuite une phrase qui résonne encore dans ma tête : « S'il nous double, couchez-vous. » Jeff se met aussitôt en PLS. Fafa, qui ne capte pas un mot d'anglais, continue de contempler le paysage, et affuble Jeff d'un « Oh, késtia, mon pote ? ».

Sans prévenir, Bruizza coupe brusquement au travers d'une grande station-service qui fait l'angle et il met les gaz dans un crissement de pneus. Je regarde dans le rétro, plus personne. Putain, j'allais pas me faire plomber dans un quartier miteux du Queens… Fafa n'a pas le temps de demander des explications sur notre embardée qu'une sirène de police retentit derrière nous. Sans doute la raison pour laquelle notre poursuivant nous a lâchés.

Bruizza prononce alors une phrase qui elle aussi résonne encore dans ma tête : « Je suis en conditionnelle, je retourne pas en prison », et le voilà qui accélère. Je saisis aussitôt le frein à main en répliquant : « T'as quelque chose sur toi ? » Je crains qu'il soit armé vu son excès de confiance au bar. Il me répond du tac au tac que non. Je le somme de s'arrêter en disant qu'on n'a rien à se reprocher. Il se gare sur le bas-côté et on a droit à un contrôle comme dans les films, lampe-torche dans la tronche. Après avoir examiné nos pièces d'identité, un agent m'invite à sortir du véhicule et m'entraîne à l'écart. Il soupçonne Bruizza de nous emmener dans un guet-apens pour touristes. Il me demande si on l'a rencontré le soir même. J'ai alors dissipé le malentendu et ils nous ont laissés filer vers Manhattan.

Quand Bruizza nous a déposés au pied de l'hôtel, je lui ai lâché : « Si t'as encore des soirées comme ça, n'hésite pas à venir nous chercher », il a explosé de rire avec sa voix de troll des cavernes.

(135)

De bon matin, j'ai été réveillé par le téléphone de la chambre. C'était Jeff qui voulait savoir si je souhaitais l'accompagner faire son footing à Central Park. Il s'est mangé une insulte de troisième catégorie et je me suis rendormi.

Après avoir englouti une pizza géante vers midi, on a pris la direction du studio où Chris Gehringer nous attendait en jouant à un jeu de hockey sur la PlayStation, avec Tom Coyne. Le mal était international.

Toujours aussi sympa le Chris, Tom aussi d'ailleurs, la marque des grands. Il se rappelait même du surnom que je lui avais donné trois ans plus tôt et me demandait des nouvelles du « vrai » Bosco.

Le mastering s'est très bien passé. Comment pourrait-il en être autrement ? On a même eu droit à un consulting de Tom Coyne à la fin, qui a validé le taf de Chris. On pourrait dormir sur nos deux oreilles.

Le soir venu, on zappait le ghetto pour une virée dans un quartier branché de Manhattan : Chelsea. Mais ce ne serait pas moins surprenant que la veille : nous allions entrer dans la quatrième dimension à notre insu.

(136)

On s'est d'abord rendus à une soirée qui avait lieu dans une église. Pendant que le DJ passait sa sélection dans le confessionnal, un show SM avait lieu sur la nef. Un type cagoulé créait une gerbe d'étincelles en passant une disqueuse sur une meuf vêtue d'une combinaison en métal. Je suis pourtant loin d'être un cul-bénit, mais c'en était trop, et pour Fafa aussi (Jeff était resté à l'hôtel). On s'est tirés.

Dans la rue, un gros 4×4 noir nous klaxonne. Bruizza s'approche. Ce sont les gars du groupe The LOX (qu'on avait croisés trois ans auparavant, au restaurant de Puff Daddy). J'adore The LOX. Ils sont l'un des seuls groupes de l'âge d'or du rap à encore tirer leur épingle du jeu. Ce n'est pas Fafa et moi qu'ils klaxonnaient, évidemment, mais leur pote Bruizza. Après avoir discuté un quart d'heure avec eux, on est repartis pour d'autres aventures.

(137)

J'avais rencontré une certaine Karah en mangeant des sushis le soir même, et on s'était donné rendez-vous dans un pub où des groupes se produisaient en live. Je m'y suis pointé vers 23 heures avec mes deux acolytes. Karah était bien là, mais la bonne musique faisait cruellement défaut. Si bien que Fafa et Bruizza ont décidé de rentrer pendant qu'avec Karah, on partait explorer les alentours. Le quartier était truffé de pubs, de boîtes, de restos ouverts toute la nuit. New York avant le 11 septembre, c'est quelque chose ; celui d'après était plus glauque. On est allés dans trois établissements et j'ai rencontré trois connaissances, une dans chaque bar. Un hasard incroyable. Je suis d'abord tombé sur mon pote Passi, le rappeur, puis sur China, chanteuse et présentatrice sur MTV (c'est aussi la fille de Dee Dee Bridgewater), pour finir par trouver SK, un rappeur proche de Wu-Tang Clan que j'avais connu à Marseille.

L'église, The LOX, ces rencontres, c'est une caméra cachée ? Karah hallucinait. Elle m'a sorti : « T'es sûr que t'es français ? Moi je crois que t'es d'ici. » J'ai répondu qu'il se passait quelque chose d'étrange chaque fois que je venais aux States.

(138)

Je suis resté quelque temps en contact avec Karah, mais la seule dont j'étais amoureux s'appelait New York. Avec son incroyable énergie, j'étais devenu accro à cette ville, comme ça me l'avait fait pour Marseille. Pas mal de gens, je pense, ont déjà ressenti cette impression : quand une ville, un lieu, nous manque comme une personne.

(139)

Art de rue est rapidement devenu disque de platine et a entraîné *Si Dieu veut* vers le même destin. Il est demeuré un an dans le top et s'est vendu à 700 000 exemplaires. Un carton. Et une fierté pour nous tous. Le deuxième album n'est pas un cap évident à passer, on l'avait fait. Mais implicitement, ce succès nous envoyait le message que cette nouvelle formule de groupe fonctionnait. Il nous disait que, quoi qu'il arrive, nous étions invulnérables. On cartonnait, mais moi, je sentais que tout nous glissait entre les mains. Un paradoxe.

Je n'avais jamais vu les gens de Sony aussi enthousiastes. On venait de leur faire gagner plus de huit millions d'euros en un album, et je ne parle que de royalties. Je ne m'en plains pas, mais nous, nous devions nous partager à huit les 12,5 % de droits qu'ils nous octroyaient contractuellement. Et encore, d'après la profession, c'était un super contrat. On avait commencé à 6,5 % avec Côté Obscur. On pouvait donc s'estimer contents. Heureusement, ce type de répartition moyenâgeuse n'existe plus, enfin j'espère.

(140)

Notre tourneur aussi était aux anges. Il avait booké tous les Zénith de France en plus des festivals et des salles traditionnelles. Une grosse tournée s'annonçait. Une remise en forme aussi. Les garçons laissaient tellement d'énergie sur scène que j'avais organisé une préparation physique d'une semaine avec mon coach Alim, dans mon club de boxe de la Corderie. L'objectif était de tenir la distance pour le marathon qui se profilait : quatre-vingts dates en France, au Canada, en Suisse, en Belgique et à La Réunion. On ferait même un concert au Stade de France devant 80 000 personnes, à la Johnny.

Je vous épargne le couplet « compte-rendu de tournée ». Ce fut un carton, partout.

Chapitre 21
Fil bleu

(141)

Le lendemain de la date de Paris à l'Olympia, Mehdi m'invitait à une soirée dans laquelle il mixait, au Batofar, une péniche amarrée en bord de Seine.

L'ambiance était électro et on était à la table des Daft Punk, que j'admirais et que Mehdi connaissait bien. Au cours de la soirée, j'ai voulu dire à Thomas (l'un des deux Daft) toute l'admiration que j'avais pour son groupe mais il m'a pris de vitesse. Il m'a dit qu'il avait adoré mon travail sur *Si Dieu veut*, j'étais scotché. Forcément, je n'allais pas lui renvoyer le compliment dans la foulée, ça aurait fait artificiel. David Guetta me fera le même coup quelques mois plus tard. C'est là que j'ai compris une chose que Mehdi avait assimilée depuis des années.

Les gens de l'électro nous écoutaient et nous connaissaient parfaitement. Nous, dans le hip-hop, on ne les calculait pas, à part les tubes. Avec les raves et tout, on les prenait au mieux pour des perdus, au pire pour des toxicos. Quelle arrogance quand j'y repense aujourd'hui.

On était complètement hermétiques à leur musique par rapport aux clichés véhiculés par leur mouvement. C'était exactement ce qu'on reprochait aux détracteurs du hip-hop quelques années auparavant. Nous étions incapables de voir la musique et le talent. Faut dire qu'on était bien matrixés.

Mehdi était déjà impliqué dans l'électro, il les fréquentait, il partageait des scènes avec eux, il était ouvert. Il avait tout compris. La musique, c'est l'ouverture.

Je pense qu'il y retrouvait une certaine forme d'innocence caractéristique de la relative jeunesse de ce mouvement. Nous, on avait perdu ça dans le rap.

À la fin de soirée, les Daft Punk nous ont fait écouter leur dernier album (qui sortirait quelques semaines plus tard) dans leur caisse, sur le parking du Batofar. Là j'ai été réceptif. Il fallait juste que je fréquente ce milieu un soir pour comprendre. Quel con.

(142)

Mon pote Yvan, un beatmaker suisse talentueux, était également présent à cette soirée. On a pris un taxi tous les trois pour rentrer chez Mehdi. C'est là que nous avons eu l'idée de travailler ensemble. Quelques jours après, je suis tombé par hasard sur Djimi Finger, un autre beatmaker tout aussi doué. Il faisait entre autres les prods pour le groupe Ärsenik. Il avait appris par Yvan notre idée de collaborer et il m'a dit : « Non non, y a pas moyen que je sois pas dedans. » On tenait le quatrième larron.

À l'été 2001, on a planifié un voyage à New York pour commencer la pré-prod d'un album dont les MCs seraient Lino, Rim'K et Le Rat Luciano, sur des prods de DJ Mehdi, Yvan, Djimi Finger et moi. Comme vous vous en doutez, nos maisons de disques respectives étaient ravies, même s'il n'y avait encore rien de formel. On voulait d'abord produire. Mehdi nous avait booké un appartement à Manhattan et tout était carré pour s'envoler fin septembre.

Mais alors que dans mon TGV Paris-Marseille, je revenais de la dernière réunion du projet, l'ambiance feutrée de la première classe fut déchirée par les cris et les pleurs d'une Américaine. À la gare Saint-Charles, je vis les tours jumelles s'effondrer sur la petite télévision d'un snack.

La nouvelle nous a mis un coup. Plus question d'aller à New York. On a temporisé mais les emplois du temps de chacun ont repris le dessus. Aujourd'hui, je me demande pourquoi je n'ai pas dit : « Venez, les gars on va à Los Angeles ou en Australie, ou même au bled. » On était bloqués sur New York comme si cette ville était la seule destination que les aéroports proposaient.

(143)

Avec ce coup d'arrêt, j'ai souhaité me diversifier dans mes activités. Le métier de la musique est fait de hauts et de bas, et même si je n'avais connu que les hauts, je ne voulais pas mettre tous mes œufs dans le même panier. J'ai toujours été conscient que tout pouvait s'arrêter en un claquement de doigts. Et puis il faut se méfier des impôts.

Je n'en avais jamais payé, tout comme le reste du groupe. Après un rapide calcul aidé de mon père, je me suis aperçu qu'ils allaient très bientôt me réclamer 340 000 francs. J'étais dans une merde noire. Non seulement je ne les avais pas, mais je m'exposais à des pénalités monstres. On m'a alors conseillé de contacter une spécialiste de la fiscalité musicale à Marseille. Je lui ai confié le bébé et quand est venu le temps de payer notre cher État, la facture avait été divisée par dix en toute conformité avec la loi. Je venais de friser la correctionnelle. On ne m'y reprendrait plus.

(144)

Dans cette optique de diversification, j'ai tenté mon premier « gros achat » : Le Pacha, un snack sur la Canebière. Vu que les transactions immobilières prenaient des plombes, j'avais passé un accord moral avec le propriétaire pour commencer à exploiter le fonds de commerce. J'y ai mis au boulot mes amis Fakhri « Le Christ » et Nabil « Fiston ». Je voulais faire de la qualité, mais 95 % des clients ne juraient que par le prix et se foutaient de bouffer de la merde. Ça me désespérait. J'avais beau leur expliquer que ma merguez était pur veau, ces bourricots réclamaient celle à un franc de moins, pleine de colorants. Après tout, ce n'était qu'un snack sur la Canebière.

Passés quelques mois de galère, le ciel m'a aidé. La Canebière était frappée de préemption immobilière. La mairie rachetait tout ce qui était en vente. La transaction allait donc être cassée. Avec un peu de recul, c'était une bénédiction. Un snack à Marseille, c'est beaucoup de soucis, surtout la nuit.

(145)

Malgré les succès musicaux, je fréquentais toujours les mêmes coins et ça en étonnait certains. Mon restaurant favori du midi était le fameux Tahar Bouzelouf, rue des Récolettes, à Belsunce, internationalement connu pour ses omelettes onctueuses, ses spaghettis bolo, ses brochettes de foie et son menu à cinq euros (oui, je parle un coup en francs et un coup en euros, mais on venait juste de changer, c'était l'embrouille). J'y mangeais invariablement une assiette de lentilles avec un gros piment vert et une escalope panée, quasiment tous les jours. Aujourd'hui ce plat de prolétaire me manque terriblement. Sinon, c'était Le Bon Burger ou chez Rachida, une boucherie de la rue Nationale qui proposait des plats cuisinés.

En fin d'après-midi, je montais au Sans Souci, un bar de la porte d'Aix où je retrouvais mes amis Nadir, Martial, Djamel, Houari, Hamed, Titou, Fayçal, Redouane, Fakhri, et Sango, le propriétaire. On faisait une partie de contrée ou de rami, un apéro, puis souvent, on allait manger « les pâtes à la poponio » chez moi (je vous donnerai la recette).

Sauf en été (de mars à octobre à Marseille) où s'ouvrait la saison des barbeuks.

J'étais également coach de foot au club de Saint-Gabriel dans les quartiers Nord, et je préférais flâner en scooter que rester chez moi à faire du son. Comme je ne mettais jamais de casque et que je faisais du gymkhana entre les voitures, le jour où une BMW m'a grillé la priorité, je me suis retrouvé à l'hôpital Nord avec une quarantaine de points sur le visage. Il ne leur restait que du fil de suture bleu. Ce qui m'a laissé un œil au beurre noir pour la vie.

Vous l'aurez compris, mon rythme de travail était nettement moins soutenu. C'est là que j'aurais peut-être dû m'accrocher, essayer de trouver un second souffle, de nouvelles motivations, mais je n'ai pas réussi. Je crois que je n'y ai même pas songé. Je sortais de cinq ans de tête dans le guidon. Je devais souffler.

Pour paraphraser Arturo Toscanini, je n'avais plus la partition dans la tête, j'avais la tête dans la partition.

Je ressentais aussi le besoin de rester en contact avec une certaine réalité. Mais par-dessus tout, ma principale motivation, mon groupe, avait pris du plomb dans l'aile. On s'entendait toujours très bien mais quelque chose était cassé.

Chapitre 22
Penalty

(146)

Quelques années auparavant, j'avais sympathisé avec JC (ce n'est pas son vrai nom), le physio des Bains-Douches, un club branché de Paris que je fréquentais. C'était un Marseillais, et il m'y laissait entrer même en survêtement, une de mes spécialités. Le climax de ma carrière étant une entrée en pantacourt Bullrot et claquettes dans une des boîtes les plus sélectes d'Europe, le Jimmy'z, à Monaco. Je tenais ma revanche, moi le tricard. Je ne kiffais pas tant que ça les survêts, j'avais juste la flemme de me changer.

Pendant le Festival de Cannes, JC travaillait au Noga Hilton sur la Croisette, où de grosses soirées hip-hop avaient lieu. Il m'avait proposé de passer le voir, alors j'ai pris la vieille 205 diesel que m'avait donnée mon père, mon ami Redouane Bougheraba, l'humoriste, et on est partis à Cannes.

Au club, ça a été un choc. Les soirées comme dans les clips américains existaient en vrai. Plus de mille personnes s'éclataient sur du gros son. Les mecs avaient sorti leurs plus belles sapes et les meufs s'étaient apprêtées comme pour un mariage. Pas une embrouille de toute la soirée, Miami Beach à deux heures de Marseille. J'ai dit à Redouane : « Putain, ils nous ont caché ça. » Pour la peine, on y est retournés presque tous les soirs. À la fin du festival, on a enchaîné avec le Papagayo et les Caves du Roy, à Saint-Tropez. Mais cette fois, on avait repéré le terrain et on montait en grosse équipe, deux ou trois voitures. Ça nous changeait des soirées coupe-gorge de Marseille. En plus, bons clients, on était les bienvenus. Nous étions devenus des nighteurs en quinze jours.

(147)

Lors de l'une de ces expéditions, JC nous a demandé si on serait chauds pour organiser une soirée dans une des boîtes les plus emblématiques de Marseille, le Bazar. Avec Redouane, on trouvait l'idée séduisante, et malgré notre manque d'expérience, on s'en sentait capables. Seul hic, le Bazar n'avait jamais accueilli de soirée hip-hop. Il faudrait montrer patte blanche et être recommandés par un « quelqu'un ».

(148)

J'ai obtenu un entretien avec une personne qui pourrait nous « parrainer ». Pour des raisons évidentes, je l'appellerai

Franck. Il m'a donné rendez-vous au restaurant du dernier étage de la tour Montparnasse, à Paris, pour le dîner. J'ai donc pris un TGV, un taxi et un interminable ascenseur au bout duquel je me suis retrouvé sur une moquette plus confortable que mon canapé.

Franck m'attendait avec quatre convives à la table d'honneur. Il était ce qu'on pourrait appeler une « figure de l'ancienne école marseillaise » (et je ne parle pas d'école de commerce). On a discuté de tout et de rien, des amis qu'on avait en commun, à Marseille, on a très bien mangé et au final, j'avais sa bénédiction.

Ayant réglé la note, pour bien terminer la soirée, il nous a emmenés au Kong, la boîte du créateur Kenzo. Il a pris le temps de nous recommander une table VIP et s'est éclipsé avec son pote qui avait un sobriquet du genre : son prénom suivi de « Le Machin ». Il était connu comme le loup blanc, pas besoin de vous faire un dessin.

On nous avait annoncés au personnel en tant que figures du milieu et les deux seules personnes pouvant prétendre à cette qualification venaient de partir. On allait donc passer une soirée royale à base de : « Les glaçons de ces messieurs sont-ils assez frais ? »

(149)

Le lendemain soir, j'étais au Bazar avec les recommandations de Franck. On me déroulait le tapis rouge et j'avais droit à un tarif « familial » pour la location du club et de ses employés. La date était arrêtée au 16 juin, anniversaire de ma mère et de Redouane, mon associé. C'était surtout le soir de la venue d'Usher au Dôme de Marseille. On allait surfer sur cette vague et organiser l'after-show du concert.

(150)

On a mis le paquet sur la promo. Flyers géants, affichage dans toute la ville, limousine blanche à l'effigie de l'événement arpentant Marseille avec huit mannequins à bord, partenariat avec une radio… Le grand jeu.

Le jour J, j'étais stressé comme pour mon premier concert mais heureusement, la foule qui se pressait devant l'entrée du club me lançait dans le bain. « Le stress n'existe que dans le futur », m'avait appris mon oncle Jean-Louis. Une fois dans l'action, il s'évapore. Jean-Louis était un pionnier dans la préparation mentale de sportifs de haut niveau. Voici comment il expliquait qu'un footballeur rate un penalty : « C'est parce qu'il se projette sur les conséquences de son tir au lieu de se concentrer sur comment poser son pied d'appui, comment frapper la balle, cadrer, placer, etc. Bref, il n'est pas dans le moment présent. » En parlant de tir, j'ai certainement pris l'un des plus beaux de ma vie ce soir-là.

La soirée était blindée de monde, mais quand mon ami Fayçal de Toulouse faisait le tour des caisses, il revenait dépité. « Tout est vide », répétait-il. Pourtant des bouteilles étaient sur toutes les tables, les comptoirs étaient pleins et les videurs refusaient du monde. J'étais en train de me faire enfler. Mais comment ?

Par manque d'expérience, je l'ai compris trop tard. La sécurité avait laissé entrer gratuitement les habitués et les serveurs offraient bouteille sur bouteille. Mes bouteilles. Achetées avec mon argent. Ils faisaient plaisir à leurs clients habituels sur mes côtelettes. Juste pour les pourboires. Le pire, c'est qu'à la fin de la soirée tout le monde pensait que c'était un succès et nous félicitait, Redouane et moi.

J'y ai perdu 28 000 euros, une secousse.

Je devais payer DJ Poska 5 000 euros pour son impeccable prestation, mais à la vue de ma mine déconfite, il ne m'en a demandé que 500. Je me suis juré de toujours le faire travailler.

Mon ami Miloud, également venu de Toulouse avec son frère Fayçal, croyait lui aussi que la soirée avait été un succès. Pour fêter ça, il a débouché une des six bouteilles de Cristal Roederer rescapées. J'ai alors fait un truc impossible à faire dans un état normal. Je l'ai rebouchée. À 120 balles la quille, je récupérerais au moins ça, une fois retournées chez le caviste.

J'étais dans un tel état de nerfs que je n'en ai pas dormi pendant trois jours.

On a coutume de dire qu'il faut payer pour apprendre. Là, j'avais bien appris.

(151)

Les patrons du Bazar nous ont donné une seconde chance. Ils avaient vu qu'on bossait bien et qu'on s'était fait avoir. J'avais revu Franck deux ou trois fois depuis, il avait certainement prêché pour ma paroisse, vu qu'on s'entendait bien. Les boss du club étaient dithyrambiques sur lui, ça a forcément joué.

On avait une nouvelle date début juillet, mais cette fois-ci, ça serait avec notre sécu et nos serveurs aux postes clés. J'avais dégagé JC de l'équipe. Il avait tenu à avoir la totalité de sa paie malgré le naufrage de la première soirée, arguant que c'était pas son problème. Pas très corporate. Mais j'avais gardé Daniel, son ami d'enfance avec qui je suis toujours pote aujourd'hui.

La seconde soirée s'est nettement mieux passée. On a fait du bénef. Mais il manquait encore une tonne pour être à flot. Je me suis donné jusqu'à la fin de l'été pour y arriver. On avait à présent un nom qu'il fallait capitaliser.

(152)

La nuit marseillaise est un petit milieu qui cherche sans cesse du sang neuf. Michel m'a téléphoné très vite. Il gérait une institution du Vieux-Port, le Métal Café. Par le passé, ce club avait appartenu à Jacky le Mat, légende du milieu marseillais. Michel m'a demandé si on était intéressés pour reprendre la boîte les week-ends. On a pris le temps de réfléchir avec Redouane et on l'a revu le lendemain, dans son petit bureau à l'étage du Métal Café. On était chauds. Mais on ne voulait que les dimanches, pour plusieurs raisons : d'abord pour éviter la concurrence, énorme les vendredis et samedis, puis parce que les dimanches sont les soirs où sort le personnel des autres clubs. Ce sont de bons clients et d'excellents VRP. S'ils passent une bonne soirée, tout Marseille ne tarde pas à le savoir. Pour finir, les locations le dimanche étaient moins chères. Michel nous a proposé une association mais on n'était pas intéressés. On voulait louer le club et y mettre nos gars. Il était d'accord.

(153)

On a eu des débuts difficiles, mais on a fait une super saison, en partie grâce à notre équipe de choc. À la sécu, le poste le plus important, on avait les gars les plus sérieux et redoutables de Marseille. Des mecs qui iront te chercher dans ton quartier si t'as fait le con pendant la soirée.

J'ai nommé José (toujours le même), Zef, André, Papi et Galé pour gérer la porte. Dedans, Fakhri et Abou étaient chargés du « confort des filles », un poste qu'on avait inventé. Avec une clientèle telle que la nôtre, il faut impérativement que les clientes se sentent en sécurité. Un mec trop insistant sur la drague, trop tactile sur la piste de danse ou trop bruyant au comptoir : interdit. Au moindre écart, la sécu intérieure donnait un carton jaune, une récidive et c'était le rouge, transmis à la sécu extérieure qui dégageait l'énergumène. Un club sans une majorité de filles ne fonctionne pas. On doit donc choyer nos clientes et surveiller de près les mecs qui pensent que la chasse est ouverte.

Le deuxième poste le plus important est bien entendu celui de DJ. Et là encore, on avait parmi les meilleurs de France. D'un dimanche à l'autre se succédaient Cut Killer, DJ Poska, DJ Mehdi, Djel et Soon, que des amis.

À l'accueil, c'était Nassim (de retour de Miami) et Awa. Aux bars, Isma, Hakim, Ramzi, Karim, Virginie, Fifi, Nassima, Samira, Cristel, Hasna et Salima. Tous des bombes.

Comme tout était réglé comme du papier à musique, je m'occupais du bar de l'ultra VIP, un petit salon où je recevais les amis. J'aimais bien être derrière le comptoir, ça me rappelait mes quinze ans quand j'aidais mon père dans son restaurant, La Table Ronde. J'ai toujours aimé le coup de feu d'un service, qui a quelque chose de commun avec la création. Quand on est dedans, on ne pense pas à autre chose. Certains chefs cuisiniers ne font que travailler. Je comprends qu'on y soit accro. Il y a aussi le fait d'appartenir à une équipe, d'être un tout, de participer à une entreprise qui marche.

En écrivant, je me rends compte des points communs que cette période possède avec mon parcours musical. Partir de rien, ensemble, réussir. C'est ce que j'aime. Entreprendre. On doit toujours comprendre ce qui nous fait nous lever le matin. Mais pas des trucs comme l'argent ou la famille. Des trucs fondamentaux qui conditionnent notre bien-être quotidien. Apprendre, aider, transmettre, créer…

Et puis, il ne faut pas se mentir, j'aimais la bringue, et comme tout ce que j'ai aimé, il fallait que j'en sois. Comme dit le proverbe : « Si tu aimes le lait, achète une vache. »

(154)

À la fin de l'été, je m'étais remboursé, avec du bénef. La majorité des soirées avait été un succès. Avec un record de 89 bouteilles rien qu'à l'entrée. Pas mal pour un club de trois cents personnes. Je revois Nassim m'annonçant être à court de tickets. Et moi de courir voir Michel pour qu'il nous vende des bouteilles de sa cave. J'allais même dévaliser les épiceries de nuit. « Bonsoir, vous avez de la vodka ? – Oui bien sûr, une bouteille ? – Non, tout c'que tia. »

Parfois les flics étaient envoyés en visite par le voisinage. J'allais chercher Michel, qui leur payait un verre dans son bureau. Lui qui avait vingt-sept ans de « crim » au compteur, il était de la maison. Je l'aimais bien et c'était réciproque. Il nous racontait ses vacances en Israël, ses plus gros coups de filet à la crim, ses histoires de voyous. À Marseille, flics et malfrats nagent dans le même aquarium.

On le payait à la fin de la soirée et avec Redouane, on rentrait chez moi, toujours dans ma vieille 205 blanche. Il est arrivé que toute la table à manger soit recouverte de billets. On mettait une bonne heure à les compter. Ça va paraître étrange, mais j'appréciais gagner de l'argent

« normalement ». Dans la musique, on ne voit jamais de cash. Là, il y avait un petit côté grisant.

On a fait ça pendant trois saisons de juin à novembre. Si bien que j'étais à deux doigts d'acheter le club. Les embrouilles récurrentes de voisinage (qui s'était monté en association) m'en ont dissuadé, au grand dam de Michel, qui m'y aurait bien vu. Mais il se voyait surtout sur une plage de Tel-Aviv en train de siroter une piña colada, à la retraite.

(155)

J'ai aimé cette époque. J'allais travailler avec le sourire. On arrivait vers 22 heures, Fakhri passait un coup de jet d'eau sur le parvis, les serveurs préparaient leurs bars, les serveuses et Redouane allaient distribuer des flyers sur le Vieux-Port, et moi, j'essayais d'anticiper le moindre imprévu.

Quand la sécu arrivait, on se faisait un petit briefing puis je préparais mon bar en attendant l'ouverture de minuit. Je me servais un Jack Coca en fumant une Marlboro Light. J'étais prêt pour la marée.

Rapidement, j'ai réalisé que si je devais en faire une activité principale, il faudrait que j'arrête l'alcool. J'avais vu trop de patrons d'établissements et de mecs de la nuit ravagés par la boisson.

(156)

Quelque chose allait m'aider dans ma quête de sobriété. Non pas que j'étais accro, mais il était devenu trop facile et trop tentant de boire. Bon alcool gratuit, ambiance, potes qui t'emboucanent, ennuis, pourquoi pas, bref, un million de bonnes et de mauvaises raisons.

Chapitre 23
L'horloge

(157)

Je me sentais attiré par l'islam depuis quelques années. Les pratiquants que je côtoyais m'intriguaient. La paix et la sagesse qu'ils dégageaient exerçaient sur moi une forme de fascination. Ils semblaient détachés des choses matérielles, c'était plutôt curieux. Ça remuait le parfait cartésien que j'étais.

(158)

La première piqûre, je l'avais reçue à Detroit, à quinze ans. J'étais tombé dans une famille d'accueil très pieuse, les Devore. Ils passaient trois heures à l'église tous les soirs. J'ai vécu avec eux presque deux mois en immersion totale. J'avoue qu'ils semblaient plus heureux que tous les non-croyants que je connaissais, y compris moi. Ça m'a interpellé. Tout comme les Ba, à Dakar, ma seconde piqûre. Le rappel.

J'ai une théorie là-dessus : le fait d'être persuadé qu'il n'y a rien après la mort, que c'est fini, mine forcément le moral en avançant dans l'âge. Le concept de fin enchante rarement.

Je n'ai pas vu de tunnel ni de lumière blanche quand mon cœur s'est arrêté de battre, mais je peux dire que j'ai vu la mort en face, pile en face. J'ai vécu avec son spectre pendant deux ans, jusqu'à ce qu'elle me frôle. Mais je crois en l'au-delà. C'est ce qui a redonné à la foi une place centrale dans mon édifice de vie. Comme une veilleuse quand tout s'obscurcit.

Même si tout s'arrêtait avec la mort, quelle merveilleuse invention serait quand même la foi, certainement la plus belle chose que l'homme ait créée. Encore faut-il qu'elle ait été créée. Personnellement, je ne le crois pas. C'est comme le rouge ou le bleu, ils ont toujours été là. Nous les avons juste découverts.

(159)

Ma troisième rencontre avec la foi a eu lieu au Panier, en 1996. Nous étions sur la place du Refuge quand Chabane est arrivé. Chabane, c'était un « grand » du centre-ville de Marseille. Il avait roulé sa bosse, bien qu'il ne soit pas beaucoup plus vieux que nous.

Il nous a demandé de nous rassembler et de l'écouter de façon solennelle. C'était chose faite en quelques secondes.

On était intrigués par ce qu'il avait à nous dire, et son air concerné attisait notre curiosité.

Une fois le silence fait, il a pris la parole : « Que diriez-vous si vous appreniez que j'avais trouvé une montagne d'or, et qu'au lieu de la partager avec vous, je l'avais partagée avec des mecs des quartiers Nord ? »

Quelqu'un a répondu : « Ben que tié un ainculé. » Quelques-uns ont rigolé, mais tout le monde attendait la suite.

Chabane a repris la parole : « Ce trésor, je l'ai trouvé, et c'est avec vous que je veux le partager. C'est l'islam. »

Chabane, c'était quelqu'un. Sa détermination dans son petit speech avait fait mouche, même si ça peut paraître naïf. La première banderille était plantée dans mon cœur. Dans celui du Rat également, je pense, même si j'ignore si c'était la première pour lui aussi.

Aujourd'hui, après Daech et compagnie, ce que je raconte peut ressembler à de l'endoctrinement. Mais à cette époque, il n'en était rien. Je sais que Chabane voulait faire le bien.

Je me suis à mon tour posé une question existentielle quand je suis tombé malade, la même que Mohamed Ali avait posée à un journaliste qui lui demandait les raisons de son intérêt pour la spiritualité : « Que feriez-vous s'il vous restait 24 heures à vivre ? » J'avais beau tourner la question dans tous les sens, je ne voyais qu'une réponse valable : « Je me préparerais à rencontrer mon créateur. »

Le cheminement allait prendre dix ans, mais avec le recul, je sais à présent qu'il était inéluctable.

Paradoxalement, c'est mon côté cartésien qui m'a permis de faire le grand saut, par l'observation de la nature, de l'univers : tout est si parfait, tout tourne comme une horloge, et s'il y a une horloge, c'est qu'il y a un horloger.

Chapitre 24
Coup de foudre au Vieux-Port

(160)

J'ai pris la dernière cuite de ma vie au jour de l'An 2005, et j'ai tenu cette résolution. « Cuite » est un bien grand mot, je n'ai jamais roulé sous la table ou fait n'importe quoi après avoir bu. J'ai arrêté les pétards dans la foulée. Quand on est jeune, c'est sympa, mais passée la trentaine… ça le fait pas.

Ce double sevrage m'a libéré du temps pour gamberger à autre chose. Ne plus penser à ne pas tomber en rade, où rouler dans les lieux publics, acheter des feuilles… J'étais libéré de toutes ces préoccupations. Dans mon disque dur, j'avais de la place pour autre chose. Me caser par exemple.

(161)

En allant à Cannes avec Redouane, j'ai rencontré Rita et Hinda, deux jumelles qui deviendraient mes belles-sœurs. Elles suivaient des études à Aix-en-Provence avec leur grande sœur Wahiba. En amatrices de soirées hip-hop sélectes, elles venaient régulièrement aux Phat Sundays qu'on organisait au Métal Café. Un soir d'octobre, elles ont demandé à leur grande sœur, que je ne connaissais pas, de les y accompagner avec sa voiture. Ça a été le coup de foudre. Enfin, pour moi. Elle, je n'étais pas son style et elle n'aimait pas trop que ses sœurs viennent à Marseille. On n'a pas super bonne réputation du côté de Cannes – du côté de partout d'ailleurs. Ajoutez à cela mon statut de patron de boîte et de membre d'un groupe dans le top 5 du rap français, le tableau ne jouait pas en ma faveur pour une fille de bonne famille. Mais je l'ai abordée relax et on a discuté une bonne partie de la soirée. On s'est fréquentés quelques mois, puis on est sortis ensemble. J'ai immédiatement su que ce serait quelqu'un d'important pour moi. Comme disait ma grand-mère : « Tu as trouvé ta moitié d'orange. »

On vient de fêter nos seize ans de mariage.

Chapitre 25
Vapeurs

(162)

Pendant cette période de « diversification professionnelle », je faisais tout de même de la musique une priorité. J'ai pris part à de nombreux projets tels que l'album de mon amie Diam's, ou celui de Rohff, deux nouveaux disques de platine sur mon mur. Je suis allé en Espagne pour la pré-prod épique du deuxième album de 113 avec toute la clique : Manu, Mehdi, Karlito, Rim'K, AP, Mokobé, Daft Punk… Et surtout, j'ai fait le premier album de mon ami d'enfance Don Choa, pour lequel on est repartis deux mois à Polygone avec la même équipe de potes.

J'avais fait le voyage avec Cyril Abidi, qui affolait à présent la planète kick-boxing. Il souhaitait rencontrer mon oncle Jean-Louis afin de se préparer mentalement à ses futurs combats. Il ne craignait qu'une chose : mourir sur le ring. Ce qui pouvait se comprendre vu les mastodontes qu'il affrontait.

Un midi, alors que je lui faisais visiter la résidence, on est tombés sur le chanteur de soul américain Billy Paul, l'auteur du hit « Mr and Mrs. Jones » dans les années 70. Il déjeunait avec sa femme entre deux séances de studio. Quand ils ont vu Cyril, ils ont halluciné. C'était des fans de K1 et de MMA. Ils ont pris des photos avec lui et pendant qu'il signait des autographes, il me disait en marseillais : « C'est qui ? »

J'aimais bien Billy. Il venait souvent me voir quand je composais dans le studio M. On discutait de tout et de rien en buvant un thé. Il était curieux de découvrir ma façon de travailler. Il passait parfois une heure à observer silencieusement. Il disait juste par moments : « Humm, okay. » Puis il me demandait à quoi servait telle ou telle fonction de mon logiciel. C'était cool d'être pote avec ce monument. Moi aussi, je lui posais beaucoup de questions. Sur sa carrière, sur les années 70 qui me fascinaient, je lui demandais des conseils… Il m'a donné l'un des plus précieux de ma vie professionnelle : « Soigne les vingt premières secondes des morceaux. L'intro, c'est le plus important. » J'ai naïvement demandé pourquoi. Il m'a alors répondu : « Parce que sinon, t'écoutes pas le reste, banane. » Pas faux.

Un jour, je lui ai demandé si cette Mrs Jones valait le coup qu'il se rende tous les jours dans ce café pour la retrouver (c'est ce qu'il dit dans la chanson). Il m'a répondu dans un éclat de rire : « Mrs Jones, c'était mon dealer de coke ! » Voilà voilà.

Il était aussi pote avec toute l'équipe. Un après-midi, alors qu'on goûtait dans le jardin, Billy a dit un truc qui m'a marqué : « Quand je serai grand, je veux être aussi cool que Massaï (notre ami). » Je précise qu'il devait avoir dans les soixante-dix ans. Quand j'ai traduit sa phrase à Massaï, il l'a pris dans ses bras.

Les instants comme ça n'ont pas de prix. La rencontre plus qu'improbable entre une icône de la soul et une figure du centre-ville de Marseille était tout simplement magique.

(163)

C'est à cette période que j'ai commencé à composer sans aucun sample. L'évolution des synthétiseurs m'a en partie permis cela. Les sonorités étaient bien meilleures avec l'avènement de trois ou quatre bécanes. Ça avait quelque chose de gratifiant de travailler de cette manière, mais j'aime le sample par-dessus tout. Trouver la boucle fatale, c'est comme découvrir un trésor oublié. J'en suis accro. La recherche de samples occupait alors la majorité de mon temps. J'ai même obtenu l'accès à la grande discothèque de BMG, mon éditeur. J'y suis resté une vingtaine de jours, avec mon sampleur, une platine et un casque, seul au milieu de dizaines de milliers de vinyles. J'arrivais à 8 heures du matin et je repartais le soir à la fermeture. Je faisais juste un break pour déjeuner dans un petit restaurant ashkénaze. J'ai dû passer au crible pas loin de dix mille vinyles. Le moment où le vieux sample crée quelque chose de nouveau est incroyable. Même si mes filles me disent : « Mais papa, t'es un escroc ! »

(164)

Choa avait envie de changement, alors on a embauché un nouvel ingénieur du son de légende, Tommy Uzzo. Qu'avec Redouane, on ne tardera pas à appeler Tommy Museau. Il avait travaillé avec un des groupes qui ont changé ma vie : EPMD. Mais aussi avec Michael Jackson ou Method Man. Il m'a appris quelque chose de fondamental. On pouvait faire confiance au tout-numérique.

On était en pleine transition. Exit les gros magnétos à bandes, l'hégémonie de Pro Tools débutait. C'est un logiciel qui permet d'enregistrer, mixer et masteriser. Une révolution. Tommy avait apporté de New York un rack sur roulettes avec un gros Pro Tools dedans. Et il faisait tout avec. Quand je lui ai demandé pourquoi il n'utilisait pas la réverbe Lexicon (la référence absolue) plutôt que celle de Pro Tools, il m'a répondu : « Celle de Pro Tools est meilleure. » J'étais scié. Si Tommy Uzzo le disait, c'est que c'était vrai.

(165)

L'écrasante majorité de la production musicale commercialisée est dorénavant 100 % numérique. Je pense que l'oreille la mieux affûtée ne saurait différencier un bon mix analogique d'un bon mix numérique en mp3. Des différences persistent quand on écoute sur des gros systèmes, mais 95 % de la musique est consommée en mp3 et sur smartphone – en gros, tout le monde s'en tape.

Si un miracle me frappait et que je guérissais, je monterais un studio analogique, avec une Neve ou une SSL, c'est tellement agréable. Mais j'aurais aussi une flopée de bidules numériques.

L'industrie musicale a été bouleversée par cette révolution. La bulle Internet annoncée pour 1999 n'ayant pas eu lieu, les maisons de disques n'ont pas cru à celle de 2000, qui fut un tsunami. On avait trop crié au loup, ils ne se laisseraient pas avoir une seconde fois. Et pourtant... Cette révolution était incarnée par le site Napster et un nouveau format musical sans support physique : le mp3. Les plus avisés identifieront la menace, globale, mais les autres se la prendront en pleine poire. On ne s'appelle pas tous Steve Jobs ou Jimmy Iovine.

L'impact du numérique et du format mp3 a changé le paradigme. Plus besoin de faire la queue dans les magasins de musique. En trois clics, on obtenait un album en fichier.

Certaines majors internationales ont mis une dizaine d'années à retomber sur leurs pattes, tandis que d'autres ont mis la clé sous la porte. Pendant ce temps, de nouveaux modèles émergeaient, aidés par l'arrogance de patrons de labels encore aveuglés par leur faste d'antan. J'en ai vu, j'y étais.

(166)

Malgré quelques désaccords stratégiques avec Choa, notamment sur la promo et le choix des singles, je garde un excellent souvenir de cet enregistrement et j'en suis très fier, il sera double disque d'or.

Il marquera pourtant davantage la rupture au sein du groupe, car il asseyait l'idée qu'une vie artistique existait en dehors de la Fonky Family.

Au retour de tournées-fleuves comme celle d'*Art de rue*, tout le monde avait besoin de prendre ses distances avec la FF. Finies les après-midi dans ma chambre à bosser et à rigoler. On avait tous un cercle d'amis différent, des activités différentes. On était en bons termes, mais on ne se fréquentait plus. Ce qui est une ineptie pour un groupe. Ça sentait le sapin.

J'aurais peut-être dû rassembler les gars et faire un speech motivant comme je l'avais fait par le passé, mais je pense que personne n'en avait envie.

Nos chemins se séparaient inexorablement, presque à notre insu.

On aurait pu faire mieux en intégrant le professionnalisme dans l'équation, mais ce n'était probablement pas dans notre ADN.

Je ne remercierai jamais assez les membres de mon groupe d'avoir rendu tout cela possible, de m'avoir permis de vivre cette incroyable jeunesse. Vous serez toujours dans mon cœur ma fonky famille.

Mais comme dit Muzul, on part à plein et on finit seul.

(167)

Quand je me suis lancé dans l'écriture de ce livre, j'ai pensé qu'il serait bon d'avoir le témoignage d'un des acteurs principaux de ce film. J'ai alors demandé à Choa d'écrire quelques lignes sur ce qu'on a vécu. Il m'a envoyé ce texte :

« Je pense à cette époque et les souvenirs tombent sur moi comme la pluie. Ils pénètrent chaque pore de ma peau jusqu'à envahir mon corps tout entier.

Tout d'un coup l'air est plus vif, plus sec et plus perçant, ma tête est plus légère : je suis jeune à nouveau.

Je descends les escaliers de la gare Saint-Charles. Il fait nuit. Je prends le boulevard d'Athènes. Je traverse la place des Capucines. Je continue sur le boulevard Dugommier puis je tourne à droite sur la Canebière. Le vent souffle. Il soulève les feuilles mortes, les vieux journaux, les papiers d'emballage des sandwichs, les sachets en plastique et les fait tourbillonner. Je descends la Canebière. Je marche vers le vent, de plus en plus vite. Je cours après le vent et il me soulève, me porte sur toute la longueur de la rue Saint-Ferréol. Je monte les escaliers du Virgin Megastore.

Nous sommes rassemblés dans la chambre de Pone. Il est assis sur son matelas posé à même le sol, dans le sens de la largeur, le dos appuyé contre le mur et les jambes allongées. Il nous explique ce qu'il faut faire et nous l'écoutons. Certains hochent la tête, d'autres acquiescent, les yeux dans le vague. L'heure tourne. Tout le monde s'en va et je vais me coucher dans la pièce d'à côté, sur un matelas posé à même le sol.

Le lendemain matin, j'entends le son de la musique à travers le mur, étouffé. J'entends des discussions sans pouvoir distinguer les paroles. Pone et Le Rat Luciano.

En ce temps-là nous étions à la fois très déterminés, très insouciants et très confiants. Et Pone était le plus déterminé, le plus confiant et le plus insouciant de tous.

Il était comme un peintre qui, après avoir longtemps réfléchi (des années), place une toile devant lui et y jette des flaques de peinture. Quelques traits de pinceau et c'était terminé. Et la peinture tombait exactement là où il l'avait imaginé. Et quand elle ne tombait pas exactement là où il l'avait imaginé, il se disait que c'était bien comme ça et il passait à autre chose.

Ensuite nous avons gagné beaucoup d'argent et plus rien n'a jamais été pareil. Ce n'était pas une autre vie, c'était plusieurs vies. »

(168)

J'essaie de vous faire passer un bon moment. De dire des trucs intéressants. Je ne suis pas sûr que ça marche. Mais moi, plus j'avance, plus je m'aperçois que j'aime écrire. Je pense déjà aux trois prochains bouquins. J'ai toujours une dizaine de projets sur le feu. C'était pareil avant la maladie, maintenant c'est pire. Je suis devenu plus pressé.

Je me suis mis à l'écriture par nécessité. Comme tout le monde, j'ai besoin d'exprimer des choses. Qu'elles soient profondes ou superficielles, qu'elles concernent l'éducation de mes enfants, un besoin difficile à expliquer, des sentiments envers les proches, des consignes ou des discussions avec mes collaborateurs, alors j'écris des lettres.

À l'heure où plus personne n'écrit, moi je me mets à l'écriture.

Ça me prend parfois une journée, mais c'est le prix à payer pour être compris. Avec ma voix de GPS, sans aucune intonation, pas évident de bavarder. Alors j'en fais des tonnes, je cherche la tournure qui va faire mouche, l'expression, l'image qui va parfaitement exprimer mon ressenti. Quand j'ai terminé, je l'envoie au destinataire par les réseaux sociaux, par la poste, ou je l'imprime si c'est pour quelqu'un qui partage mon toit.

Il arrive rarement qu'on se dispute avec Wahiba, mais quand ça arrive, on le fait sur Messenger, à armes égales.

Avec une poursuite oculaire, l'écriture a un gros avantage sur la création musicale. Il me suffit de fixer les lettres de mon clavier sur l'écran pour les valider et écrire. C'est long, mais c'est acceptable. Même si je rêve d'épingler au mur tous mes chapitres, toutes mes idées pour y voir plus clair, façon recherche d'un tueur en série dans un film américain, l'écriture reste agréable.

La musique, c'est une autre histoire. Le logiciel que j'utilise est complexe et plein de petits boutons. Pas facile de viser. Et puis, sans mes mains sur le clavier de mon synthé, pas évident de trouver des accords, même si je suis très loin d'être un virtuose.

En musique, il faut toujours être à la pointe, il existe une compétition que je ne perçois pas en littérature. Et puis dans les lettres, on n'a pas à plaire à tel ou tel artiste pour lequel on travaille. Je bosse pour moi seul. Mais ce n'est pas facile de passer de la musique à l'écriture. Ça me demande une période tampon. Quand j'écris, par exemple, j'écoute très peu de musique, je ne pense qu'à l'écriture du matin au soir. Et quand je fais de la musique, c'est pareil, je suis verrouillé sur le son. Si j'étais valide, changer de discipline me prendrait deux jours, il me suffirait de partir un week-end, de faire autre chose. Là, sans bouger, j'ai besoin de quelques semaines de transition pour me replonger à 100 % dans l'écriture ou la musique.

En parlant de transition, ma femme me dit que c'est mon point faible dans l'écriture. Qu'est-ce que tu penses de celle-là Wahiba ?

Une histoire d'amour naissante, c'est toujours passionnant. C'est ce que je vivais début 2005 avec elle. Certaines personnes, j'en connais, n'ont jamais connu ça, je les plains davantage que les gens atteints de SLA. Une vie sans la santé, c'est difficile, mais une vie sans amour est impossible.

En février 2005, j'ai emmené Wahiba à New York, où j'étais invité par mon éditeur BMG pour présenter mes prods à Jennifer Blackman, de Zomba Records. Elle était emballée par ce qu'elle entendait, me parlait d'Eminem et de chépaki, mais j'ai vite compris que si je voulais travailler avec des Américains, il faudrait que j'habite là-bas. Il faut être sur le terrain, en studio, montrer qu'on existe. Il y a tellement de beatmakers talentueux aux États-Unis que depuis la France, on m'aurait vite zappé. Et je n'avais aucune intention de m'installer à New York. Post 11 septembre, la ville avait changé. Beaucoup de gens influents avaient déménagé au soleil, dont Mario, qui était à présent à Miami, tout comme le Hit Factory. Hivers rudes, étés suffocants, pollution, embouteillages monstres, sans une partie de son âme, New York était à bien y regarder une ville de merde. Un genre de Baltimore en plus grand. Je n'avais plus aucune envie d'y vivre. Mais j'appréciais d'y aller avec ma future femme. Même si rien n'était décidé, j'étais très amoureux, avec ce petit côté spécial en plus.

Chapitre 26
Terminus

(169)

Un troisième album ? Je ne sais plus d'où est venue l'idée, peut-être de Sony. Comme toutes les suites merdiques au ciné, l'idée vient toujours du producteur. Elle est apparue au printemps, à mon retour des États-Unis. J'aimais bien le projet tout en l'appréhendant.

Depuis *Art de rue*, chacun avait fait son album solo, à l'exception de Menzo qui ne le souhaitait pas. Le groupe n'avait plus rien sorti depuis bientôt quatre ans. Djel avait déménagé et je ne voyais guère que Le Rat et Choa bien sûr, avec qui j'habitais toujours. Il faudrait un exploit pour retrouver l'osmose qui nous avait caractérisés.

Nous étions donc de retour en studio, à Martigues cette fois, au Petit Mas, où j'avais de si bons souvenirs. On y avait enregistré *Chroniques de Mars* en 98 avec tous les potos du rap marseillais.

Outre les instants magiques passés là-bas, quelque chose m'avait fait marrer. On avait été payés en « royaltrees », un mix entre « royalties », la paie d'un artiste, et « trees », l'herbe, en argot américain.

Imhotep était arrivé au studio pendant qu'on enregistrait le mythique « Shit Squad » avec un carton sous le bras. Il l'avait posé par terre et ouvert. Il était rempli de têtes d'herbe de sa production. Il a appelé tous les protagonistes de l'album et leur a donné une bonne poignée chacun. Quand est venu notre tour, il nous a tendu le carton à moitié plein en disant : « Et ça, c'est pour la Fonky. » C'était un bonus, bien sûr ; on serait rémunérés comme il se doit.

Je n'aurais pas de bons souvenirs de mon passage de 2005. D'ailleurs j'ai beau chercher, je n'ai aucun souvenir de cet enregistrement, si ce n'est que c'était un assemblage de couplets, de refrains et de prods sans aucune alchimie. Enfin c'est mon point de vue, peut-être que mes confrères ne le sentaient pas comme ça. J'avais l'impression qu'on faisait un album parce qu'il fallait le faire. C'était un job.

Je me souviens juste d'avoir pris la parole lors d'un repas sur la petite terrasse sous les pins, devant le studio. J'ai parlé du fait que Sony voulaient nous donner un seul cachet pour l'ensemble de l'enregistrement, ce qui est illégal, au lieu de nous donner un cachet par jour, comme à l'accoutumée. Je n'étais pas d'accord et je demandais au groupe de me suivre. Même avec des cachets minimums, ça nous aurait ouvert des droits d'intermittents du spectacle, notre chômage à nous. Ensemble, on aurait pu faire plier Sony, mais visiblement, ce n'était important que pour moi.

On a fait le mix à Polygone, mais cette fois-ci sans Mario, qui, pour d'obscures raisons, avait été pris en grippe par quelques membres du groupe. Le point positif, c'est qu'il n'aura pas vu cette déconfiture. À sa place, c'était mon pote Jeff Dominguez, qui avait notamment travaillé avec la Mafia K'1 Fry. Je n'ai pas non plus de souvenirs marquants du mix, si ce n'est que les journées étaient rythmées par la PlayStation et que j'avais le cœur gros, comme la plupart, j'imagine.

Je n'ai jamais écouté cet album.

On pourrait dire que j'exagère à critiquer *Marginale musique* ainsi. Il n'est pas si moche, mais on avait connu tellement mieux, tellement plus fort qu'il était difficile de s'en réjouir.

(170)

L'album sortira (malgré tout) en janvier 2006 et entrera (malgré tout) numéro 1 du top album : (malgré ça) la tournée prévue sera annulée faute de remplissage des salles. Tout le monde se voyait confronté à cette réalité : c'était un échec. Et c'est le live qui nous le disait. Le même live qui nous avait portés au sommet et qui ne ment jamais.

On avait probablement fait l'album de trop. Je ne sais pas pour les autres, mais pour moi, le groupe s'était disloqué en 2002, après *Art de rue*. On était tous bons individuellement, mais nous n'étions plus un groupe.

On m'a souvent demandé les causes de la fin de la FF. Il n'y a pas de fait précis, cassant, c'est juste que l'on ne se voyait plus. Je ne connaissais même plus leurs vies, alors qu'avant on était inséparables.

Quand Sat a annoncé la fin du groupe publiquement, il a reçu une volée de bois vert de la part de nombreux fans. Pourtant il ne faisait que constater ce qu'on savait tous : c'était bel et bien terminé. Selon moi, il a bien fait de le dire.

Ça me touchait bien sûr, mais j'y étais préparé. Je ne pouvais rien y faire, la FF avait fait son temps. Il fallait passer à autre chose, et je n'ai jamais eu de mal à le faire. Quand c'est fini, c'est fini. Même si c'est douloureux.

Comme disait Paul McCartney, nous avons quand même incontestablement réussi une chose : on ne s'est pas ennuyés.

Mais on passe sa vie à perdre. Ses parents, ses rêves, ses illusions, ses amis, ses amours, ses cheveux, son groupe. Qu'il en soit ainsi.

Chapitre 27
Adulte

(171)

Une fois toutes ces pages tournées, j'ai ouvert un nouveau livre, l'après-FF, en voici les premiers chapitres : mariage, retour dans les quartiers Nord, spiritualité, nouvelles activités.

Pour la première fois, j'avais des responsabilités importantes. Avant avait plutôt été le prolongement de ma vie d'ado. Je ne me souciais jamais du lendemain. Et ce n'était pas vraiment le bon timing pour changer de train de vie. Autant quand j'organisais les soirées, j'avais un distributeur de billets dans chaque poche, mais là, je n'avais plus de revenus, j'étais inquiet.

Le mariage était prévu en fin d'année. Même s'il était organisé par ma belle-mère dans sa propre salle de mariage, à Cannes, il y aurait tout de même des dépenses. Il faudrait faire face. Mais plus que ça, il me fallait une activité.

(171b)

J'ai toujours eu de longues amitiés et je voyais souvent mon ami Fakhri, qui bossait dans la sécurité depuis une dizaine d'années. Un soir, sur ma terrasse, entre deux verres de thé à la menthe, il m'a demandé si j'étais chaud pour monter une boîte de sécu avec lui. Un mois plus tard naissait « Protection Plus ». Nous allions trouver notre premier employé de façon plutôt curieuse.

(172)

Quand notre dernier album, *Marginale musique*, est sorti, Sony devaient m'envoyer une trentaine de CD pour mes proches, mais je ne voyais rien arriver. Pas une grosse perte, me direz-vous après les lignes précédentes. J'ai tout de même appelé le livreur, qui affirmait avoir remis le paquet en main propre à la bonne adresse. Je lui ai alors demandé de venir. C'était effectivement le bon appartement, il s'était juste trompé de bâtiment. Je l'ai accompagné là où il avait livré pour récupérer mon bien et je suis tombé sur un individu qui, à l'interphone, ne voulait rien savoir.

Je lui ai demandé de descendre. C'était un jeune d'une vingtaine d'années, grand, costaud, avec une tête de Ruskof. Il m'a dit qu'il avait vendu les CD. Je lui ai répondu qu'il avait jusqu'au lendemain midi pour les récupérer.

Je me pointe le lendemain, il me rend la majorité des CD et s'excuse pour les quatre ou cinq manquants. J'avais remarqué qu'il n'était pas de Marseille. Je lui demande donc ce qu'il fout là. Il me répond qu'il est ici pour boxer en tant que combattant de MMA. Comme je suis un fan inconditionnel de la discipline, on avait beaucoup à se dire. Il s'appelait Morgan et il cherchait du boulot.

Il a donc été le premier employé de Protection Plus. On a ensuite monté plusieurs affaires ensemble, dont le premier club de MMA de Marseille. On est toujours amis et associés dans le label 73 Beats.

(173)

Au début, on n'avait que des missions périlleuses, style garder l'accès d'un terrain vague pour empêcher les gitans de s'y installer. On envoyait Morgan, qui n'avait peur de rien. On avait aussi une poignée de fistons du centre-ville prêts à tout pour un billet. On tenait absolument à tout faire dans les règles, on déclarait la moindre heure, le moindre employé. Seulement, nous étions payés à quatre-vingt-dix jours par nos clients, et à la fin du premier mois d'exercice, on a reçu une facture de 23 000 euros de l'Urssaf (on avait beaucoup travaillé). Avec Fakhri, on s'est alors dit qu'au moins on aurait essayé, mais que c'était juste infaisable. À partir de là, on prendrait tout, chantiers déclarés ou non.

(174)

On a contacté de vieilles connaissances pour se refaire. L'un d'eux, moitié voyou, moitié patron de boîte de sécu, nous a donné rendez-vous dans son bar pour l'apéro. Il avait un chantier pour nous.

Après avoir sifflé mon gambetta limonade, un de ses employés, qui en était à son énième pastaga, a commencé à parler d'arts martiaux. « Et si le mec me menace avec un couteau, je lui fais ci. S'il a un bâton, je lui fais ça… » qu'il disait tout en mimant.

Après cinq minutes de récits du Bruce Lee de la Bouilladisse, ça a gonflé son patron. Il a posé son flingue sur le comptoir en disant avec un accent pagnolesque : « Et les balles, tu les arrêtes ? » Quelques secondes de flottement… et on a tous éclaté de rire, même Bruce Lee, qui avait pourtant pris un sacré coup de chaud. On aurait dit une blague de Joe Pesci dans *Les Affranchis*. Personne ne sait s'il faut rire, même pas lui.

Le patron nous a pris à l'écart pour parler affaires. Il s'agissait d'un contrat qui allait nous permettre d'éponger la dette de l'Urssaf. Mais on devrait être discrets car c'était au noir et pour la Régie des Transports Marseillaise. Il encaissait l'argent du contrat en toute légalité et il sous-traitait le chantier au black, un classique.

(175)

On devait sécuriser tous les arrêts de bus du Vieux-Port jusqu'à la Pointe-Rouge pendant l'été. Une trentaine de postes, le jackpot.

Tout se passait bien jusqu'à cette grève de notre personnel. Ils se plaignaient des polos qu'on leur avait fournis. Ils grattaient et l'équipe menaçait de ne reprendre le travail qu'en chemisette. Fakhri les a convoqués au Vieux-Port à la fin de la journée. Il les a fait mettre en demi-cercle face à lui et a dit : « Ça va être très simple, celui qui veut faire grève je lui nique ses morts maintenant. » Puis il leur a posé la question un par un les yeux dans les yeux : « Toi, tu veux faire grève ? Et toi ? » Ils ont tous répondu non, et il a repris la parole : « Alors qu'est-ce que vous cassez les couilles pour un polo ? Allez, rentrez chez vous et je veux tout le monde ici à 7 heures demain matin. »

Tout compte fait, c'est pas si compliqué le management d'entreprise.

(176)

On savait que notre petit manège ne durerait pas puisque toutes les sociétés de gardiennage étaient passées au crible après douze mois d'exercice. On n'attendrait pas jusque-là. On a tout cleané et on a fermé. Mais il nous restait 10 000 euros à justifier. C'est alors que notre génie d'expert comptable a suggéré (les escroqueries étaient toujours suggérées au conditionnel, comme si le bureau était sur écoute) : « Vous auriez pu avoir des chiens », et Fakhri de répondre : « Mais on n'est pas des maîtres-chiens. » J'ai alors enchaîné : « Mais si Fakhri, on a acheté quatre rottweilers à 2 500 euros chacun. Deux sont morts et deux se sont échappés, rappelle-toi. » Le comptable a repris : « Vous voyez monsieur Fakhri, c'est pour ça que je préfère traiter avec monsieur Gallart. Lui, il a de la mémoire, il se souvient de ces pauvres toutous. Je dois d'ailleurs avoir leurs factures de croquettes quelque part. »

On a tous les trois ri et après avoir fait une facture bidon d'un chenil qui n'existait pas, on fermait « proprement ». (La prescription c'est combien d'années pour ce genre de délits ? Vous n'allez tout de même pas vous en prendre à un pauvre handicapé ? Si ?)

(177)

Le mariage a eu lieu le 18 novembre 2006 et j'ai mis treize ans pour retenir sa date anniversaire. (On n'a pas idée de se marier un 18 novembre. Normalement c'est le 7 juin les mariages, non ?) Mais il faisait super beau et ma femme était la plus belle, ce qui est encore vrai aujourd'hui. Au risque de dire encore une banalité : la fête était géniale. On était trois cent cinquante, on a bien mangé et on a dansé jusqu'au matin.

Je n'ai jamais rêvé de me marier (là, il faudrait prévoir une édition spéciale pour ma femme sans ce passage), mais j'allais réaliser mon ultime rêve quand on m'a porté à bout de bras sur le plateau du marié : voler comme Sangoku sur son nuage magique.

Nos deux familles s'entendaient bien. On venait de passer de super vacances ensemble au Maroc, chez eux avec mon père et mes frères et sœurs. On a fait un deuxième mariage à Toulouse une semaine après, histoire qu'il y ait toute la famille, y compris ma grand-mère de quatre-vingt-treize ans. Une merveilleuse semaine après laquelle on est rentrés rincés à Marseille, la tête pleine de souvenirs et le cœur rechargé.

(178)

Les dépenses liées au mariage avaient entamé mon budget, mais je ne regrettais rien. De l'argent sagement dépensé, pour une fois. L'appartement, les frais du quotidien, la vie de couple, finie la vie à vingt balles par jour comme à Belsunce, il fallait que je m'adapte à ce nouveau train de vie. D'autant qu'on prévoyait d'avoir un enfant. Je n'étais pas à la rue hein, mais les droits d'auteur ne suffiraient bientôt plus et l'argent de Protection Plus finirait par s'épuiser.

(179)

J'avais découvert le poker en 98 à Toulouse. Mon ami Ben m'avait fait entrer à sa place dans une partie de poker fermé, de « chip » plus précisément, une des innombrables variantes du roi des jeux de cartes. J'ai eu un carré d'as à la première main. Le chip étant un jeu bourré de règles inaccessibles pour le novice que j'étais, je n'ai pas pu tirer le bénéfice de cette main. Mais j'étais piqué. Comme souvent lorsqu'on essaie un jeu d'argent pour la première fois, on a la baraka. Une vraie enculerie.

On était tous mordus, avec mes amis de Toulouse. Un soir, on a vu un film qui changerait la donne, *Les Joueurs*, avec Matt Damon et Edward Norton. Il n'y était question que de poker et on allait y découvrir deux variantes encore très confidentielles en France : le « seven » et le fameux « hold'em », dont on ignorait le nom et qu'on avait baptisé « vegas ».

De retour à Marseille (nous sommes toujours en 98), je cherche une partie, clandestine bien sûr, les casinos ne proposant qu'une version aseptisée de poker : le « stud ». Il y en avait seulement deux dans tout Marseille : celle du Dépanneur, intouchable parce que trop chère, et celle de « la Cave », que j'ai commencé à fréquenter. Quelques années plus tard, j'avais un niveau plutôt correct, ce qui m'a permis de payer loyers et factures pendant les deux années qui ont suivi mon mariage.

J'organisais aussi des parties, toujours avec Redouane, toujours à Belsunce. C'était le meilleur moyen d'être sûr de gagner de l'argent, car on ne jouait jamais dans nos propres parties. On fournissait le lieu, la table, les jetons, les cartes, le croupier (nous), la bouffe, les boissons (jamais d'alcool) et les clopes. En échange, on prenait 4 % de chaque pot, exactement comme un casino. Et ça flambait fort certains soirs. On était ouverts de 21 heures jusqu'au matin, parfois 9 ou 10 heures.

On avait loué un snack spécialement pour ça. On le laissait fermé la journée et la nuit, ça turbinait. On avait cinq sortes de clients : les flambeurs qu'on connaissait des autres parties, les mecs « normaux » qui venaient tenter leur chance pour une centaine d'euros, les voleurs, les dealers et les « carteurs » (les trafiquants de cartes bancaires, une activité très terroir). La faune locale quoi.

Lorsque tout ce beau monde était réuni, c'était l'assurance d'une soirée réussie car les trois dernières catégories flambaient les grosses coupures comme des billets de Monopoly. Malgré tous ces facteurs hautement inflammables, ça n'a jamais chauffé. On connaissait bien tout le monde et il y avait un respect mutuel. Le paradoxe, c'est que je ne ratais jamais la prière du matin à la mosquée voisine, rue des Récolettes.

(180)

À Toulouse aussi, ça flambait. Mais les grosses sommes se jouaient au « craps », le jeu de dés des casinos américains. À la nuit tombée, dans un restaurant de banlieue, le billard transformé en table de craps se voyait assailli par tout ce que la région comptait de flambeurs. J'y ai vu des échanges astronomiques où plus de 100 000 euros partaient en un coup de dés.

Un soir, un type était à la tête de 150 000 euros après une demi-heure de main chaude, il avait séché la table. Il voulait jouer la totalité en un coup, et si possible contre une seule personne – ça s'appelle « banco seul ». Il a bloqué la table pendant une demi-heure. « Allez chercher l'oseille chez vous, passez des coups de fil, groupez-vous, y a 150 000 à prendre, je bouge pas tant que j'ai pas un banco », qu'il disait.

Comme dans un film, un mec est entré dans le resto tout de noir vêtu et capuché. À peine la porte passée, qui était assez éloignée du billard, il a dit : « Tenu. » Il relevait le pari. Il s'est approché de la table et on s'est écartés comme la mer Rouge dans un silence de cathédrale. Il a montré le contenu d'un sac noir au joueur qui attendait, ce dernier a acquiescé avant de lancer les deux dés. Un jet à 300 000. Il a fait un 7 direct, l'une des deux combinaisons gagnantes.

Mais l'homme en noir était venu avec de quoi jouer deux coups. Soit 300 000 euros, il lui restait donc 150 000. Il les a mis en jeu et a récupéré sa mise, ils étaient quittes. Ayant gagné, il a alors lancé les dés pour ce qui serait le dernier coup de la nuit : 11, la gagne. Après avoir ramassé les billets, il a dit : « C'est bon ? Plus personne ? Je prends que le cash, aucune dette. » Voyant que personne ne se manifestait, il a envoyé un « Bonsoir messieurs » sans arrogance aucune, puis il est reparti comme il était venu, plus lourd de 150 000 euros. Ça avait duré trois minutes et personne ne semblait étonné de ce qu'il venait de se passer.

J'ai entendu de source sûre que des parties bien plus élevées existaient. Des sociétés, des villas, des immeubles y partiraient en un clin d'œil. La flambe est la pire des drogues. L'adrénaline qu'elle procure rend accro comme le crack.

On pourrait penser que ce genre de parties attire les convoitises et qu'une équipe de braqueurs pourrait « monter » dessus. Mais braquer ce genre d'individus est dangereux. Tout finit par se savoir et les représailles peuvent être violentes.

(181)

Quant à moi, je n'étais pas dans le coup de ces parties « high stakes ». Non seulement je n'avais pas les moyens, mais je n'étais plus fan de flambe pure et dure. J'avais réalisé que j'étais un joueur, pas un flambeur. J'étais là pour la partie de poker qui précédait la boucherie du craps et parce que c'était des amis qui organisaient. Je me rendais ensuite au Cercle des Pyrénées, le seul endroit officiel de Toulouse où l'on pouvait jouer au poker. Le décor y était feutré, les gens très calmes – quel contraste avec là d'où je venais !

Je ne repartais jamais sans 1 500 euros de gains minimum, sous les yeux ébahis du caissier me disant invariablement : « Putain mais comment tu fais ? » Ça n'avait rien de comparable aux sommes du craps, mais ça m'allait très bien. Je passais en général une semaine par trimestre à Toulouse, ce qui couvrait les dépenses du quotidien et me laissait gamberger à une reconversion.

(182)

J'avais une idée qui partait du postulat suivant : je connaissais bien le milieu de la musique ; l'industrie avait changé depuis l'avènement d'internet et tout ce qui touchait aux nouvelles technologies et à l'innovation me passionnait. Or, comme dans tous les bouleversements industriels, des opportunités se dégagent et de nouveaux modèles émergent.

J'ai alors réfléchi à une plate-forme et un modèle économique où la musique serait gratuite. Nous sommes en 2007, Deezer et Spotify n'existent pas encore, ou peut-être à l'état de projet au fond d'un garage. J'en parle à trois amis et on décide de se lancer. On crée la société Ocean Hit à l'automne 2007.

On ne savait pas où on allait mais on était très motivés. Le Midem de Cannes allait renforcer cet enthousiasme et nous conforter dans nos choix : celui d'un modèle fondé sur la gratuité. On y a rencontré un tas de gens inspirants, entre autres les gars de Deezer justement, qui n'étaient encore que deux. Je ne ratais pas une conférence, toutes plus passionnantes les unes que les autres. C'était un plongeon fascinant dans un univers balbutiant.

Un ami nous avait prêté un local à Marseille et j'ai rencontré la moitié du rap français pour obtenir leur accord. Le seul problème de taille : on avait des idées, mais pas d'argent. On a engagé un commissaire aux comptes qui nous a dit de but en blanc que si l'on voulait atteindre nos objectifs, il nous faudrait trouver 800 000 euros… C'était cuit. Ocean Hit ne verrait jamais le jour. J'aurais peut-être dû tenter ma chance au craps pour financer le tout.

Quelque part, c'était mon premier échec professionnel et jusqu'à présent le dernier (faites pas les cons hein, dites à votre entourage d'acheter ce bouquin).

J'avais placé tant d'espoir dans ce projet, j'y avais mis tant d'énergie, j'y croyais si fort que ça m'a fait traverser un passage à vide d'un bon mois. J'avais l'habitude de dire que l'argent n'était pas un problème, je tombais de haut. Mais comme la vie est bien faite, Wahiba est tombée enceinte de Naïla. Je retrouvais le sourire.

L'amour avec lequel ma fille me regardera changera tout. Un autre classique.

Chapitre 28
Tensions

(183)

À l'aube de la trentaine, mon père était au chômage et s'inquiétait pour son avenir professionnel. Ma grand-mère Alexandrine l'a poussé à consulter une voyante qu'elle interrogeait régulièrement. Mon père n'y croyait pas (il n'y croit toujours pas) mais il a écouté sa mère. La voyante lui a annoncé qu'il allait rencontrer un homme aux cheveux blancs venu de l'autre côté de la Méditerranée avant la fin du mois et qu'il serait porteur d'une opportunité professionnelle.

Fin octobre, mon père rencontra un pied-noir aux cheveux blancs qui lui proposa de se lancer dans le business des pressings. Il en a fait son métier pendant une quinzaine d'années.

C'est ma sœur Juliette qui m'a raconté cette histoire hier, alors qu'elle me rendait visite. « Eh bien moi, lui ai-je répondu, pour ma naissance, cette même voyante avait dit à notre grand-mère que je serais un champion de F1. J'ai eu mon permis à trente ans. » On s'est marrés et ma femme a dit : « Tu n'es peut-être pas champion de F1, mais tu as été champion de la FF, elle n'était pas loin. »

Comme mon père au même âge, j'étais en quête d'un taf. Et pour la première fois depuis longtemps, je n'envisageais pas que la musique puisse en être un. C'est pourquoi j'allais replonger dans le milieu de la nuit en grand format.

(184)

Mon ami DJ Soon m'a demandé si je voulais devenir le manager du collectif de DJ qu'il venait de créer avec Kamel Knight et Andyman, Dream Music. J'ai toujours été attiré par le management. Il fallait que je rebondisse, le défi était excitant.

J'ai rencontré l'équipe composée de Soon, Kamel et Andy pour la partie DJ, puis de Fériel et Maurice en charge de la com. J'ai immédiatement senti une bonne énergie et une grande motivation, ils avaient faim. C'était pile ce dont j'avais besoin pour me plonger à 100 % dans un nouveau projet.

Lors de notre première réunion, j'ai dit que je nous laissais un an pour devenir incontournables. Ils m'ont peut-être pris pour un fou, mais c'est ce qui s'est passé. J'ai d'abord fait cesser toutes les petites dates payées au lance-pierre, comme cette résidence qu'ils avaient dans un club du centre-ville. Le premier soir où je m'y suis rendu, ils ont été payés 207 euros. Pour toute la soirée et pour trois personnes. Non seulement c'était de l'exploitation, mais je ne comprenais pas la somme. Pourquoi 207 euros ?

J'ai demandé audience auprès du propriétaire, qui m'a parlé d'un prorata sur les entrées de la soirée, prorata sur lequel nous n'avions aucune visibilité. Nous n'étions pas non plus responsables de la communication du club, ni de sa gestion des clients, de la porte, etc. Je lui ai dit que, dorénavant, s'il voulait les services de Dream Music, il faudrait débourser 1 000 euros quelle que soit l'affluence. Proposition qu'il a bien sûr refusée. Je ne savais pas trop comment les gars prendraient la nouvelle, mais au final, ils étaient d'accord avec la nouvelle politique de la maison : « On se brade pas. »

Le patron du club m'a rappelé la semaine suivante en tenant un discours plutôt loufoque : « Pone, tu sais que j'entends pas bien d'une oreille. La dernière fois quand on a discuté, ça devait pas être dans la bonne, tu peux me répéter dans l'autre ta proposition ? » Je l'ai répétée et il a répondu : « Bien sûr, pas de problème, vous le valez bien. » Entre-temps, il avait dû essayer quelques bras cassés.

(185)

On commençait à se faire une réputation dans les clubs marseillais, mais je savais que, pour briller, il nous faudrait un lieu exclusif. Le coup décisif allait donc se jouer au Bloc, un restaurant/foot en salle flambant neuf du quartier de La Valentine. L'établissement était magnifique, tout de verre et de béton desservi par un escalator extérieur. C'est aujourd'hui le magasin Khaan, en face du cinéma Les 3 Palmes. Organiser des événements là-bas serait l'assurance de briller. Kamel, un des DJ, avait une amie qui y travaillait. Elle m'a présenté le proprio, qui n'était autre que Jean-Philippe Durand, ancien joueur emblématique de l'OM, champion d'Europe en 1993.

Le restaurant tournait bien, mais l'espace dédié au foot à l'étage supérieur battait de l'aile. Jean-Philippe avait voulu importer un modèle populaire au Brésil, le jorkyball, du foot en salle à deux contre deux dans une cage de verre, mais le concept n'avait pas pris. Il se retrouvait donc avec tout un deuxième étage vacant. Je lui ai proposé de le louer deux fois par mois pour y faire des soirées. Après quelques entrevues, il a accepté.

On a mis toutes les chances de notre côté pour le premier événement. Serveuses et hôtesses superbes, bar à cocktails, terrasse aménagée… J'ai même fait des sushis pour les VIP. On savait qu'il n'y aurait pas foule, alors on avait coupé la grande salle de réception en deux avec une dizaine de draps blancs reliés par des épingles à nourrice. On a reçu quatre-vingts personnes, dont une majorité de filles sapées comme jamais. On a perdu de l'argent mais c'était une très belle soirée, l'assurance que le bouche-à-oreille allait fonctionner. Il fallait juste être patient et avoir un peu de trésorerie.

De ce côté-là, j'étais plutôt à sec, alors j'avais pris un associé que j'appellerai Farid, car ça ne s'est pas bien terminé entre nous. D'une vingtaine d'années plus âgé que moi, il avait prospéré dans l'automobile et il était en quête d'une nouvelle activité professionnelle.

Lors de la deuxième soirée, on a dû faire dans les deux cents personnes. Que du beau monde. On n'arrêtait pas de me dire que c'était exactement ce qu'il manquait à Marseille, des soirées hip-hop sélectes, ce que je faisais depuis le Métal Café.

Ce qui me plaisait le plus dans ces soirées, c'était de créer les visuels des flyers. J'en ai fait des dizaines et chaque fois, leur élaboration me ramenait à ma période graff, avec beaucoup plus d'exposition. Je faisais de la promo pour mes propres événements, mais en douce, je diffusais mes créations en assouvissant mon irrépressible besoin de créer.

La fréquentation allait être exponentielle, jusqu'à atteindre plus de mille personnes par soir, avec un lieu splendide entièrement décoré. C'était à minima les plus belles soirées de la région, en incluant Cannes. Forcément, tout le monde voulait en être, y compris les insortables. Je ne le dis pas péjorativement. Je n'ai pas oublié l'époque où j'étais rangé dans cette catégorie où nombre de mes amis figuraient encore. Trois verres, quelques gazelles, et les bonnes manières disparaissent. Mais pour nous qui étions cette fois les organisateurs, ces comportements allaient devenir un problème. Notre sécu était en partie issue des mêmes coins que ces gars, il était difficile de les refuser. On se retrouvait donc toujours avec cinq ou six bordéliques qui gâchaient la soirée de quelques clientes avant qu'on s'en aperçoive.

Il fallait faire quelque chose. Mon associé Farid a pris l'initiative sans me consulter. Il a fait appel à un fusil à pompe pour tuer un moustique. Je me souviens précisément du moment où il m'a appelé pour me dire : « Je suis au Bloc. Viens, je vais te présenter quelqu'un qui va nous aider pour notre problème de sécu. » J'ai raccroché sans rien dire, je m'attendais au pire. Et j'avais raison.

(186)

Quand j'arrive au Bloc, Farid est attablé avec deux types que je reconnais au premier coup d'œil. Ils appartiennent à la grosse équipe du grand banditisme marseillais. Farid a plus ou moins grandi avec eux, notamment avec le « parrain » de l'époque. Mais là, c'est un de ses lieutenants qui a fait le déplacement. Il me présente à ses « amis ». L'un d'eux, que j'appellerai Tony, me lance : « On se connaît non ? » Je ne réponds même pas. Je les laisse discuter sans ouvrir la bouche. L'affaire était entendue avant même que j'arrive.

Farid a pris la parole en me regardant : « Voilà, on est sous la protection de Tony maintenant, en échange de 33 % de notre chiffre d'affaires. » Et il était content. Il venait de faire entrer le loup dans la bergerie, au calme, en sirotant son Vittel menthe.

Les deux individus partis, je lui ai demandé s'il se rendait compte de ce qu'il venait de faire. « Mais de qui ils vont nous protéger ? ai-je dit. D'eux ? C'est avec des mecs de la rue qu'on a des problèmes, ils n'ont pas d'emprise sur ça. Tu aurais dû m'en parler. Si c'est ça, j'arrête tout. » Farid s'est rendu compte de sa bêtise. Il a dit que c'était temporaire et qu'il allait tout arranger. J'ai répondu : « Si tu connaissais vraiment ce milieu, tu saurais qu'il n'y a pas de marche arrière. »

(187)

La prochaine soirée était dans dix jours. Tony avait prévu de nous envoyer une dizaine de gars à lui pour gérer l'entrée du club. Ça me faisait déjà royalement chier d'être chaperonné par cette équipe, il allait en plus falloir que je me sépare de gars à moi pour faire de la place. Farid a alors évoqué une solution. Il était ami avec un type que j'appellerai Alex. (Oui je sais, avec tous ces pseudos, on commence à se croire dans *Faites entrer l'accusé*, mais c'est nécessaire.)

Je connaissais Alex depuis quelques mois. Farid me l'avait présenté comme le numéro deux du tristement célèbre gang de la Brise de Mer, en charge des opérations « militaires », le haut du spectre. Il habitait en Corse mais il était souvent à Marseille et à Cannes où il avait plusieurs affaires. On a même travaillé ensemble quelque mois, mais c'est une autre histoire. Pour finir le portrait du bonhomme, je dirai qu'il roulait en Ferrari, qu'il était craint autant par la rue que par le banditisme, et qu'il n'était pas du genre à poser de questions.

Un jour Alex me dit : « Ôh Pône [accent corse niveau légende], semaine dernière un ami se fait braquer chez lui [en Corse]. Ils lui prennent pour 500 000 balles de liquide et d'armes et en plus, ils saucissonnent sa grand-mère ces fils de putes. Le lendemain, je vais acheter du poisson au port. Deux jeunes que je connaissais m'abordent et me proposent un stock d'armes, ils savent que j'achète tout ce qui fait boum. Je comprends de suite que c'est eux qui ont fait le coup. Je leur dis que ça m'intéresse et je leur donne rendez-vous le soir même. Je m'y rends avec mes frères, on a saucissonné les saucissonneurs. J'en ai pendu un par les pieds pendant que l'autre allait chercher le butin. Celui qui était pendu m'a dit : Putain Alex, fais-moi descendre, j'ai envie de pisser. Je lui ai répondu : Et la mamie quand elle voulait pisser, tu l'as détachée ? »

Voilà le genre de type que c'était. Quand on lui a dit que Tony était en charge de la sécu, il a voulu nous sortir de là. Mais il y avait un hic. « Hiérarchiquement, m'a-t-il expliqué, je suis au-dessus de Tony et de son équipe. Mais ça se fait pas d'intervenir, ils sont chez eux. Si vous voulez, je vais juste leur dire de vous oublier. »

On préférait ne pas faire de vagues, d'autant qu'une fois Alex retourné en Corse, on serait seuls.

(188)

La soirée a fini par arriver. Les mecs de Tony étaient solides et on a fait plus de mille entrées payantes. Au milieu de la nuit, j'étais en haut du deuxième escalator extérieur à discuter avec mon ami Philippe, quand il m'interrompt : « C'est pas Tony là ? » C'était bien lui qui me fixait du haut du premier escalator. Il m'a fait signe de venir façon Soprano (pas le chanteur hein) et je suis descendu. Il m'a entraîné à l'écart et m'a dit : « Pourquoi tu m'as pas dit que t'avais que des Noirs et des Arabes dans ton club ? Je croyais que tu piquais tous les Juifs et les Français de ma boîte. Là, ça change tout. » J'étais scotché. Je m'attendais à tout sauf à ça. J'ai dû balbutier un truc style : « Je voulais que tu le voies de toi-même. » Ce à quoi il a rétorqué : « Eh ben j'ai vu. Tu vas venir manger avec moi mercredi midi à mon restaurant, on va s'arranger. Mais en attendant, je vais te rendre service. J'ai vu entrer deux-trois équipes, dont les gars de la Belle-de-Mai. Je vais faire le tour et dire que t'es avec nous. »

On avait transformé les mini-terrains de foot aux parois vitrées en salons privés, avec leurs propres sonos et leurs serveuses. Dans le premier salon se trouvait la fameuse équipe. Que des têtes cramées. Ça chahutait un peu mais ça restait correct. Quand Tony est entré, j'ai vu une bande de chats se figer à l'arrivée d'un tigre sur leur territoire. Il leur a dit deux-trois mots et il a continué son petit tour. Puis il est revenu me voir. « Voilà, je serai pas venu pour rien, ils se tiendront à carreau. On se voit mercredi. Viens seul. »

(189)

Je me suis pointé légèrement en avance à ce restaurant plutôt chic, dans les beaux quartiers. Je me suis présenté à l'hôtesse et elle m'a dirigé vers une salle en travaux. Tony était là, en train de crier sur un menuisier qui ponçait un comptoir flambant neuf : « Mais tu vois pas que c'est pas droit ? » disait-il flingue à la main. Il m'a lancé : « Installe-toi à ma table, les serveurs vont te montrer, j'arrive. Commande ce que tu veux. »

Je me suis assis et une minute après, Tony était là. On a passé la commande et il s'est mis à parler : « On n'a rien contre toi. Je sais que t'es un bon jeune, je me suis renseigné. En revanche, Farid, on l'aime pas. C'est vrai qu'on a grandi ensemble et tout, mais quand on montait sur des brinks, lui il nous narguait avec son argent honnêtement gagné. Il faisait trop le kéké. Alors quand il a appelé mon supérieur [le parrain de Marseille] pour demander de l'aide, on a vu l'occasion de lui rendre la pareille, et de prendre un peu de cash. »

Je comprenais mieux. Puis il a enchaîné : « Tu sais qui je suis, j'ai pignon sur rue, je tue des gens, tout le monde sait que c'est moi mais je suis pas inquiété. Je vais vous laisser tranquilles à une condition. Ici on est à Marseille : que j'apprenne pas que tu as demandé sa protection à un qui est pas de chez nous. Compris ? »

Il parlait d'Alex, le Corse. Ça ne devait pas lui plaire qu'un si gros poisson rôde dans son fief. Il savait pertinemment que si Alex se mettait entre nous, il ne pourrait rien faire. Alex était capable de lever une armée, pas pour nous bien sûr, mais il venait de faire une offre de 1,8 million d'euros pour racheter le Bloc. Ça non plus ça ne devait pas plaire à Tony. Comme il disait : « Ici c'est ici, là-bas c'est là-bas. »

« Tu sais Tony, ai-je répondu, tout ce qu'on veut c'est travailler et se faire un billet. Je suis pas dans ces histoires. Et j'irai demander à personne de me protéger. – Alors c'est réglé », a-t-il conclu.

Au moment du dessert, il a sorti un trousseau de clés de sa poche et l'a posé dans le cendrier (propre) qui était entre nous. Il avait une proposition : « Je sais que tu travailles bien, très bien même d'après ce qu'on m'a dit. Je veux que tu gères l'Hippodrome pour nous. Je te le donne, et là, tu vas pas prendre qu'un billet. »

L'Hippodrome était une des plus prestigieuses boîtes de la région, sur le champ de course de Marseille, face à la mer. Il fallait que je trouve un prétexte pour refuser. Hors de question d'être en cheville avec cette équipe, beaucoup trop dangereux. J'ai répondu : « J'apprécie Tony, mais je viens d'être papa et avec ma femme, on n'envisage pas d'élever nos enfants à Marseille. Je veux pas te dire oui et dans un an t'annoncer que je pars. » Il a conclu : « T'as raison, c'est pas des villes pour faire grandir ses minots. » Il a repris ses clés empoisonnées, puis il m'a dit qu'il voulait nous revoir le lendemain soir, avec Farid. « Ne lui dis pas qu'on s'est vus, on va rigoler un peu », a-t-il ajouté.

On s'est retrouvés dans le jardin du restaurant. Cette fois-ci on était une dizaine. Une partie de l'équipe de Tony était là, sauf le boss bien sûr. Farid était dans ses petits souliers. Tony le laissait parler, il voulait qu'il demande. C'est ce qui s'est passé. Farid a gentiment demandé à Tony qu'il nous laisse tranquilles. Tony a fait la moue, a regardé ses partenaires, a fixé Farid (alors que l'affaire était entendue depuis la veille) et a répondu : « À une condition Farid : je veux pas entendre parler de ton pote dans tes affaires. » Bref, la même chose qu'il m'avait demandée en tête à tête. Tony voulait juste avoir Farid à sa main.

Une fois dans la voiture, Farid m'a lancé : « Je t'avais dit que je trouverais une solution. » Je ne lui ai jamais révélé les dessous de l'histoire, pour ne pas l'humilier.

(190)

Si l'offre de rachat du Bloc émise par Alex était acceptée par Jean-Philippe Durand, qui ignorait tout du personnage, je pense, ça promettait un beau bordel. Parce qu'Alex n'allait pas se priver de faire des soirées pour les Français, les Juifs et les Corses. Mais ce n'était plus mon guêpier. Bien heureusement. Le poids que m'a enlevé le dénouement de cette affaire était colossal. Je me sentais léger comme l'air.

(191)

Quelques jours plus tard, j'ai reçu un coup de fil de Jean-Philippe disant vouloir me parler. Il m'invitait au restaurant du Bloc le soir même. Il m'annonça en substance : « On m'a fait une offre ferme d'achat du Bloc, supérieure à celle de ton ami. J'ai accepté. On a signé hier. L'étage où tu faisais les soirées va devenir un magasin de fringues. Il te reste juste la soirée de ce week-end, que je t'offre, ils attaquent les travaux lundi à la première heure. »

J'avais l'habitude des coups durs, mais là, c'était aussi fort que soudain. On avait cravaché comme des fous pour parvenir à créer les plus grosses soirées hip-hop régulières et sélectes de l'Hexagone. Il allait falloir rebondir sur un autre lieu, et ce n'est jamais facile de « transférer » une clientèle.

On s'est rabattus sur le Warm Up, un établissement situé à la Pointe-Rouge, face à la mer. Une centaine de clients lors de la première, et après quelques mois, beaucoup de travail et de créativité, huit cents. On avait réussi.

Aux grands maux les grands moyens : j'ai embauché un flic de la BAC Nord pour gérer la porte. On était tranquilles. Il me montrait parfois une équipe en disant : « Tu les connais eux ? » Je répondais souvent que oui, et il reprenait : « Eux, c'est mon fonds de commerce. Quand j'ai rien à faire, je les suis et je suis sûr qu'ils vont faire une connerie. Des vraies dindes. »

Quand on a connu le succès, Farid a décidé de nous virer. Il avait préparé son coup avec les propriétaires de la boîte. À la fin d'une soirée, vers 6 heures du matin, il m'a dit : « J'arrête là. » Net. Après un quart d'heure d'explications et de bégaiements, j'ai compris qu'il ne se retirait pas de l'affaire, mais qu'il la récupérait sans nous. Une fois de plus, la brutalité de l'annonce m'a laissé pantois. Je le considérais comme un ami.

Le week-end suivant, il a fait venir son « disquaire », comme il disait (à quatre-vingts euros), sa sécu en carton, et il a fait soixante personnes. À vouloir gagner plus, il a tout perdu. Je ne l'ai jamais revu.

(192)

Quitte à me retrouver à poil, j'en ai profité pour prendre quinze jours de vacances en famille à Cannes, chez mes beaux-parents. C'est là que j'ai reçu un coup de fil d'un inconnu nommé Max (pour une fois, c'est un vrai nom). Le nouveau propriétaire du Bloc l'avait mandaté pour gérer la partie événementielle du restaurant. Max connaissait les soirées Dream Music qu'on y avait organisées. Il était intéressé par notre retour dans ses murs. Je n'avais qu'une seule condition : qu'il ne loue pas le Bloc à un concurrent. On était pas mal enviés, on avait même reçu quelques coups bas, donc hors de question que quelqu'un d'autre profite de l'aura qu'on avait donnée au Bloc en travaillant si dur.

Cette fois-ci, pas besoin de repartir de zéro. Une vidéo sur nos réseaux annonçant que Dream Music était de retour au Bloc et l'affaire était pliée : première soirée complète. Il valait mieux, vu l'investissement. On avait acheté trente canapés en cuir blanc pour les salons VIP, embauché plus de cinquante employés, la facture boissons s'élevait à cinq chiffres et la location du Bloc avait augmenté. Marge de manœuvre : inexistante.

En plus des vingt-cinq types de la sécu, j'avais embauché six condés de la BAC Nord : que des Corses calibrés et en relation avec toutes les BAC en cas d'urgence. C'est complètement illégal bien sûr, et cher, mais au moins ça ne mouftait pas.

Il n'y avait pas que ça d'illégal. En fait, tout l'était. Pas de licence 4, pas d'autorisation d'ouverture tardive, pas de contrôle des décibels, cinquante employés au black, aucun exercice déclaré aux impôts. Si on se mangeait un contrôle toutes options – police administrative, douanes, fisc, Urssaf et gendarmerie –, j'étais mort et enterré. Euh… On reparle de prescription, ou pas ?

(193)

Marseille reste Marseille, une ville dangereuse. On n'a pas tardé à attirer les convoitises, et j'étais la cible. Un ami m'a confié qu'une équipe était sur moi. Pas une grosse équipe, une bande de pirates, des mecs n'appartenant à aucune organisation. Ils opèrent souvent à deux ou trois, ils braquent les gens de quartier qui ont un peu réussi, parfois même ceux de leur propre quartier, avec lesquels ils ont grandi.

J'ai un tas d'histoires comme ça, genre un type qui revient cagoulé, après avoir passé l'après-midi avec sa victime. « Mais Robert, c'est toi ? – Non c'est pas moi, envoie la caisse et ferme-la. – Mais si c'est toi. T'as les mêmes fringues et tes baskets pourries... » Un sketch.

Au début, j'ai fait venir un ami pour prendre la recette et l'emmener en lieu sûr à moto. Puis j'ai demandé à Morgan de me devancer de quelques minutes quand je rentrais du club, d'inspecter mon parking, les environs de mon immeuble et les cages d'escalier. Je cachais la clé de chez moi dans ma chaussure pour qu'ils ne puissent pas entrer et menacer ma famille s'ils me chopaient.

J'ai envoyé le message partout que les représailles seraient globales en cas d'attaque sur ma personne, mais ces gens sont sans foi ni loi. Comme on dit chez nous : ils ont pas de race. Quelle folie, quand j'y repense aujourd'hui.

(194)

Entre-temps, j'avais approché un autre établissement pour y organiser des événements Dream Music : le Dock of the Bay, un restaurant chic du quartier de la Joliette. Le propriétaire, Christophe, ne parvenait pas à le faire tourner le soir alors qu'il faisait un carton le midi. On y a organisé quelques soirées, plutôt chics elles aussi, et le succès était au rendez-vous. Après plusieurs mois de collaboration, nous sommes devenus proches. Christophe était propriétaire de neuf établissements entre Aix-en-Provence et Marseille, acquis grâce à la vente d'une célèbre chaîne de magasins.

Un jour, il m'invite à déjeuner, et au début du repas, il me fait une annonce fracassante : « Je dois partir quelques mois à Paris pour monter une grosse affaire. Je voudrais que tu gères tout en mon absence, les neuf restos. Je t'ai vu faire avec tes équipes, tu seras un meilleur manager que moi. » Je tombais des nues.

Après deux jours de réflexion et de discussion avec Wahiba, j'ai accepté. À la seconde où il me l'a proposé, je savais que j'irais, mais je devais quand même en parler.

Christophe a rassemblé le personnel des neuf restos et m'a présenté comme le nouveau directeur exécutif du groupe. La plupart me connaissaient de la FF, et je n'ai pas tardé à intercepter des rumeurs du style : « Qu'il retourne à sa musique. »

Je me suis mis au travail sans fanfaronner.

Sur les neuf établissements, quatre battaient de l'aile. En accord avec Christophe, j'ai donc décidé de tout changer. On a commencé par La Cantine d'Émile, à Aix-Les Milles. À l'heure où j'écris ces lignes, ce restaurant existe toujours. Après les travaux, un changement d'équipe et une nouvelle carte, on passait d'une dizaine de couverts le midi à plus de cent. Appelez-moi Pone Etchebest.

Dans les premiers temps, je faisais le service, je pense que c'est là que j'ai commencé à gagner le respect des équipes.

On s'est ensuite attaqués à La Cantine de la Joliette, sur la place du même nom. Là encore, tout était à faire. J'ai appelé mes potes du bâtiment et après trois semaines de travaux, on ouvrait.

Ce succès-là, je l'avoue, est l'une de mes fiertés. Surtout le jour où Linguini, notre cuisto, m'a appelé à 22 heures pour me dire qu'il était malade. J'ai alors rempli mon rôle de gérant : boucher les trous. Le matin à 7 heures, j'étais en cuisine, seul. Après cinq heures de mise en place, on a ouvert. Un en salle et un aux fourneaux. On a fait cinquante-cinq couverts. Et toutes les assiettes sont revenues vides. Aubergines parmesanes, salades César, entrecôtes, pavés de saumon, accompagnements, desserts… la totale. Là, j'avais mes galons. Dès que quelqu'un avait un problème dans un resto, je le réglais dans la journée : changer un frigo ou une friteuse, remplacer un employé au pied levé, tout. J'ai toujours eu le goût du travail et celui-ci me plaisait.

Pour les autres établissements, ce n'était pas si simple. Christophe manquait de fonds et on patinait. Comme il ne partait toujours pas à Paris, je me disais qu'il avait prétexté ce départ pour que j'accepte le poste. Il avait investi des millions d'euros et il se noyait. Il avait besoin de quelqu'un qui l'aide à tenir la baraque. Le problème, c'est qu'il voulait me donner des parts de la holding qui détenait les établissements en guise de salaire. Une société criblée de dettes. J'allais me retrouver avec une armée de créanciers à mes basques pour toute récompense.

J'ai tout arrêté du jour au lendemain. Christophe a vendu, m'a payé ce qu'il me devait et il est parti vers d'autres horizons. Exit la restauration. Malgré tout, c'était une belle aventure.

C'est là que Jasmine est arrivée, notre deuxième fille, un nouveau bonheur.

(195)

Je me concentrais à présent sur le Bloc, que je n'avais pas abandonné et qui cartonnait. Mais les menaces sur ma personne se faisaient de plus en plus précises. Je me sentais comme Tupac, « All eyez on me ». Et Marseille n'est pas une ville où il fait bon avoir tous les regards braqués sur soi. Moi qui aime la discrétion par-dessus tout, on ne me voyait jamais dans mes propres événements. Je passais la soirée au bureau et à l'envoi des bouteilles plutôt qu'à me pavaner en salle.

Un soir, ce qui devait arriver arriva : à mon retour du Bloc, un comité d'accueil m'attendait dans les buissons en bas de mon immeuble. Par chance, je n'étais pas seul. Morgan, Charles et DJ Soon étaient avec moi. Quand Charles est sorti de la voiture, il a repéré les types en embuscade et il a dit : « Capuche, capuche ! » Il voulait sûrement dire : « Cagoule, cagoule », mais c'est un Brésilien, il parle mal le français. Une chose était sûre : en tant que Brésilien des favélas, il avait déjà rencontré ce genre de situation. Les deux mecs sont partis en courant et on est remontés en voiture pour les prendre en chasse. Ils ont sauté le portail de la résidence et ont continué leur fuite dans la tire qu'ils avaient laissée là. Grâce à Dieu, on les a perdus.

(196)

Cet épisode a été la goutte d'eau. Depuis un moment déjà, avec Wahiba, on parlait de quitter Marseille. On ne voulait pas que nos filles grandissent ici. Naïla venait de faire sa rentrée en petite section et l'état de l'école était catastrophique. Seules deux toilettes y fonctionnaient, les garçons faisaient pipi dans la cour de récréation. Le chauffage marchait un jour sur deux et en classe, tous les élèves étaient emmitouflés dans leurs anoraks quand j'allais chercher ma fille. Certains jours, l'eau n'était pas potable, et je ne parle même pas de l'insalubrité des locaux ni des insultes de cinquième catégorie que les gamins proféraient.

Le jour de la rentrée, Naïla n'a pas pleuré. Mais quand je suis allé la chercher, elle m'a serré très fort dans ses bras pendant un long moment. Elle n'a pas dit un mot puis elle s'est endormie jusqu'au lendemain matin. Une nuit de seize heures après avoir découvert la jungle. Les parents d'élèves ont fait un sitting, le maire et la télé sont venus mais rien n'a bougé.

Avec l'arrivée de Jasmine, il était hors de question d'élever nos filles dans de telles conditions. La décision était prise, on quitterait Marseille.

Je n'ai pas parlé des menaces ni de la tentative de braquage à Wahiba. Je ne lui ai dit qu'un an plus tard, lorsque ces histoires étaient derrière nous.

(197)

J'étais heureux. Ma petite Jasmine était là. Mais j'ai également perdu deux êtres chers cette année.

En août 2011, pendant le ramadan, vers 2 heures du matin, mon ami Kamel dit « La Daube » a quitté la pizzeria qu'on fréquentait dans le quartier de Bagatelle, à Toulouse. Il a pris la rocade et il s'est fait télescoper par une voiture qui la remontait en sens inverse. Je garde à jamais le souvenir d'un ami sincère, cultivé, intelligent, généreux et pieux.

En septembre de la même année, ce fut le tour de DJ Mehdi, victime d'une chute accidentelle. Quinze ans jour pour jour après la mort de Tupac. Je profite de l'occasion pour lui rendre un énième hommage.

Il admirait trois personnes sur cette terre : sa mère, DJ Premier et Jerry Seinfeld – ça en dit long sur le personnage.

Un soir où je dormais chez lui alors qu'il habitait encore à Ménilmontant, on a voulu aller à une soirée, toujours accompagnés de mon complice Redouane. Arrivés à la porte, le videur nous a brusquement refusé l'entrée. Des potes de Mehdi étaient pourtant aux platines du club. Voyant qu'on insistait, le portier lui a dit d'un air hautain : « Pourquoi ? T'es qui toi ? » Et Mehdi de lui répondre calmement : « Je suis le fils de ma mère. » Il aurait suffi de dire qu'il était DJ Mehdi. Mais c'était ça Mehdi : un homme modeste et spirituel.

Quelques secondes plus tard, le patron du club nous repère et engueule le videur zélé en nous faisant entrer. « Tu sais pas qui c'est ? C'est DJ Mehdi », dit-il. Le portier s'excuse aussitôt et Mehdi lui sourit en disant qu'il n'y a pas de problème.

Cette histoire en dit beaucoup sur l'homme, je trouve. Mehdi était le plus grand producteur de rap de son temps, et dans un milieu aussi fermé que le nôtre dans les années 90, il s'est ouvert à d'autres influences pour évoluer magistralement vers la musique électronique. Mehdi a été un des premiers à enchaîner Jay-Z et U2 dans ses sets. Même si je le chambrais à l'époque, je reconnais qu'il avait tout compris avant tout le monde.

Nous avons eu une deuxième chance de travailler ensemble après la tentative avortée de 2001. Lors d'une visite chez moi, nous avons passé la soirée à écouter des prods que je n'avais pas sorties. À la fin de la session, il m'a demandé combien j'avais de beats comme ça et s'il pouvait les avoir. Il est reparti avec sept cents beats inédits dans son disque dur.

Des années plus tard, alors que je lui rendais visite à mon tour, quelle ne fut pas ma surprise d'entendre mes vieux beats sur son iTunes qui tournait en shuffle. Il y avait tout le temps de la musique dans son appartement, et là, entre les Beatles, Biggie et Curtis Mayfield, il y avait mes prods. Je lui ai demandé des explications et il m'a répondu qu'il faisait le tri car il voulait les sortir en plusieurs volumes sur son label Espionnage. L'artwork était déjà réalisé et il avait même un titre : *Sicarios & Pepes*. J'étais emballé et flatté, mais le projet ne verrait jamais le jour, malheureusement.

Quand je pense à toi depuis mon lit médicalisé, Mehdi, je ne peux empêcher l'émotion de m'envahir. Toute une époque est partie avec toi. Tu laisses un grand vide dans nos oreilles et un immense gouffre dans nos cœurs.

Kamel et Mehdi, on se voit bientôt les frères. Inch' Allah.

Chapitre 29
L'eau douce

(198)

En quittant Marseille, deux destinations s'offraient à nous : Toulouse, chez moi, ou Cannes, chez Wahiba. J'aime bien la Côte d'Azur, mais cette région demande un certain standing et je n'y avais pas de perspectives professionnelles. Alors qu'à Toulouse, un job m'attendait dans l'association de ma tante Marie-Claude et de Robert, un ami de longue date, ancien membre du groupe KDD. J'y étais déjà intervenu en tant que formateur et j'aimais bien le taf. On y faisait de l'accompagnement d'artistes, plutôt dans le hip-hop. Ils m'ont proposé mon premier CDI, à quarante ans passés. C'est donc Toulouse qu'on a choisie.

Mon père habite dans une grande baraque du vieux Gaillac (à une demi-heure de Toulouse) depuis les années 80. On s'y est installés en attendant de trouver notre chez-nous. On a acheté une ruine et on l'a retapée pendant un an, avec de l'aide bien sûr. Entre autres, mon ami Amar, venu de Marseille pour poser onze tonnes de placo.

J'ai adoré cette période, car en fin de compte, j'avais peu habité avec mon père. On mangeait tous ensemble avec mes sœurs, on parlait de tout et de rien, on faisait des concours de cuisine, c'était chouette. Et j'aimais bien aller sur le chantier de notre maison. Pour une fois, je faisais quelque chose de concret.

(199)

Côté musique, comme dans le film préféré de mes filles, *Rocky III*, il m'était arrivé ce qu'il y a de pire pour un boxeur, enfin pour un beatmaker : je m'étais embourgeoisé. Je n'avais plus faim, et plus personne ne me demandait des prods, mais ça ne me dérangeait pas. Je ne regardais pas en arrière.

J'avais une femme merveilleuse, deux filles de rêve, une famille en or, une belle maison, un boulot stable que j'adorais, même si pour être honnête, je trouvais le costume trop petit pour moi. C'est prétentieux de le dire, je sais, mais j'ai une ambition sans limites ; depuis petit, j'en veux toujours plus. Même si j'étais dans mon élément en faisant ces formations, je voulais créer des événements, des festivals, de nouvelles formations, des conférences… Ma vie passée m'avait donné la maladie d'entreprendre.

Par un heureux hasard, j'ai retrouvé mon ami Skipper en formation, en tant qu'élève. Il m'a dit m'avoir cherché partout après mon départ, vingt-cinq ans plus tôt. Sans réseaux sociaux ni téléphone portable, ce n'était pas évident de garder le contact. Quand Tupac est mort par exemple, on a mis deux jours à le savoir. C'était une autre époque.

(200)

Même si elle reste la ville de mon cœur, j'étais heureux d'avoir quitté Marseille et ses tracas. Je venais d'y passer vingt ans bien remplis, entre les quartiers Nord, Belsunce, le Panier, la Fonky Family, l'organisation de soirées, les amis, la rue, le succès, les disques d'or, le bordel, les voyous, les amours, l'énergie… Le calme de Gaillac était tout ce dont j'avais besoin à présent, ma femme aussi. J'aspirais à une vie normale : famille et travail.

Lorsque Jean Yanne a quitté Paris pour la campagne et qu'un journaliste lui a demandé si la vie parisienne et ses soirées ne lui manquaient pas, il a répondu : « Je préfère chier. » C'était tout pareil pour moi.

J'étais comme un poisson dans l'eau dans ce nouveau contexte, mais une eau complètement différente. Finis les requins, les barracudas, les pieuvres et les crabes, que des poissons rouges. Quel changement, l'eau douce.

(200b)

Un soir, je vais chercher mes clopes que j'ai oubliées dans la voiture. Dans la ruelle qui mène au parking, je sens une présence derrière moi. Je me retourne. Quatre gitans torses nus avec un pitbull marchent aussi vers les voitures. Ils sont à une vingtaine de mètres, ils causent fort et ils ont de grandes canettes de bière à la main. Je vais forcément les retrouver face à moi au retour. Mon cœur bat plus fort. Je récupère les clopes, je fais demi-tour, et comme attendu, je les croise dans cette ruelle étroite et obscure. Quand ils arrivent à ma hauteur, l'un d'eux me dit : « Bonsoir » poliment avant de continuer sa route avec ses compagnons. J'ai répondu et je suis rentré.

Quand j'ai raconté ça à Wahiba, après s'être marrée, elle m'a dit : « Relax, on est plus à Marseille. » C'est donc ça, l'eau douce.

Je prenais goût à cette vie, jusqu'au moment où elle allait commencer à ressembler à un film avec Tom Hanks.

Mon livre aurait dû s'arrêter là. J'avais une vie équilibrée, avec plus rien de notable. J'étais bien. On était bien.

Chapitre 30
Acronyme

(201)

Un an après avoir emménagé dans notre maison, lors d'une après-midi de septembre 2014 où je vais chercher ma fille aînée à l'école, je ressens une gêne en marchant. Un truc léger, comme si j'avais une jambe plus courte que l'autre. Je n'y prête pas trop attention, mais je sens que c'est bizarre. Quelques jours plus tard, je constate que je n'arrive plus à sprinter, non pas que je sois un athlète, mais j'ai deux petites filles de trois et six ans avec lesquelles je joue beaucoup. Je le mets sur le compte de la fatigue, mais ça commence à me travailler quand je m'endors.

Mes symptômes s'aggravant, je fais ce qu'il ne faudrait jamais faire mais que l'on fait tous : je consulte le docteur Internet. On devrait éviter, car ça peut être anxiogène et que rien ne remplace une consultation. Sur un site « médical », je me rends vite compte que « troubles de la marche » n'annonce rien de léger. Quand on marche, c'est que ça marche. Je me suis mis à suspecter une sclérose en plaques. Mon cœur est monté à 170. Je n'avais plus ressenti ça depuis l'enfance et les réveils en sueur après un cauchemar.

Je consulte mon médecin généraliste, dont le cabinet est mitoyen de ma maison. J'habite d'ailleurs entre mon doc et une pharmacie, de laquelle je dois être aujourd'hui le plus gros client. Niveau localisation, on peut dire que j'ai bien senti le coup. Mon doc constate des réflexes très vifs. J'ai enfin compris le pourquoi de cet examen : quand on vous tape le genou avec un petit marteau en caoutchouc, c'est qu'on contrôle l'état du système nerveux. Si les réflexes sont trop vifs, il est probable que celui-ci subisse un stress, comme une attaque virale, bactérienne, une maladie auto-immune, ou juste une grosse frayeur.

Lorsqu'il tape mon genou, ma jambe bondit. Je suis moi-même surpris. Je le vois écrire : « ROT +++ » sur le compte-rendu d'examen (pour « réflexes ostéotendineux »). À la fin, il me dit qu'il faut que je voie un neurologue en urgence, ce qui est plutôt flippant.

(202)

Après une batterie de tests cliniques, le spécialiste me parle d'irritation pyramidale. Je n'avais jamais entendu ce terme. La « pyramide », en neurologie, désigne le système nerveux central. Il comprend trois éléments : le cervelet, la moelle épinière et le cerveau, d'où le terme de pyramide. (Des poètes, ces toubibs.)

Chez moi, bien évidemment je me connecte sur maisbordelquestcequejai.com. Un acronyme inconnu commence à faire son apparition : SLA. C'est la terreur des blogs de santé. Tout le monde flippe de cette maladie dès que certains symptômes apparaissent. Comme les fasciculations (des tremblements musculaires caractéristiques) par exemple, dont je suis couvert. Ce grand épouvantail est également appelé « maladie de Charcot ». Mortelle en moins de deux ans pour les formes « normales », incurable, privant le patient de sa mobilité, de son autonomie, de sa parole, et pour finir, de son souffle. Un peu comme une morsure de black mamba longue durée. Sympa.

Le stress monte de dix crans. Les feux d'alarme du Gondor s'allument tous simultanément. J'espère une sclérose en plaques, que je sais déjà redoutable pour avoir un ami qui en est atteint. J'essaie tout de même de ne pas paniquer. Rien n'est sûr. Et puis, j'ai un deuxième rendez-vous chez le neurologue dans un mois, histoire d'éliminer, entre autres, une attaque virale, qui disparaît généralement après quelques semaines.

(203)

Au deuxième rendez-vous, j'ai la confirmation qu'il y a un problème. Lorsque le neurologue me demande d'écarter les bras et de les ramener pour que mes index se touchent devant mon visage, ils se croisent. Quand je les regarde, j'y arrive, mais en fermant les yeux, je rate. J'ai un sentiment étrange et inquiétant, mon corps me désobéit. Je saurais plus tard que c'est un symptôme lié à une atteinte du cervelet. On parle alors de « syndrome cérébelleux ». J'aurais donc droit à un troisième rencard, mais cette fois en hospitalisation avec des tests spécifiques. Entre-temps, il allait y avoir un incident.

(204)

Ce que je vais raconter est un des pires moments de ma vie. Encore aujourd'hui, après sept ans, il fait mal.

C'était un dimanche de mars, le soir d'un match OM-PSG. Je récupère Naïla (six ans) et Jasmine (trois ans) chez ma mère. Sur le retour, je me gare en bas de chez moi et je les fais sortir. Je marche quelques pas avec elles et soudain, je trébuche. Je m'éclate sur le trottoir. J'ai voulu protéger ma tête avec mon bras gauche, mais je comprends vite que je me suis déboîté l'épaule. Je suis incapable de bouger, j'ai mal partout, mais ce qui me cause le plus de douleur, ce sont mes filles qui pleurent et disent : « Papa lève-toi, qu'est-ce qu'il y a ? »

Leur père est à terre. L'incompréhension, la peur sur leurs visages, c'est ce que j'ai vécu de plus difficile.

J'ai oublié de préciser que les chutes sont fréquentes chez les personnes atteintes de SLA. Je l'ai peut-être omis car je n'écris pas ce passage d'un trait comme tous les autres. Je me change les idées toutes les trois lignes en jouant aux échecs ou en discutant sur Facebook. Autant le reste a été agréable à écrire, mais là, je force un peu.

J'appelle Wahiba qui rapplique en un clin d'œil. Elle rassure nos filles et fait venir les secours. La suite est anecdotique : urgences, hôpital, examens… En plus, l'OM a perdu. Comme d'hab.

(205)

Lors du troisième rendez-vous, celui de l'hospitalisation, on m'a fait une ponction lombaire et des prises de sang ciblées. Ça n'a rien donné, tout était normal. Inquiétant.

L'errance de diagnostic dure parfois plus d'un an chez certains patients, c'est une période difficile. Pour moi, elle a duré six mois. On sait qu'on a quelque chose, mais on n'a pas de nom. Sans nom, pas de traitement. Remarque, pour la SLA, ce n'est pas bien grave, il n'y en a aucun.

J'ai compris par la suite que le diagnostic SLA ne peut être posé qu'après avoir éliminé d'autres atteintes neurologiques. En bout de chaîne, l'examen de l'EMG, ou électromyographie, confirme ou infirme le diagnostic. Grosso modo, ce test mesure le temps de réponse musculaire quand un ordre part du cerveau. La SLA « coupe » lentement mais sûrement ces transmissions du cerveau vers l'ensemble des muscles volontaires. C'est une maladie neuromusculaire dégénérative causée, d'après les dernières recherches, par un truc qui foire dans la protéine-enveloppe du rétrovirus endogène humain HERV-K.

(206)

À l'issue du test EMG, le visage de mon neurologue s'est décomposé, mais il n'a rien dit. Il m'a annoncé que je devrais consulter un « hyper-spécialiste » à Purpan, l'hôpital de Toulouse. De toute façon, les neurologues n'évoquent jamais la maladie de Charcot, c'est trop anxiogène. Ils parlent de maladie du motoneurone, pas de SLA.

Ce spécialiste, c'était Pascal Cintas. Le rendez-vous était fixé au 17 avril 2015. Bien entendu, j'ai tapé son nom dans Google. Je suis tombé sur une vidéo de lui dans un journal télévisé local. À côté de son nom était écrit : « Coordinateur du centre régional SLA. »

Y a quoi après alerte rouge ?

(207)

Nous sommes partis après le déjeuner avec Wahiba. J'étais au volant et nous étions silencieux. Je ne conduirais pas au retour, ni plus jamais.

On est entrés dans une salle avec un autre EMG. Le docteur Cintas n'était pas encore là. J'ai expliqué à l'infirmière présente que les fasciculations que j'avais n'en étaient pas vraiment. J'essayais de la convaincre que je n'avais rien à faire là. Comme si un pion se plaignait d'être sur un échiquier. J'étais dans le déni, dans une telle crainte que Wahiba m'a raconté bien plus tard (aujourd'hui en fait) qu'elle ne me reconnaissait pas. Elle m'a dit : « Toi qui affrontais toutes les situations de face, c'était pas toi. »

Puis l'infirmière m'a fait passer l'EMG. Une fois l'examen fini, elle se retourne et nous dit : « Vous avez des enfants ? »

Y a quoi après après alerte rouge ?

Elle appelle alors le fameux spécialiste en lui demandant de venir voir. Je comprends qu'il arrive.

Lui ne s'embarrasse pas de refaire le test, il plante juste quatre aiguilles aux endroits stratégiques : sous le menton, dans l'abdomen, dans le muscle du pouce et dans le tibia. Il me demande de me rhabiller et sort passer un coup de fil. Je m'exécute sans penser à rien, suspendu dans le vide. Il rentre, s'assoit et m'annonce la sentence, sobrement, comme on commanderait un plat dans un resto chic. « Si vous êtes ici, dit-il, c'est pour rechercher une sclérose latérale amyotrophique. C'est effectivement ce dont vous êtes atteint. Savez-vous de quoi il s'agit ? »

Un peu que je sais mon con, ça fait six mois que je redoute d'avoir ça. Je me le dis dans ma tête parce qu'en vrai je suis sans voix. Ma femme quitte la pièce. Elle me dira avoir suffoqué.

J'ai dû lui répondre : « C'est certain ? Y a pas d'autres tests à faire ? » Mais face à moi, j'ai la putain de référence régionale de Charcot. Le mec sait de quoi il cause. Un genre de Zizou de la neurologie à qui je demande s'il sait faire un petit pont.

Je viens de prendre un KO dont je mettrai un an et demi à me relever. Ma femme revient, bouleversée, on récupère une ordonnance pour des séances de kiné, une autre pour un cachet censé retarder la mort de deux à trois mois. On dit au revoir, et on rentre. Voilà.

Nous étions arrivés vivants, nous repartions comme des zombies.

Alors que ma femme était au volant, je lui ai dit : « Ne vous acharnez pas, si je tombe dans le coma ou que je suis vraiment très mal, laissez-moi partir. »

Je changerais d'avis bien plus tard, lorsque je réaliserais que je n'allais pas attendre la mort sans rien faire.

(208)

Ce soir du 17 avril, j'ai voulu qu'on regarde un dessin animé tous ensemble dans le lit, j'avais besoin d'amour. Et je ne savais pas quoi faire d'autre. Bien entendu, je n'ai pas fermé l'œil de la nuit. Je cherche les mots pour décrire l'état second dans lequel je me trouvais. Un seul me vient à l'esprit : cataclysme.

(209)

Wahiba l'avait dit à ma mère et j'ai appelé mon père pour lui annoncer. Il m'a demandé si c'était grave, j'ai répondu que oui. Quand j'ai raccroché, j'ai éclaté en sanglots. Je crois que je pleurerais presque tous les jours pendant un an. Principalement pour deux raisons : j'étais terriblement triste du sort qui était le mien, mais aussi parce que ce genre de maladie est une épreuve collective. Tous les proches souffrent. Ça les déforme. À commencer par ma femme et mes enfants.

C'est si dur pour des petites filles de voir dégénérer physiquement leur papa. Lui qui jouait, blaguait, chahutait tout le temps avec elles, cette chose l'a éteint.

Mais elles seront fortes, à l'image de leur mère, la lionne.

(210)

Puis, j'ai publié ce message sur ma page Facebook :

« Bon voilà, après six mois de recherches le verdict est tombé : je suis atteint de sclérose latérale amyotrophique (maladie de Charcot, pour les intimes). Si je vous dis cela, ce n'est ni par voyeurisme ni pour susciter une quelconque pitié. C'est juste que je pense que cela sera trop difficile de soit vous mentir en vous disant que tout va bien, soit l'expliquer à chacun de mes amis ici présents. C'est très dur mais je me battrai, même si l'issue semble acquise. Je reste quand même positif et tout soutien sera le bienvenu.

Ne m'appelez pas au téléphone pour l'instant.

Merci. »

Chapitre 31
La revanche des tataragnes

(211)

Quand j'étais petit, il y avait un gros tronc d'arbre biscornu dans le jardin. Il était plein de trous et dans chacun d'eux, il y avait une grosse araignée noire et velue, des tataragnes comme disait ma mère. On pouvait voir le début de leur tunnel de toile et leurs pattes pointues affleurer des aspérités du bois. Ça m'effrayait.

Un jour, en rentrant de l'école, j'ai pris mon tube de colle et je l'ai vidé dans le plus gros trou, puis je suis allé me faire un sandwich au beurre dans la cuisine. Quand je suis revenu contempler mon méfait, l'araignée avait voulu s'échapper mais elle était à présent engluée et immobile à l'entrée du lugubre tunnel, comme une statue de glace. Du coup, j'ai demandé à maman d'acheter plus de colle et j'ai mis mon macabre plan à exécution. L'éradication totale des tataragnes.

Le lendemain, il y avait une bonne vingtaine d'araignées pétrifiées, à la sortie des galeries. Je passais tous les jours devant car c'est là qu'on planquait la clé de la maison. Chaque fois, je contemplais mon œuvre, mes trophées.

Quand j'ai commencé à être paralysé, jour après jour je me sentais davantage englué, je me suis alors souvenu de ces pauvres tataragnes si cruellement exterminées.

(211b)

La deuxième partie de ma vie commençait. L'arbitre avait sifflé la fin de l'ancienne, pour de bon. Quoi qu'il arrive, rien ne serait plus jamais comme avant. Mais même après la fin du monde, le temps continue de s'écouler, il faut avancer dans les décombres. En gardant espoir. Ce qui est sûr, c'est que je ne verrai pas les neiges du Kilimandjaro.

Vu que la médecine est impuissante, on se met en quête de solutions alternatives. Je commence à consulter des magnétiseurs, des énergéticiens, des kinésiologues, des acupuncteurs, des médecins chinois, des médecins indiens, des hypnotiseurs, des naturothérapeutes, je pourrais écrire un livre rien que sur ça. Avec le recul, je pense que ces consultations m'ont fait du bien. Psychologiquement, elles m'ont permis de m'accrocher à quelque chose, le temps que je reprenne le dessus.

Mais je crois bien que ce qui m'a le plus aidé durant cette période, c'est l'incroyable dose d'amour que je me suis prise dans la tronche pendant les mois qui ont suivi mon « coming out ».

De toutes parts, j'ai reçu des messages de soutien et d'amour. J'ai jamais autant chialé bordel. Et à chaque mot, à chaque phrase, je sentais une force pousser en moi. Un ami m'a dit : « Tu as reçu ce que tu as donné, beaucoup de gens t'aiment vraiment. »

J'ai également eu beaucoup de visites. Comment oublier mon ami Menzo, le premier à être venu, débarquant directement du Vieux-Port avec une glacière pleine de poissons frais après cinq cents kilomètres de train ? J'ai la gorge serrée en y repensant. Je ne pourrai pas les citer tous, mais ils ont répondu présents.

Je me disais, à tort ou à raison, qu'ils venaient me voir pour trois raisons : par amour et amitié ; par devoir (« faut qu'on aille le voir quand même ») ; parce que c'est une expérience de voir quelqu'un « comme moi ». J'ai apprécié les trois, ne les identifiant pas tout le temps. Certains sont venus pour les trois. Peu importe, ça a réchauffé mon cœur à chaque fois.

(212)

Sans le savoir, j'entrais dans une période où j'allais avoir des superpouvoirs. Tout le monde écouterait ce que je dirais, c'est le pouvoir du condamné.

J'arriverais même à réaliser l'impossible : reformer la FF le temps d'un concert, c'est dire l'étendue de cette puissance. Ceux qui nous connaissent comprendront. Non pas que nous soyons brouillés à mort, mais chacun vivait sa vie sans vouloir faire trop de concessions. Que des têtes dures dans ce groupe.

C'est à l'initiative de mon épouse Wahiba et de mon amie Miriam que quelques semaines après le diagnostic, l'idée est née. Un concert de soutien, pour moi… Dans un premier temps, ça me gênait. L'annonce de cet événement a eu l'effet d'une bombe pour les fans, ce qui nous a surpris car on ne s'attendait pas à un tel engouement. Toutes les places se sont vendues en huit minutes. Et ils n'ont pas été les seuls à jouer le jeu. L'espace Julien (Christian Arcamone), la sécurité (Victor Mendy en tête), la technique, les locaux de répétition (Christophe Boin), l'équipe vidéo (Adnane et Hicham Tragha, ainsi que Sashem), les autres artistes, tout le monde a répondu présent gracieusement. Ce qui a remué énormément d'émotion pour moi.

Je n'ai malheureusement pas pu être présent, mais grâce à la technologie, j'ai vu cet incroyable concert en direct depuis ma chambre, transformée pour l'occasion en salle de projection avec une vingtaine de proches, dont mes deux filles. Un moment extraordinaire, je n'ai pu retenir mes larmes. Encore.

(213)

Retour à la réalité.

Les temps les plus difficiles de ma vie étaient là. Je passais des béquilles au déambulateur, puis au fauteuil roulant, pour terminer dans un lit médicalisé. Malgré tout, je n'ai jamais ressenti de colère ni d'injustice. J'étais juste triste, et en dépression bien sûr.

Je pense avoir accepté l'idée de mourir depuis longtemps, mon souhait, comme celui de chacun, étant de ne pas voir arriver la mort. « Il est parti de sa belle mort, dans son sommeil », le rêve. Mais avec la SLA, on est aux premières loges. Je le dis sans fanfaronner, mais j'ai regardé la mort dans les yeux pendant des années. Comme tous mes confrères d'infortune, j'ai vécu avec elle.

Le problème, avec la mort, c'est qu'elle fait flipper. Je la voyais arriver et j'étais submergé par la peur ultime qui l'accompagne. J'ai fini par l'accepter. Avais-je le choix ? On ne peut lutter contre la peur, elle fait partie de nous. La combattre revient à se combattre soi-même. Il faut l'accueillir et comprendre les rouages de ce mécanisme naturel. La rationaliser. Avant de le comprendre, je ne voulais pas la regarder en face. Je l'avais rangée dans une pièce sombre de mon cerveau, un genre de cagibi. Puis j'ai allumé la lumière, les projecteurs même, ceux qui illuminaient le ciel alors que la DCA faisait feu sur les Stukas allemands. Pleins phares, et j'ai regardé. J'ai observé le moindre détail de ce qui me terrorisait, de ce que je redoutais et qui m'ôtait la liberté. Après environ un mois d'observation, la peur a disparu.

(214)

J'ai parlé de mes amis qui m'ont montré un soutien sans faille, mais je n'ai pas évoqué l'incommensurable abnégation de Wahiba dans cette épreuve. Elle m'a permis de garder le cap. Nous sommes tous deux assez pudiques sur le sujet, alors je me contenterai de reproduire le mot qu'elle m'a écrit quand j'étais perdu dans la tempête :

« Pour toi…

C’est quand tu es en haut d’une montagne que le vent souffle fort. Tu y es, c’est un vent fort et chaud. Plusieurs chemins s’offrent à toi, tous sont un peu brumeux, sauf un.

Tu l’as visualisé, tu t’y engages. Tu as du mal à avancer à cause du vent mais il faut avancer, même à contre-courant.

Avec ta force et ta détermination, tu y arriveras, avec l’aide de Dieu, Inch’ Allah.

Reste focus sur ton adversaire, même s’il te paraît redoutable. Renforce ta foi, applique-toi à être meilleur chaque jour. Fais ressortir le bon qui est en toi et efface tes défauts. Cela t’apportera la stabilité.

Jour après jour, tu gagneras en force et ton adversaire te paraîtra plus faible. Jusqu’au jour où tu auras le dessus sur lui pour le vaincre. Inch’ Allah.

I love u. »

(215)

Je ne m’étendrai pas sur les mois sombres qui suivirent, de toute façon c’est trop flou. La dégénérescence physique est très difficile à vivre, particulièrement quand l’aphonie et les troubles de la déglutition surviennent. Ne pas être compris est pour moi ce qui fut le plus dur dans la maladie. Jour après jour, ma voix m’abandonnait. Wahiba a fini par être la seule à me comprendre.

Les fausses routes sont très anxiogènes. Comme j'avais perdu une bonne partie de ma capacité à expectorer, j'avais l'impression d'étouffer à chacune d'elles. C'est d'ailleurs une cause de mortalité importante dans notre pathologie.

Malgré tout, je ne sais par quel miracle, je gardais espoir. Je pensais toujours que j'allais me réveiller guéri un beau matin, ou que la dégénérescence allait s'arrêter.

Mais elle irait au bout du bout, comme moi quand je me lance dans quelque chose. Après tout, c'est MA maladie.

(216)

Dans la lutte aussi, je serais extrême, conformément à ce qu'on attendait de moi. Alors que Wahiba et mon père me ramenaient des toilettes quand je ne tenais plus debout, je me suis arrêté au milieu du chemin et j'ai regardé mon père. « Tu sais quand est-ce que j'abandonnerai ? » Mon père n'est pas d'un naturel inquiet ni expressif, mais je sentais une certaine appréhension dans son regard. Il a répondu : « Non mon fils, je sais pas » et j'ai dit avec ma voix éraillée : « Jamais. »

Il fallait que je mette ce « jamais » par écrit, par le biais de directives anticipées dont j'avais entendu parler par mon médecin traitant. Wahiba n'osait pas m'en parler de peur que je refuse de les remplir. Elle redoutait que je n'aie pas changé d'avis depuis le diagnostic. Elle s'est jetée à l'eau et a abordé le sujet un soir d'automne. Mais j'avais fait du chemin dans ma tête. Je voulais vivre.

Le rendez-vous était donc pris pour rédiger le fameux document qui stipulerait ma volonté le jour où je ne pourrais plus m'exprimer. Le jour où il faudrait l'aide de machines pour me maintenir en vie. Une sacrée étape dans le parcours, mais nécessaire pour ne pas qu'un inconnu décide à ma place. J'avais aussi compris que poser ça noir sur blanc rassurerait tout le monde.

On s'est donc retrouvés dans ma chambre, ma femme, mon père, le docteur Combes et moi. Je m'appliquais à donner un peu de légèreté à tout ça et je me souviens avoir dit au docteur : « Je suis musulman, donc si on m'alimente par des tuyaux, pas de cochon hein. » Ma femme a dit : « T'es con. » Ils ont ri. « OK, pas de perfusion au cochon », a repris le médecin amusé.

La chose qui me semblait la plus importante à l'époque, c'était que je ne voulais pas rester seul. Et j'ai bien fait de le signaler, ce détail m'a permis d'être accompagné de mes proches durant mes deux mois de réanimation. C'était une période difficile et, sans eux, je ne sais pas où je serais aujourd'hui.

Mais l'essentiel restait d'avoir stipulé vouloir vivre jusqu'au bout de la science. Quoi qu'il arrive : vivre.

(217)

Puis vint la première hospitalisation.

Un jour que j'étais sur les toilettes, j'ai eu un genre de bouffée de chaleur puissance dix. Comme si ma température était passée de 37 à 41 en une seconde. J'ai pensé à la mort. « Elle est là », me suis-je dit. Puis : « Je vais quand même pas crever sur les chiottes. »

Depuis quelques jours, j'avais une drôle de sensation. Comme quand on s'endort entouré de gens qui discutent. Petit à petit, la discussion devient sourde, inaudible, on se sent partir. On est bien. Je ressentais ça en permanence. J'ai identifié ce phénomène comme la mort qui arrive. Je souhaitais juste qu'elle ne me frappe pas devant mes proches. Ni un jour symbolique. Comme l'anniversaire de ma femme ou de mes filles, Noël ou le jour de l'An, qu'elles puissent fêter ou vivre ça sans penser à ma mort.

Après moult examens, il s'est avéré que j'avais une embolie pulmonaire et une septicémie. Les deux étant potentiellement mortelles, particulièrement pour un patient SLA, on m'a hospitalisé une vingtaine de jours. Je l'ignorais, mais c'était le prélude d'un séjour bien plus long, dans un service bien plus délicat : la réanimation, où l'on est par définition entre la vie et la mort.

Chapitre 32
Réanimé

(218)

Je ne me souviens pas des journées qui ont précédé mon séjour en réa. Je suppose que mon cerveau n'avait pas assez d'oxygène pour enregistrer ces instants, et qu'il était plus préoccupé à survivre qu'à jouer les magnétoscopes. J'ai essayé de retrouver l'instant où j'ai perdu le fil, le moment où je suis entré dans un mois d'oubli, mais je ne m'en souviens pas, comme quand on s'endort.

L'incident a eu lieu peu après minuit, m'a raconté ma femme des mois plus tard. Elle était assise sur le canapé de notre chambre avec sa sœur Hinda, qui était venue habiter chez nous pour nous aider.

J'ai commencé à étouffer. Il m'arrivait de perdre mon souffle, mais je le reprenais. Là, je n'y parvenais pas. Mes lèvres et mes doigts sont devenus bleus, signe d'un manque important d'oxygénation du sang.

Wahiba a effectué les gestes de premiers secours que lui avait montrés Marine, ma kiné, pendant que ma belle-sœur appelait le SAMU. Elle m'a également giflé à plusieurs reprises car je m'endormais, pendant que Hinda m'arrosait avec un brumisateur pour m'empêcher de partir.

Cette nuit-là, la promesse « Pour le meilleur et pour le pire » prononcée dix ans plus tôt par le maire de la petite commune de Mouans-Sartoux a pris tout son sens.

Je faisais un SDRA (syndrome de détresse respiratoire aiguë), principale cause de mortalité dans la SLA. Quand le SAMU est arrivé, j'étais à 73 % de saturation d'oxygène dans le sang. On considère qu'en dessous de 90, on est en détresse respiratoire. Il fallait m'hospitaliser d'urgence.

(219)

J'ai été admis dans le service de réanimation vers 2 heures du matin, le 27 janvier 2017. C'est là qu'a commencé un bras de fer de toute une nuit entre la médecin de garde et mon épouse. La docteure ne voulait pas appliquer mes directives anticipées stipulant que je souhaitais vivre par tous les moyens existants. Elle ne comprenait pas le projet et ne donnait pas cher de ma peau. Elle disait à ma femme : « Mais ma pauvre, vous ne vous rendez pas compte. » Même pour une réanimatrice, mon cas était désesperé.

Les directives anticipées, légalement opposables, ont donné à Wahiba l'aplomb et la légitimité de demander qu'on fasse tout pour que je vive. Je dois dire qu'une fois notre projet de vie compris, cette médecin s'est révélée être une remarquable soignante, à 100 % avec nous. Il fallait juste qu'elle comprenne que tout ceci avait été mûrement réfléchi. Le tableau clinique était si sombre.

Comme nombre de soignants, la docteure pensait qu'un patient SLA en SDRA n'est pas viable. Ce qui peut se comprendre, tant cette maladie est redoutable et le manque d'informations abyssal. À aucun moment la SLA n'est évoquée dans le cursus d'un médecin. Même là, on ne veut pas de nous.

Le plus illustre d'entre les Charcot, l'astrophysicien de génie Stephen Hawking, a pourtant vécu plus de cinquante ans avec la maladie. En partie grâce à l'appareillage. Et ça ne l'a pas empêché d'avoir des enfants, une vie sociale, et la brillante carrière qu'on lui connaît.

(220)

À 6 heures, le docteur Sylvain Garnier, chef du service, a pris le relais. Nous sommes aujourd'hui amis et partenaires dans une association d'aide aux patients. Il a écouté ma femme et a poursuivi l'assistance respiratoire jusqu'à la fin de la journée, histoire de voir si la ventilation non invasive fonctionnerait. Mais non. Il fallait me trachéotomiser, mon pronostic vital était engagé, et il allait l'être pour plusieurs semaines. Pour vulgariser au maximum, la trachéotomie est un tuyau inséré dans le cou qui alimente les poumons en air. Le médecin nous a expliqué l'opération, ainsi que la lourdeur logistique qu'elle impliquait pour la suite.

Puis il s'est tourné vers moi et a dit : « Que souhaitez-vous faire ? » Aussi bizarre que cela puisse paraître, je me souviens de cet épisode précis, comme un pic de lucidité au milieu d'un trou noir. Avec les yeux, j'ai écrit sur ma tablette : « On fonce », puis je l'ai fait prononcer.

Ils m'ont branché. Cathéter artériel, voie centrale par l'artère jugulaire, scope complet et perfusions. Puis sédation profonde, coma.

(Je relis ceci des mois après l'avoir écrit, car on fait des corrections avec mon éditeur, je n'arrive pas à croire que c'est de moi qu'il s'agit. C'est tellement irréel. J'en pleure.)

(221)

Ils m'ont plongé dans le coma pendant une semaine parce que j'étais trop faible pour les interventions qu'ils s'apprêtaient à réaliser. On dit qu'il est fréquent de rêver pendant un coma, généralement des rêves angoissants, pour ne pas dire des cauchemars. J'y ai eu droit. Je suppose que le cerveau est dans un tel état de stress qu'il ne produit que du négatif. Le coma artificiel est probablement la seule situation où il est contraint. Dans mon cas, il est resté très créatif.

Mon cauchemar a duré tout le temps du coma, et je me souviens du moindre détail. Pas comme les rêves qu'on fait quand on dort, oubliés le jour même. Celui-là je ne l'oublierai jamais. Il s'agit pourtant d'une histoire complexe, avec de nombreux rebondissements qui me surprenaient par leur cohérence.

C'est le truc le plus fort, le plus étrange et le plus singulier que j'ai vécu de toute ma vie. Il fait d'ailleurs l'objet d'un récit de plus de cinq cents pages qui verra peut-être le jour. Pour résumer, j'étais dans le monde réel, mais des créatures hostiles qui avaient colonisé les entrailles de la Terre s'en prenaient à ma famille. À mon réveil, j'étais terrorisé. D'autant que j'étais persuadé que tout était vrai et que ces créatures avaient des complices parmi les humains, y compris dans ma propre famille.

J'étais sous l'effet des drogues qu'on m'avait administrées et qui provoquaient de puissantes hallucinations, en lien direct avec mon cauchemar. C'était terrible. Wahiba m'a dit que j'avais la peur dans les yeux. Elle n'avait jamais vu ça.

Elle m'a raconté que je lui demandais de mettre ma jambe gauche en dehors du lit. Elle s'exécutait sans comprendre. Jusqu'à ce que je lui demande de m'arracher la trachéotomie : je voulais m'enfuir.

(222)

Les jours passaient et je n'arrivais pas à dormir. J'allais vivre cinq jours et cinq nuits sans fermer l'œil une seconde. J'étais terrifié. Je craignais de me rendormir et de replonger dans cet affreux songe. Mais j'étais également conscient de mon état, critique, et j'avais peur que si je fermais les yeux, je ne les rouvrirais pas.

Je m'épuisais.

En temps normal, c'est-à-dire en bonne santé, j'ai du mal à imaginer l'état dans lequel on doit être après avoir passé cinq jours sans sommeil. Alors en sortie de coma, avec cinquante kilos de moins, un pronostic vital engagé et à la suite d'une détresse respiratoire aiguë, autant vous dire que la situation était préoccupante.

Un imprévu allait encore davantage noircir le tableau. En plus de la trachéotomie, choisissant de me nourrir par gastrostomie, les médecins m'avaient placé une sonde gastrique pendant le coma. C'est un tuyau qui achemine l'eau et l'alimentation dans l'estomac. Sauf que quelque chose a foiré lors de cette opération et j'ai fait une péritonite. C'est une infection du péritoine potentiellement mortelle. Dans mon cas, elle a été causée par une perforation de l'estomac dont le contenu s'est répandu dans l'organisme. Là, c'était plutôt chaud. Pronostic vital engagé +++.

Quand je suis descendu au bloc opératoire, ils ont prévenu ma femme qu'il y avait des chances que je ne remonte pas. Elle m'a alors murmuré quelques mots à l'oreille, et les brancardiers m'ont emmené.

Mon cœur s'est arrêté pendant la chirurgie. Deux fois.

Wahiba m'a avoué que lorsque j'étais au bloc et que je ne revenais pas dans les temps annoncés par le chirurgien pour l'intervention, elle a douté pour la première et seule fois. Mais ils m'ont (encore) réanimé et je suis retourné dans mon box de réanimation, le numéro 7.

Ma femme m'a dit plus tard qu'elle était sûre que je m'en sortirais parce que le 7, c'est mon chiffre, même si je ne crois pas trop à tout ça. Mais je suis né le 7, mon nom et mon prénom comportent 7 lettres et commencent tous les deux par la septième lettre de l'alphabet. Je suppose qu'on se raccroche à ce qu'on peut dans les situations désespérées.

J'étais tellement faible qu'ils m'ont replongé dans le coma pour une semaine. Comme prévu, le rêve a continué, pile où il s'était arrêté. Comme s'il voulait me dire : « Ah, tu comptais t'échapper, hein ? »

(222b)

Un jour, pendant ce coma, mes constantes étaient très élevées, la tension artérielle et le pouls crevaient le plafond. Wahiba a commencé à me masser les pieds et tout a chuté brutalement. Si bien qu'elle a demandé aux infirmières si ce n'était pas trop rapide. Mais elles lui ont répondu : « Non non, continuez, c'est incroyable. » Tout est rentré dans les clous en cinq minutes. Alors elle a commencé à me parler, et je réagissais. Elle me posait des questions et je répondais en levant les sourcils. Elle s'est demandé si tout ceci n'était pas le fruit de son imagination, alors elle est allée chercher sa sœur dans la salle d'attente, qui lui a confirmé qu'elle ne rêvait pas.

Jean-Louis, mon oncle, j'aurais dû te parler quand tu es tombé dans le coma. Ce jour où je suis venu te voir à l'hôpital, tu étais plein de tuyaux, comme moi aujourd'hui. Mais je n'ai pas eu la force. J'étais terrifié de te voir dans ce lit. Toi qui étais si fort, si grand, si vivant. J'aurais dû te dire à l'oreille qu'on avait besoin de toi, tu m'aurais peut-être entendu. Pardonne-moi.

(223)

Je me souviens très précisément avoir surgi du noir. J'étais dans un endroit tout noir. Vide et froid. Puis j'ai senti une activité autour de moi. Comme un rêve dans un rêve. C'était Sylvie, aide-soignante, et Simon, infirmier, qui faisaient ma toilette. Je ne savais pas où j'étais, ni quand. Je ne savais pas non plus si tout ceci était réel.

C'était le réveil de mon deuxième coma.

(224)

Je pense que j'ai mis une bonne semaine pour émerger de cette nouvelle épreuve. J'étais sorti du coma, mais je n'étais pas vraiment présent. Réveillé, mais pas éveillé. Entre le curare, l'anesthésie des opérations et les deux comas, j'étais shooté au max. J'ai même perdu une bonne partie de mes cheveux (ils sont finalement revenus). Et je ne dormais toujours pas. Encore cinq jours sans fermer l'œil.

Wahiba a rappelé les imams qui étaient venus à mon premier réveil pour m'apaiser. Mais même eux avaient peur, je le voyais dans leurs yeux. Ils n'osaient même pas me regarder. Mais ça m'a un peu calmé qu'ils récitent le Coran sur moi.

Mon père a retrouvé une photo de moi de cette période. J'y ai vu un déporté.

C'est Jean-Marc, un infirmier du SMUR, qui m'a rendu le sommeil grâce à deux séances d'hypnose. Il a réussi à me faire croire que j'étais allongé sur une plage de sable fin à l'ombre des cocotiers. À l'aide d'un mécanisme psychologique, je pouvais rappeler cette sensation à volonté. Le soir même, je dormais.

(225)

La semaine qui a suivi mon réveil, les hallucinations ont continué. Trois types assis sur le rebord des fenêtres de la chambre me menaçaient. J'étais dans le même rêve. J'ai demandé à ma femme de les chasser. Elle a tenté de me convaincre qu'ils n'étaient pas là. Mais voyant que j'insistais, elle a pris une serviette de toilette avec laquelle elle a violemment fouetté l'air en les invectivant : « Ça suffit maintenant, cassez-vous, laissez-le tranquille. » Quand j'y repense, j'ai de la peine. Je ne mesurais pas encore combien cette épreuve était terrible pour elle.

Quand elle les a chassés, ils ont quitté la chambre en la traitant de traître. Je la croyais donc complice de ces trois salopards. Je pensais que ce n'était pas ma femme, qu'elle avait été remplacée par un sosie. Et comme elle ne m'avait pas écouté quand je voulais m'échapper, j'étais certain que ce n'était pas elle. J'ai alors entrepris un interrogatoire : « Où est-ce qu'on s'est rencontrés ? Quel est le premier cadeau que je t'ai fait ? » et ainsi de suite. Ses réponses collaient. Je me suis dit : « Putain ils ont bien bossé les cons. » Lorsqu'on en a parlé, bien après, on a piqué un fou rire d'anthologie.

Je croyais que mes parents avaient aussi été « remplacés ». Le « remplacement » était une pratique criminelle répandue chez les « méchants » de mon cauchemar. C'était terrible, car je les voyais tous les jours. Il n'était pas envisageable de rester seul, je n'avais aucun moyen de communication.

(226)

Pendant cette période, il m'est arrivé de planer dans les couloirs de la réa. Je ne sais par quel maléfice, mon esprit voguait dans le service. Le plus incroyable, c'est que quand je suis allé dans la pièce réservée au personnel, j'y ai vu un des infirmiers manger. Lorsqu'il est venu dans ma chambre quelques instants plus tard, je lui ai dit : « Alors, il était bon ce jambon à l'os ? » Il a répondu : « Comment tu sais ? » Pour me rassurer, je me suis dit que j'avais dû l'entendre parler de ce plat dans le couloir. Ça rajoutait encore à l'ambiance irréelle.

Je pense que l'immobilité altère la perception du temps, lié lui-même à l'espace, il me semble. Si en plus on est sous l'effet de drogues de réanimation, il n'en faut pas plus pour partir dans un autre monde.

Une situation un peu similaire me revient. Nous dormions chez nos grands-parents au Havre, avec mes cousins. Nous avions une dizaine d'années. Je me suis réveillé au milieu de la nuit avec l'impression d'être ailleurs. Je les ai réveillés et on a exploré notre chambre qui était à présent un endroit inconnu. Impossible de trouver le moindre interrupteur, le lit traversait la pièce de part en part et il n'y avait plus de fenêtres ni de radiateurs. Après un quart d'heure de recherches et d'interrogations, on s'est rendormis, résignés. Au matin, nous avions tous les trois le même souvenir, et chaque fois que nous nous retrouvons, nous ne pouvons nous empêcher de nous remémorer cette nuit-là, sans comprendre ce qui s'est passé. Ce qui est sûr, c'est que cette fois-là, nous n'étions pas sous drogues de réa.

(227)

En général, mon père prenait la relève de Wahiba au matin. Elle avait dormi sur un fauteuil près de moi et devait retourner chez nous pour affronter une journée de mère de famille, avec les questions et les angoisses de nos filles.

Mon père avait été « remplacé », mais il était cool. En plus, il s'était fait pousser la barbe, ce qui augmentait la sensation d'être un autre. J'ai même dit à ma femme : « Il est pas mal le nouveau Patch » (c'est le surnom qu'on donne à mon père avec mes frères et mes sœurs).

Elle n'a pas compris. Pour elle, je faisais allusion à son revirement sur la situation. Quand je suis arrivé en réa, il n'était pas trop chaud pour que son fils vive grâce à des machines avec des tuyaux partout. Faut dire qu'on lui avait vendu le couplet habituel : « C'est comme s'il était mort mais qu'il respirait encore. » C'est assez fréquent chez les neurologues, dont une partie n'évoque même pas la trachéotomie comme une solution. Le mien a dit à ma femme : « Mais vous ne vous rendez pas compte du coût sociétal de sa survie. » C'est à se demander ce qu'il a fait du serment d'Hippocrate.

Quand le réanimateur l'a appelé pour le tenir informé de la situation, il a dit qu'il ne voulait plus entendre parler de moi. Juste parce que j'avais choisi la trachéotomie.

Une fois qu'il a vu que j'étais en pleine possession de mon cerveau, mon père s'est rangé du côté de Wahiba, qui y a toujours cru, ce qui est sidérant.

(228)

Je ne sais plus si c'était pour vérifier que mon père était bien mon père, mais quand il est arrivé un matin, je lui ai demandé de me raconter sa vie. Alors il m'a relaté sa journée. Qu'il était allé jardiner au cabanon et ce qu'il avait mangé, mais je l'ai de suite arrêté : « Je veux que tu me racontes toute ta vie, du plus loin que tu te rappelles. – Ah d'accord, mais ça va prendre beaucoup de temps mon fils. – Ça tombe bien, j'ai plus que ça. »

Il a alors passé une bonne semaine à me raconter son existence. Et moi, je revenais dans la mienne. Pour savoir qui j'étais et où j'allais, il fallait que je sache d'où je venais. J'étais complètement paumé.

(229)

En milieu d'après-midi, ma mère prenait le relais de mon père jusqu'à 22 ou 23 heures. C'est là qu'arrivait Wahiba, après avoir couché les filles. Ma mère me massait beaucoup, ce qui m'a également ramené à la vie. On sous-estime le pouvoir des massages dans les pathologies graves. En plus de soulager d'éventuelles douleurs positionnelles ou musculaires, ils apaisent. Et s'il y a bien une chose qui doit être recherchée à tout prix quand on est malade, c'est la paix. Si en plus on a le bonheur que ces massages soient prodigués par un être cher, c'est encore plus puissant.

« Seul le contact humain soigne », disait le grand Bobby Fischer.

(230)

Une dizaine de jours après le réveil de mon deuxième coma, j'avais bien repris mes esprits. Je recommençais à communiquer avec ma tablette (avant, on lisait sur mes lèvres) et je sympathisais avec le personnel du service. Ils semblaient admiratifs que je sois toujours vivant et stupéfaits de l'amour que me portait Wahiba. Ils n'arrêtaient pas de me le dire : « Tu as vraiment une femme incroyable. » C'est vrai.

Je sentais que, malgré moi, je venais de réaliser une performance. « Tu es notre disque d'or », me dira Marie, une infirmière du service. Même pour la réanimation, j'étais un exploit. Ils hallucinaient de la rapidité à laquelle je cicatrisais. Je venais de subir deux laparotomies (l'ouverture du ventre de haut en bas), un orifice dans la gorge pour la trachéotomie, un trou dans le bide pour la gastrostomie, et j'avais deux lames de drainage sur les côtés de l'abdomen. Tout se refermait merveilleusement bien, au grand étonnement de Sébastien qui faisait mes pansements et qui jour après jour me disait que c'était un truc de fou.

Les réas, je les admire comme personne. Ce sont mes super-héros.

(231)

Je ne savais toujours pas où j'étais. Je n'y pensais même pas à vrai dire. J'aurais pu être dans une clinique de Singapour, à Bab El Oued ou sur Mars, c'était pareil. Je ne l'ai découvert qu'en lisant l'étiquette de la blouse d'Isabelle, une des infirmières les plus expérimentées du service : « Hôpital d'Albi. » J'ai alors demandé à Wahiba pourquoi on était à l'hôpital. Six mois auparavant, j'avais été hospitalisé une vingtaine de jours à la clinique Claude-Bernard pour la septicémie et l'embolie pulmonaire. Mais cette fois, le SAMU m'avait emmené à l'hôpital. Elle s'est demandé s'il ne fallait pas me transférer après le clash de la première nuit, mais on lui a répondu que ma survie à ce transport n'était pas garantie.

(232)

Mon séjour commençait à prendre une autre tournure. Je me réveillais enfin. Le temps de la reconstruction était venu, même si je ne me le suis jamais dit de cette façon. Ça allait durer deux ans. Ce n'est qu'au bout de ce laps de temps que j'ai réalisé que ce processus avait commencé en réa.

J'étais dans un trop-plein émotionnel. Je pleurais très souvent, mais sans tristesse. Je découvrais jour après jour ce qui m'était arrivé et d'où je revenais.

J'étais l'acteur principal, mais j'ignorais tout de ce film. Il s'était tourné à mon insu.

Wahiba me racontait chaque étape et moi, j'étais sidéré. Elle me disait aussi qui était venu me voir. Fel, puis Le Rat, qui m'avait dit quelques mots à l'oreille, la famille Gacem, et tous les coups de fil d'amis trop éloignés pour venir ou craignant d'être incapables de me voir dans cet état, ce que je comprends tout à fait.

(233)

J'ai fêté mon quarante-quatrième anniversaire en réanimation. Pour moi, c'était les un an de ma nouvelle vie.

Danny Whizz-Bang est mort deux fois, moi je suis né deux fois.

Ma femme a pu amener Naïla et Jasmine, le service a fait une exception. Je ne saurais retranscrire le cocktail d'émotions que j'ai vécues lorsque j'ai revu mes bébés. Elles étaient heureuses de voir leur papa après un mois et demi d'absence. Elles n'ont même pas remarqué ma maigreur et mon teint de Simpson (oui, j'étais jaune, trop de médocs sûrement).

Je réalisais ce que m'avait fait la maladie, je l'acceptais, je l'encaissais. Mais ce qu'elle avait fait à ma femme et à mes filles serait nettement plus difficile à digérer.

Ce qui me coûte le plus, aujourd'hui, c'est de ne pas les fréquenter dans leurs vies. De ne pas être avec elles dans les moments banals, comme un repas, regarder l'orage ou les amener à l'école. Je pense que ça me permettrait de les aimer davantage. Vu que je les aime déjà à l'infini, ça ferait infini +1.

(234)

Voir mes filles m'avait surmotivé pour rentrer chez moi. C'est là qu'était ma place. Mais il n'y avait aucun patient à domicile sous trachéotomie ventilée dans tout mon département, j'allais essuyer les plâtres.

Avec la logistique, la paperasse, il a fallu quinze jours pour tout mettre à plat. Et puis il faut trouver le personnel à domicile. Chez les infirmières libérales, personne n'a jamais vu de trachéotomie ventilée, sauf les anciennes de réa. Il faudrait les former, et c'est Wahiba qui s'y collerait.

On n'arrête pas de lui dire qu'elle a un niveau d'infirmière réanimatrice concernant ma pathologie. Il n'y a que les prises de sang qu'elle ne fait pas. Pourtant, elle ne vient pas du milieu médical. Ça ne l'a pas empêchée de me sauver plusieurs fois la vie. On avait des respirateurs bidon au début et ils tombaient en panne. Vous l'auriez vue procéder au remplacement de respi à 2 000 à l'heure façon stand de Formule 1 tout en lâchant un : « T'inquiète pas »...

(235)

Je commençais à mieux vivre les journées. La perspective d'une sortie était jubilatoire. Et je dormais bien, en partie grâce à Jean-Marc qui était revenu me faire deux séances d'hypnose pour me débarrasser de mes angoisses. Mais la réa reste un service difficile à vivre pour les patients. D'abord il y a tout le temps du bruit. Entre les alarmes, les scopes, les entrées, c'est infernal. Et puis il y a les passages des infirmiers, très nombreux. Vers la fin du séjour j'avais négocié qu'ils ne passent plus la nuit et qu'ils me réveillent en dernier pour la toilette du matin. Ils étaient compréhensifs et on s'entendait bien.

Comme quand je suis entré dans la musique, des mots récurrents sont venus s'immiscer dans les conversations. Pseudomonas, canule, dérecrutement alvéolaire, yankauer… Ça c'était moins sympa.

(236)

Un jour, Isabelle l'infirmière m'a demandé si j'avais un secret. Elle faisait allusion au fait que je ne lâchais rien et que je ne me plaignais jamais. On parlait souvent avec Isa quand c'était calme dans le service. C'est devenu une amie. Je lui ai répondu que mon secret était là, en lui montrant du regard un exemplaire du Coran posé sur l'adaptable. Elle a aussitôt répondu : « Je le savais. »

J'avais un peu perdu la foi les deux premières années de la maladie. Je me sentais abandonné et j'ai cherché à guérir par tous les moyens. Je me suis égaré. Je ne dis pas qu'il ne faut pas tester des trucs, mais j'avais arrêté de placer mes espoirs en Dieu, ce qui est une erreur lorsqu'on est croyant. Je l'ai regretté.

Le contentement est un principe fondamental dans la quête de paix. J'aurais dû me satisfaire de ce que j'avais, mais je n'ai pas réussi.

Je me sentais désormais miraculé, et la foi reprenait une place centrale. Le coma m'avait fait oublier comment prier, moi qui priais depuis une douzaine d'années. J'ai dû réapprendre. Ça allait fortement contribuer à l'apaisement de mon cœur. À chaque prière, je retrouvais un havre de paix, un cocon dans lequel je me sentais bien. Hormis le côté spirituel, la prière est une forme de méditation puissante. Et toute méditation est pourvoyeuse de paix.

(237)

Dans ma vision des choses, il n'est pas concevable que Dieu m'impose une telle épreuve sans qu'il n'y ait un bénéfice ou une issue heureuse. Autrement, cela voudrait dire qu'il est injuste, ce qui est impossible dans la conception que je me fais de l'Être suprême.

Je ne fais aucun prosélytisme, chacun pense ce qu'il veut et je respecte toutes les croyances et incroyances. C'est juste ma façon de voir les choses.

Cette maladie est une chance d'exister pour ce qui fait la vraie valeur des hommes : l'amour. Et ça tombe bien, elle ne touche pas au cœur. Au contraire, elle lui rend sa place centrale. Grâce à la maladie, j'ai eu l'immense privilège de connaître l'amour infini. Auparavant, il devait être là, mais parasité, occulté par le reste. La SLA a fait le tri et m'a laissé l'essentiel : la tête et le cœur.

Je paraîtrai insensé à certains, mais je vois toujours le verre à moitié plein, même s'il n'y a qu'une seule goutte au fond. Les épreuves sont là pour faire de nous des êtres meilleurs, et je ne raterais cette occasion pour rien au monde. La maladie est une nouvelle aventure. Même si je ne la souhaite à personne, elle vaut le coup d'être vécue.

(238)

Après mon anniversaire, j'ai recommencé à écouter de la musique, souvent à fond. Quand les infirmières entraient pour des soins, elles étaient plongées dans l'ambiance.

J'ai fait ce qu'on pourrait appeler une thérapie par le son en trois volets. Des morceaux de rap dur pour me renforcer. Des morceaux qui me rappellent des moments forts pour me reconstruire. Et des morceaux tellement beaux et inspirants qu'ils nourrissent le cœur.

Dans cette dernière catégorie, j'écoutais principalement deux groupes. The Isley Brothers, la BO de ma vie. Là, c'était l'incroyable « Voyage to Atlantis » que j'écoutais plusieurs fois par jour. Le second groupe, c'était Simply Red, particulièrement le titre « Sunrise » (« Soleil levant »), un mot plein de sens pour moi à cette période.

(239)

Wahiba est également passionnée de musique, particulièrement de RnB des années 90. Ça l'a aidée à traverser cette épreuve, je pense. Je n'oublierai jamais son regard dans le vide, casque sur les oreilles avec Boyz II Men, en essayant de s'endormir sur le fauteuil du box de réanimation numéro 7, près de son mari.

(240)

Et puis il y a eu ce regard entre elle et moi au réveil ; de bon matin. Elle m'avait fait un petit speech où elle me demandait de me battre, me répétant qu'on n'avait pas fait tout ça pour rien, et qu'on n'était pas là par hasard. Toujours muet, j'ai essayé de lui répondre avec les yeux. J'ai voulu lui faire comprendre que je ne la décevrais pas et que je me battrais de toutes mes forces. Elle m'a dit qu'elle n'avait plus vu ce regard depuis deux ans, avant d'ajouter : « Ça, c'est mon mari. »

Quelques années plus tard, elle m'a bouleversé en me remerciant de l'avoir écoutée et d'être resté. Là encore, je ne le souhaite à personne, mais entendre ces mots est une expérience incroyablement forte.

Chapitre 33
Maison

(241)

Je suis sorti fin mars 2017 du service de réanimation de l'hôpital d'Albi après y être resté deux mois. Quand on m'a dit que le record était de sept mois, j'ai été déçu, je m'étais habitué à être premier partout. C'est la médecin qui s'était clashée avec ma femme à mon arrivée qui organisait la sortie. Depuis, on était devenus potes. Elle avait compris qu'un vrai projet de vie motivait l'insistance de Wahiba cette nuit-là, et depuis, elle était à fond avec nous.

Réanimer un patient alors qu'on sait qu'il aura de lourdes séquelles sans savoir si sa décision est éclairée peut poser un cas de conscience pour le réanimateur. Je conseille toujours aux familles des patients d'instaurer un échange avec le corps médical. Un médecin a besoin de comprendre au-delà des directives anticipées. Il doit y avoir un projet de vie global autour des pathologies telles que la mienne et une compréhension absolue des tenants et des aboutissants.

(242)

Le jour J, la médecin est entrée dans mon box et a dit à l'infirmière une des choses les plus douces qu'il m'ait été donné d'entendre : « Vous pouvez le déscoper. »

Pour le transfert, ils étaient une dizaine d'infirmières et d'infirmiers, presque tous avaient la larme à l'œil, la médecin aussi. Deux jours avant, je leur avais laissé un mot de remerciement dans lequel je donnais un surnom marrant à la quarantaine de membres du service. Ils l'ont accroché en salle de repos et j'ai entendu des éclats de rire pendant les deux jours. C'était ma team.

On venait d'accomplir un exploit, tous ensemble.

Je rentrais à la maison.

(243)

Ma sortie fut un véritable fiasco. Tout d'abord, c'est une simple ambulance qui m'a ramené chez moi, alors que ça aurait dû être le SAMU. Outre l'équipage, les ambulances ne sont généralement pas faites pour les patients appareillés car elles ne sont pas munies de prises de courant.

Le prestataire qui nous avait fourni le respirateur m'avait dit qu'il y avait environ quatre heures d'autonomie de batterie, a priori j'étais tranquille. Sauf qu'au bout d'un quart d'heure, le respi a commencé à biper en affichant « batterie faible ». Il ne restait que dix minutes de route, mais comment vous dire, j'avais connu des moments plus sereins.

On peut ne pas manger quelques semaines, ne pas boire quelques jours, mais si on arrête de respirer quelques minutes : game over.

Wahiba a appelé le prestataire pour qu'il se tienne prêt à nous intercepter sur la route avec un deuxième respirateur. La batterie a finalement tenu, mais on a tout de même basculé sur l'autre respi à peine garé. Je n'allais pas exploser à deux mètres du bol de harira.

Une autre épreuve m'attendait : me transférer dans ma chambre, à deux étages de là. Mais je touchais au but. Après deux interminables mois, je rentrais chez moi.

Ma chambre était toute décorée de guirlandes et un « bienvenue » en lettres d'or avait été accroché au-dessus de mon lit. L'œuvre de ma belle-sœur Hinda et de son ami Guillaume. J'ai chialé comme un gamin en voyant ça.

Ma femme m'avait toujours reproché d'être insensible, de ne pas avoir versé de larmichette, selon son expression, lors de notre mariage ou de la naissance de nos filles. Depuis que j'étais malade, elle était servie. Une rivière le type.

Il y a beaucoup d'émotions quand on rencontre ce genre d'épreuves, mais l'irritation pyramidale y est aussi pour quelque chose. Elle décuple ces émotions.

Je n'étais pas au bout de mes surprises. La HAD (l'hospitalisation à domicile, un détachement de l'hôpital fait d'aides-soignantes, d'infirmières et d'un doc) devait m'accueillir chez moi à 14 heures, ils sont arrivés à 17… Ça partait bien. Mais j'étais comme un robot, gonflé à bloc et déterminé.

(244)

J'étais à la maison et c'était l'essentiel. Auprès de mes enfants et de ma femme. Une tâche colossale m'attendait : retrouver le bonheur. Outre la survie, c'est probablement la chose la plus compliquée que j'ai eu à faire de toute mon existence. Pour cela, il faudrait que je réinvente une vie. Avec des centres d'intérêt, une routine agréable, des projets, des relations humaines, tout.

Mais d'abord, je devais guérir. Dans ma tête. Je ne me le suis jamais dit comme ça, mais c'est ce que j'ai fait, inconsciemment. Je me suis attelé à guérir tout ce qui pouvait l'être. Pour le reste, j'ai accepté.

Les cartes ont été redistribuées, à moi de voir quoi faire. Je garde espoir d'une guérison, scientifique ou divine, mais je ne bloque pas dessus. Je pense être prêt à vivre ainsi jusqu'à la fin. Avant tout, je voudrais aller mieux physiquement pour apporter du bonheur à mes proches. Juste les prendre dans mes bras. Je sais que c'est leur vœu quand ils soufflent des bougies.

C'est prétentieux je sais, mais Dieu a sans doute d'autres plans pour moi. En premier lieu : aider. C'est ma première motivation et ma première fierté après la famille. Eux aussi, je veux les rendre fiers. Qu'ils aient l'image de quelqu'un qui continue de vivre heureux malgré tout.

(245)

Souvent, on me souhaite bon courage pour mon combat. Je réponds invariablement qu'il y a bien longtemps que je ne me bats plus. Je vis. Une existence dans un combat de chaque instant n'a pas de sens. Aujourd'hui, je me bats pour les autres si vous voulez, mais je ne considère pas cela comme un effort, car j'aime aider.

En revanche, je me suis battu pour ma vie pendant presque trois ans. Du début de la maladie à environ un an après la réanimation. Pendant ce laps de temps, je me suis questionné sur les mécanismes biologiques de la mort. Est-ce le cerveau qui dit au cœur de s'arrêter quand il est trop miné ? Quand il voit que des organes vitaux sont perdus ? Je ne voulais pas qu'un tel message parvienne à mon cœur. Je m'attelais donc à garder un bon moral.

J'ai chassé mes dernières idées noires avec le petit écran.

Un dribble de Dennis Bergkamp, les exploits d'une jeune skateuse sur YouTube, le clip de « We are the world » ou le haka des All Blacks, j'ai toujours été sensible à ce genre de choses, encore plus depuis le 17 avril 2015.

Je suis capable de pleurer devant la performance. Je pense que c'est parce que je redécouvre cette sensation. La maladie m'a fait oublier tant de choses.

Quelques mois après ma sortie de réanimation, j'ai dit à Damien, un de mes infirmiers, et amis (oui je sais, je fais ami ami avec tout le monde, mais je peux pas m'en empêcher) : « J'ai vu mon premier film hier. » Il a dû me prendre pour un fou, mais pour moi, c'était un exploit. Le énième signe d'un retour à la vie. Comme l'avaient été le premier éternuement, le premier bâillement ou les ongles qui se remettent à pousser.

J'avais commencé par regarder du sport. Je n'arrivais pas à regarder un film, j'étais attentif la première demi-heure, puis je perdais le fil. Ma tête était trop préoccupée.

J'ai fait du rugby de six à treize ans et je me suis remis à regarder ce sport. Je vais dire un truc super cliché, mais j'aime les valeurs que le rugby véhicule. Tout le monde y a sa place. Gros, grands, petits, minces, chaque morphologie est la bienvenue comme dans aucun autre sport.

Ça m'a fait énormément de bien d'avoir de l'intérêt pour quelque chose. Je me suis mis à suivre le championnat de l'hémisphère sud, que je ne connaissais pas. J'avais envie d'exotisme.

Ma volonté de retrouver le bonheur devenait obsessionnelle.

(246)

Dans cette quête, j'ai été aidé par quelque chose d'étrange. Tous les soirs, au moment de m'endormir, j'entendais une voix qui me disait : « Je t'aime. » Ça venait de l'intérieur et, le plus curieux, c'est que cette voix était la mienne. Ça a duré un an. J'ai eu le temps d'analyser le phénomène. Je n'en ai tiré aucune conclusion probante, si ce n'est que je ne devais pas suffisamment m'aimer. Alors je me suis mis à m'aimer de façon active.

Je me répétais que j'étais un mec bien, que j'avais le droit de m'aimer, que j'avais le droit d'être aimé sans trouver ça bizarre.

Puis un soir, la petite voix n'est plus venue. Ça m'a fait tout drôle, je m'étais habitué à elle. Je ne l'ai jamais dit à personne… Déjà que je devais passer pour un fou avec mon histoire de cauchemar dans le coma.

(247)

Le dessein macabre de la SLA est de nous étouffer ou de nous faire mourir de faim et de soif. Grâce à la trachéotomie, qui me garantissait un apport suffisant en air, et grâce à la gastrostomie, qui me nourrissait et m'hydratait, je retrouvais une forme de sérénité. La paix pouvait revenir. La maladie m'a appris qu'il est impossible d'être heureux sans avoir le cœur en paix. Encore une fois, je le dis avec le recul. Il faut l'expérimenter pour savoir.

En réfléchissant à comment remplir cette nouvelle vie, je me suis dit que tant qu'à faire, j'allais lier l'utile à l'agréable. Je partais d'un constat simple : je ne pouvais plus faire grand-chose mais il me restait le bien le plus précieux : le temps. Il fallait que je l'utilise à bon escient.

(248)

Le manque lié à la nourriture était très fort. On sous-estime le plaisir de manger quand on le fait tous les jours. Mais croyez-moi, c'est une incroyable source de bien-être. Il fallait que je la compense.

Je me suis alors imaginé en train de manger et de cuisiner. J'avais en mémoire tous les goûts et les saveurs des aliments mangés dans ma vie d'avant. Je me suis mis à créer des recettes que j'aurais aimé déguster. Ça m'a lancé dans un processus créatif toujours bénéfique lorsqu'on ne va pas bien, et en inventant ces plats, ma frustration de ne pas manger reculait.

Voici le pitch du premier projet dans lequel je me suis lancé à ma sortie de réa :

> « J'ai toujours ressenti le besoin de créer. Mais à l'annonce de ma maladie, je me voyais bien emmerdé. Toute ma vie j'ai créé, dessin, peinture, graffiti, musique. Là, je ne pouvais plus faire grand-chose. Et ce qui me manquait le plus en tant que trachéotomisé, c'était de manger, mais aussi de cuisiner. J'ai donc décidé de faire manger les autres. Non pas que je me prenne pour un chef, c'est juste le moyen d'expression que j'avais envie de partager. De plus, je dois vous avouer que n'ayant pas mangé ni bu de façon normale depuis des mois, ça a plutôt tendance à fuser dans ma tête niveau créativité. Je considère ça comme un des nombreux avantages de ma maladie.

La privation, tous les chefs devraient essayer dès lors qu'ils commencent à tourner en rond. Sans les mésaventures que j'ai traversées, cela va de soi. Je n'ai plus d'odorat non plus. C'est donc à l'aveugle que j'ai imaginé ces recettes depuis mon lit de compète. J'y ai également inclus quelques recettes familiales.

Ce livre est un recueil de recettes simples pour la plupart, sans prétentions, peu onéreuses, mais que je trouve originales et, surtout, que je rêve de manger.

Alors faites-le pour moi ! »

J'ai créé plus de deux cents recettes en quelques mois. C'était limite obsessionnel. Je pensais à un ingrédient et je créais dix plats. Je me disais : « Mais putain, y a les œufs aussi ! » Je repartais pour dix recettes.

Je me souviens de mon père me rendant visite et voyant mon air concentré, s'approchait de mon écran et disait : « Encore des recettes… » d'un air amusé mais content que je m'occupe.

C'est lui et ma mère qui m'ont donné le goût de cuisiner. Mon père et tous ses plats de poisson familiaux : bourride sétoise, anchois marinés, gambas flambées au pastis… Et ma mère avec une cuisine de tous les jours aussi simple que délicieuse. Le sempiternel poulet rôti frites du dimanche, les lentilles du lundi, le chou farci, les îles flottantes, les flans maison…

Je pensais enfin à autre chose. J'avais une activité qui me passionnait, ça m'a beaucoup aidé.

Inutile de chercher *Les 73 recettes que je ne goûterai jamais*, le livre n'est pas sorti. Mais on y travaille avec mon conseil d'administration (ma femme et mes filles).

Aujourd'hui, ça fait six ans que je n'ai pas mangé ni bu normalement. Je dois dire que c'est ce qui me manque le plus. Chaque nuit, j'ai un moment où je mange, en rêve. Un croissant croustillant, une pizza napolitaine, une omelette au rlieh. Si j'ai de la chance, j'ai le goût, mais c'est rare. Tous les plats sont beaux, mais quand je mords dedans, ils n'ont pas plus de goût qu'une éponge. J'y travaille.

Mais contrairement à Gollum, je n'ai pas oublié le goût du pain.

(249)

Même si ces recettes n'ont pas été publiées, ça m'a montré que j'étais encore bon à quelque chose car ma femme et ma belle-sœur se régalaient grâce à elles. J'ai alors enchaîné les projets.

Avant la maladie, j'avais l'habitude de raconter une histoire sortie de ma petite tête le soir à mes filles. Ma femme m'a dit que ce serait bien de garder ce lien. J'ai alors écrit une saga fantastique. Tous les soirs, je lisais un épisode avec ma voix de synthèse. L'aventure d'un peuple vivant dans un village sur la canopée d'une forêt imaginaire. Ça leur a tellement plu, et à Wahiba aussi, qu'elles m'ont demandé d'en faire un livre. J'ai contacté l'illustratrice belge Sookie et depuis, on bosse sur *Les Contes de la forêt blanche*.

J'écris aussi le récit de mon cauchemar, qui a peut-être un potentiel audiovisuel. Ce truc si négatif serait-il un futur projet passionnant ? J'aime le croire.

Mais ce qui me tenait particulièrement à cœur, c'était de créer un site pour aider les patients. Le manque d'informations autour de cette maladie est immense. J'en ai souffert et je veux que plus personne ne passe par là, même si c'est illusoire.

J'ai commencé par publier des conseils et des avis sur une page Facebook dédiée à la SLA. J'estime être devenu un expert malgré moi concernant plusieurs points techniques et logistiques de la maladie. Pour acquérir une légitimité, j'ai même voulu m'inscrire par correspondance en médecine à la Sorbonne. Ils avaient un programme adapté aux personnes handicapées ne pouvant se déplacer. J'avais fait toutes les démarches, mais il fallait se rendre aux examens. Compliqué, à moins de mobiliser une équipe du SMUR. De toute façon ça aurait fini par coincer, j'ai pas le bac.

J'ai encore beaucoup de mal à me considérer comme handicapé. Non pas que ça me dérange, c'est juste que ça ne rentre pas dans ma tête. Peut-être est-ce parce que je me sens guéri. Comme si j'avais été victime d'un accident et que j'avais de graves séquelles. Pourtant on peut difficilement être plus handicapé que moi.

Depuis que je me suis penché sur le sujet, j'ai la conviction que les personnes handicapées ont énormément à apporter à l'humanité, en particulier les déficients mentaux ou les neuroatypiques (autistes). Le monde a besoin de gens dépourvus d'intérêts, de stratégie, de vice. Côtoyer ces personnes rend meilleur, c'est une certitude.

(250)

J'avais de bons retours sur mes posts de conseils et ils commençaient à s'empiler. Ça me plaisait d'être utile, surtout auprès de personnes en détresse. J'ai eu envie de tout compiler dans un site pour le sauvegarder mais aussi pour le côté pratique et viral. J'ai contacté mon ami Mykee, un informaticien de La Réunion, pour m'aider sur la partie technique. En tout, il a fait pas moins de cinq sites pour moi, toujours gracieusement et avec cet enthousiasme qui fait chaud au cœur.

La SLA pour les Nuls a été mis en ligne en octobre 2018, sous les conseils techniques et avisés du docteur Jean-François Virolès. Le site a fait pas mal de bruit dans le microcosme de cette maladie, autant chez les patients que chez les soignants. Même Pascal Cintas, qui m'avait diagnostiqué, m'a félicité. J'ai reçu des centaines de messages de remerciements depuis. Voici le dernier :

> « Bonjour Pone,
>
> Je voudrais vous remercier.
>
> Grâce à votre témoignage, grâce à vos écrits, nous avons pu argumenter en vue d'une trachéotomie lorsque le moment viendra. Votre exemple que j'ai cité a prouvé

que vivre avec la trachéotomie quand on a la SLA est possible et peut rallonger l'espérance de vie.

J'ai pu citer les chiffres de trachéotomie au Japon [ndr : 3 % des patients français choisissent la trachéotomie contre 47 % au Japon], ce qui a fait réfléchir l'équipe de médecins, qui sont d'accord pour nous accompagner dans ce sens.

Mon mari sera leur premier patient SLA avec trachéotomie. Nous avons aussi pu leur montrer grâce à vous que retrouver du sens dans sa vie est possible.

Nous n'allons plus depuis longtemps au centre référent SLA, nous serons suivis dans un petit centre hospitalier près de chez nous.

J'ai également donné les noms des médecins cités sur votre page Trakadom.

Donc, du fond du cœur, même si la route est encore longue et douloureuse, je vous envoie toute ma gratitude.

En tant qu'accompagnante, vous lire, dans des moments de grande angoisse, a pu m'apaiser. Pour ça aussi, merci. »

La réponse d'un médecin à ce message sur le site :

« Une avancée extraordinaire dans la réflexion éthique. Le choix éclairé n'est plus un assemblage de mots, parasité par les représentations des soignants et de l'entourage au sens large. Les possibilités thérapeutiques, grâce à toi Guilhem, sont explorées, proposées, discutées dans toutes leurs conséquences, enfin adoptées ou non par le patient, qui reste une personne avec sa vision du monde, de la dignité, de ses obligations… Les mots sont pauvres pour exprimer ce que je ressens. »

Ça vaut tous les disques d'or.

Malgré tout, je ne me considère pas comme un militant de cette cause, d'autres le font bien mieux que moi. Je milite par l'exemple, c'est ce que je sais faire. Se sentir utile dans une situation physique telle que la mienne me semble important. Le besoin d'exister est fort, et quelque part, j'avais aussi besoin de dire : « Regardez, elle m'a pas eu. »

Chapitre 34
Bougeotte

(251)

Depuis le diagnostic, je n'avais plus du tout fait de musique. Paralysé, ça me semblait trop difficile et je n'avais pas vraiment la tête à ça. J'avais pourtant déjà vaincu tous les maux grâce à la musique. Mais la SLA me semblait trop implacable. Même si ça ne me ressemble pas, je me sentais battu.

En décembre 2018, je commençais à me sentir bien dans cette nouvelle vie, j'avais repris du poids. Tout revenait à la « normale ». J'allais alors faire une découverte qui révolutionnerait ma vie.

Avec mon dispositif de navigation oculaire – une barrette infrarouge qui capte les mouvements de mes yeux couplée à un logiciel qui les traduit en actions –, je peux m'exprimer, naviguer sur internet, discuter sur les réseaux, écrire ces lignes. Mes yeux sont une souris virtuelle. Mais vu la complexité du logiciel de musique que j'avais l'habitude d'utiliser, je n'avais même pas essayé de refaire du son.

Puis un beau matin, je me suis dit sans grand espoir : « Pourquoi ne pas installer le logiciel et essayer ? »

Doucement, je me suis aperçu que c'était possible, avec beaucoup de patience, certes, mais possible. Ça tombait bien. Moi l'impatient de toujours, j'étais devenu ceinture noire de patience depuis la réa.

J'avais résolu la question technique. Il fallait que je retrouve la motivation. Contre toute attente, c'est l'artiste Phil Collins qui serait le détonateur. Un soir, j'ai regardé un live d'« In the air tonight », un de ses tubes. Ça m'a bouleversé. La maladie m'avait fait oublier combien j'aimais la musique. Combien c'était vital. C'est quand j'ai vu ce live que j'ai réalisé. Je passais à côté d'une source de bonheur incommensurable.

Ça a sonné le glas. Fini l'aveuglement de la maladie. J'étais en train de remporter ma première victoire. Dorénavant je ne la laisserais plus décider pour moi. Je regagnais du terrain. La SLA était dans les cordes et j'étais prêt à tout pour qu'elle y reste.

(252)

Il est agréable d'être aimé, mais il est indispensable d'aimer. Et je recommençais à aimer. J'aimais des gens bien sûr, ma famille, plus qu'avant il me semble, mais l'amour de faire de la musique revenait. Je sentais sa puissance dévastatrice pousser en moi. J'ai même eu une discussion à ce sujet avec Wahiba : « Si la musique revient dans ma vie comme avant, lui ai-je dit, ça risque de bouleverser pas mal de choses dans notre quotidien. Tu veux ? – Je t'ai connu avec la musique, fonce », a-t-elle répondu.

J'avais retrouvé l'envie de mes dix-sept ans. C'était incroyable. J'ai pensé à Johnny Hallyday et la chanson où il dit : « Qu'on me donne l'envie, l'envie d'avoir envie. » Quoi de plus terrible que de n'avoir envie de rien ? Cette renaissance m'avait rendu la faim. Pour la première fois, je voyais un bénéfice concret de la maladie.

Je me suis équipé. Gros ordinateur, carte son, casque et logiciels, avec la complicité de mon ami ingé-son, Doc Jazz. Puis, comme je ne sais pas faire les choses à moitié, je me suis lancé dans la production musicale avec un rythme effréné. Je composais du réveil à la nuit. Même pendant les soins, ce qui représente plus de deux heures par jour, je m'arrangeais pour garder le casque.

Au mois de mai, j'avais une centaine de morceaux.

(253)

Tout sourire, je faisais écouter mes productions à Wahiba. J'étais comme un gamin. Et elle, elle retrouvait son mari. Je lui demandais de mettre le casque, et son visage s'illuminait. Elle me donnait des conseils, m'encourageait. Son avis est toujours juste. Elle pointe directement ce qui ne va pas, c'est bluffant. Même dans les nouveaux artistes, elle m'envoie que des trucs pertinents.

Je n'arrivais toujours pas à juger ce que je faisais. Il me fallait un avis extérieur. C'est Jasmine, sept ans, qui allait me persuader que ma production était valable. Je l'ai appelée pour lui faire écouter la septième prod de ma nouvelle vie. Elle s'est alors installée près de moi, sur le lit, Wahiba lui a mis le casque et j'ai lancé la boucle. Elle est restée comme ça pendant trois heures, elle ne voulait pas bouger, même pour aller manger. Puis elle s'est endormie, toujours avec la musique dans les oreilles. Je précise que mes filles n'aiment pas le rap. Mais elles aiment la bonne musique. Jasmine est davantage Patti Smith, Kate Bush et Dire Straits que Drake ou Travis Scott. Remarque, je crois que moi aussi.

Je ne pouvais pas me dégager de cet esprit de groupe que j'avais connu avec la Fonky Family. J'avais besoin que mes proches valident ma musique. C'est pareil pour ce livre, j'ai constitué un comité de lecture familial. Il va entrer en jeu très bientôt.

(254)

Je commençais à avoir beaucoup de prods mais je ne savais pas quoi en faire. Je ne me posais pas vraiment la question. Le plaisir retrouvé de faire de la musique me comblait amplement.

C'est lors de la visite de mes amis Johana, Mathieu et Alex que m'est venue l'idée de faire un album. Ils sont tous les trois des professionnels de la musique et je leur ai fait écouter quelques titres. « T'as fait ça avec tes yeux ? » m'a demandé Alex, également beatmaker. Ils m'ont fait réaliser que ce que je faisais était unique.

(255)

Pour faire un album, je devais d'abord trouver l'histoire, la thématique. Je ne voulais pas rassembler des morceaux sans lien.

En me remettant à la musique, je n'avais voulu sampler que de grands artistes. Je m'étais dit : « Tant qu'à faire, autant kiffer. »

Avant, je samplais du tout-venant. J'ai commencé par l'œuvre de l'immense artiste anglaise Kate Bush et j'ai produit une trentaine de morceaux samplés sur son époustouflante discographie. Elle m'a toujours fasciné, depuis l'enfance. Je la place dans mon top 5 des plus grands artistes de tous les temps, côte à côte avec Bob Marley. Elle est née en 1958, l'année des prodiges musicaux : Madonna, Prince, Michael Jackson (et Francis Lalanne, comme quoi même le temps peut se tromper). Elle complète à merveille ce quatuor qui régnera sur la musique mondiale des années 80. Ice-T, dans une moindre mesure, mais très important pour notre culture car père du gangsta rap, est également né cette fameuse année et Sade l'a ratée de peu puisqu'elle est née en janvier 59.

Kate Bush a été la première (avec Peter Gabriel) à introduire le sample dans ses compositions. Je tenais mon sujet.

(256)

Le 13 septembre 2019, en hommage à mon ami DJ Mehdi est sorti *Kate and Me*, le premier album de l'histoire entièrement composé, réalisé et mixé avec les yeux. Onze morceaux inédits avec des samples de Kate Bush.

Non seulement cet album me ramenait à la musique, mais il me montrait que je pouvais encore faire quelque chose d'abouti. Aller ainsi au terme d'un projet, après avoir tout perdu, c'est une sensation forte.

Dans une moindre mesure, je créais une activité lucrative. En tant que père et mari, subvenir aux besoins de la famille est essentiel, même si ça fait vieux jeu. Mais je vous rassure, je suis aussi guéri de l'argent.

Vu que c'était une première mondiale, je ne voulais pas vendre cet album. Je l'ai diffusé gratuitement sur internet. J'ai juste gagné quelques milliers d'euros avec les vinyles, mais ce n'était pas le plus important. Je voulais envoyer un message à toutes les personnes en difficulté, physique ou autre. Je voulais leur dire que tout est possible, quels que soient les apparences et les pronostics.

Et éventuellement, faire de la bonne musique.

J'ai eu des articles dans toute la presse nationale, des télés, des radios, et un écho international. Notamment en Angleterre, avec le prestigieux *Guardian* qui m'a consacré une pleine page. Cette exposition m'a permis d'atteindre un objectif secret, inenvisageable quelques mois auparavant : que Kate Bush écoute *Kate and Me*.

(257)

Un beau matin, j'ai reçu un des mails les plus incroyables de ma vie :

« Dear Guilhem,

I've only just become aware of your album, *Kate and Me*. I listened to it tonight and it blew me away. It's very difficult to put into words how moved I am by this work and how great my admiration is for you. The challenges you have overcome in order to accomplish this creation are simply astounding. You absolutely have my blessing if you want to release this album in order to raise money for your charity.

Wishing you every success with all your projects.

With very best wishes,

Kate Bush. »

La traduction de Google :

« Cher Guilhem,

Je viens juste de prendre connaissance de ton album *Kate and Me*. Je l'ai écouté ce soir et il m'a bluffée. Il est très difficile de dire à quel point je suis émue par ce travail, et à quel point mon admiration est grande pour toi. Les défis que tu as surmontés pour accomplir cette création sont stupéfiants. Tu as ma bénédiction absolue si tu souhaites sortir cet album afin de récolter des fonds pour ton association caritative.

Je te souhaite du succès dans tous tes projets.
Avec mes meilleurs vœux,
Kate Bush. »

Je n'en reviens toujours pas. Kate Bush a kiffé mon album fait avec les yeux. On a commencé à échanger et c'était incroyable. Elle m'a même envoyé un très gros chèque pour mon association d'aide aux patients appareillés à domicile. Cette expérience m'a boosté pour la vie. Vous n'avez pas fini de m'entendre. Je termine ce livre et je me fais péter un album.

(258)

L'année suivante, j'ai publié *Charcot et nous*, un livre tiré du site La SLA pour les Nuls. J'ai également fait un album avec le rappeur Karlito, un vieil ami de l'époque. Mes activités se multipliant, mon ami Nicolas m'a proposé de devenir mon agent. On a aussi monté ensemble un label de musique.

C'est l'artiste Ceet (des LTP) qui nous a présentés au début des années 2000. Nico organisait des soirées à Toulouse, moi à Marseille. Par la suite il fut l'agent du DJ Laurent Wolf et il a même été à la tête de Playboy Europe. On ne s'est plus lâchés depuis. Se retrouvant tantôt dans les quartiers Nord de Marseille, dans la piscine à fond de sable du Monte-Carlo Bay, autour d'une pizza chez notre italien favori à Toulouse, ou sur un yacht dans le port de Cannes pour le festival. Il a même participé à une de mes plus belles entrées en boîte en survêt. Alors qu'il le manageait, Laurent Wolf jouait au Gotha, un prestigieux club de Cannes et Nico m'avait demandé de passer le voir. Une fois sur les marches de la boîte, il m'invite à entrer. Seul hic : j'étais en tenue de plage. Mais il a insisté pour que j'entre boire un verre et la sécu m'a bloqué, comme de juste. Nico a tenté de leur expliquer mais ils ne voulaient rien savoir. Je lui ai dit de laisser tomber mais ça l'avait chauffé. Il a téléphoné à Laurent Wolf et il lui a dit : « Arrête tout, coupe la musique. » Il était environ 3 heures du mat et la fête battait son plein. Deux secondes après, la musique s'est arrêtée. Les videurs qui avaient tout entendu du coup de fil ont commencé à paniquer et nous ont suppliés de rentrer et de dire à Laurent de remettre la musique.

Nico est également à l'initiative de mon dernier projet musical en date : l'EP caritatif *Listen & Donate*, avec la participation graphique de l'artiste JR. Il a eu une idée simple mais géniale. Pour la première fois, on pouvait faire un don sans que cela ne coûte un centime, juste en écoutant un morceau sur une plate-forme de streaming. Alors vous attendez quoi ?

(258b)

J'ai fait un rêve.

J'étais guéri et on roulait de nuit sous la pluie en voiture. Wahiba était au volant et nos filles étaient derrière. J'ai demandé à ma femme de s'arrêter et je suis descendu.

Je me suis roulé pendant deux minutes dans l'herbe trempée du bas-côté. Quand je suis remonté, tout le monde me regardait comme un fou et Jasmine m'a demandé pourquoi j'avais fait ça. Je me suis retourné et j'ai dit : « Parce que je peux. »

(259)

Depuis que j'ai repris la musique, je ne m'arrête pas. Chaque mois j'ai un projet qui arrive, je travaille tout le temps. Mais j'adore. Je compose, j'écris, je fais des sites Internet, je participe à des réunions pour mon association avec une équipe de réanimateurs, je suis invité à participer à d'incroyables projets, comme orchestrer l'arrivée de la flamme des Jeux paralympiques à Paris, ou partager l'affiche d'un show au festival des Lions de Cannes avec un DJ japonais atteint de SLA comme moi.

Je serais fait chevalier des arts et des lettres et je me verrais même remettre la médaille de l'Assemblée nationale par deux ministres, une députée et une conseillère régionale, chez moi, en chaussettes (on ne rentre pas en chaussures dans ma chambre, ministre ou pas).

Je sais bien que faire étalage des choses que j'ai faites, ça fait tchatcheur, et ça ne me ressemble pas, mais si ça peut aider ou inspirer des personnes en difficulté, je prends.

(260)

Il arrive parfois que ma femme ou mes filles appellent le 06 11 83 82 31, mon ancien numéro, juste pour entendre ma voix. « C'est le bon numéro, mais pas le bon moment, merci de laisser un message », quelques mots en mémoire d'une voix disparue sur un répondeur. Quoi de plus personnel que la voix ?

Alors j'ai demandé à l'imitateur et humoriste Marc-Antoine Le Bret d'imiter ma voix, et il a accepté. Il a travaillé pendant des mois avec l'aide de vidéos de moi et il a enregistré des heures de phrases types dans un logiciel de synthèse vocale. Aujourd'hui, au lieu de parler avec une voix de synthèse qui n'est pas la mienne, je parle avec la voix de Marc-Antoine qui m'imite. Et comme c'est le meilleur, ben ça fait marrer tous mes proches.

Maintenant que vous avez mon numéro, vous pouvez me laisser un message, je l'écouterai avec plaisir. Mais attention, si vous proférez des insultes au-delà de la deuxième catégorie, je vous envoie Morgan et José.

Chapitre 35
C'est l'amour papa

(261)

Je me vois marcher sur l'avenue Camille-Pelletan comme si c'était hier. J'ai mes claquettes Fila (sans chaussettes hein), mon short de bain Quiksilver et un tee-shirt Bullrot. Il fait chaud, le soleil se couche, c'est désert. Les trottoirs sont jonchés de cartons vides des magasins de fringues bon marché.

J'ai vingt-huit ans, quelques euros en poche, mais mon compte en banque est bourraga. Je me sens bien.

J'entends un scooter au loin, il s'approche en klaxonnant, c'est Martial. Je grimpe derrière lui, on passe la porte d'Aix et on monte aux Carmes. Tout le monde nous attend.

On prend la direction de Saména, une crique des quartiers Sud. À peine arrivé, j'allume le feu et Fakhri nettoie la grille du barbecue dans la mer. J'ai un bac + 5 en barbeuks, je me mets aux commandes. Les merguez, les côtelettes, le cœur, les brochettes de foie crépitent dans la nuit, on est une bonne quinzaine. Je me pose sur un rocher à l'écart avec mon sandwich et je réalise la diversité et la complexité de ma vie. Hier soir, on refusait du monde au Métal Café, cet après-midi je faisais un concours de plongeons avec Nadir « Oups » à la jetée, et demain j'embarque pour une énième tournée au Canada. Je pense que cette richesse n'est pas étrangère au fait que je sois en paix aujourd'hui.

Je ne sais pas de quoi demain sera fait, mais j'aime cette nouvelle vie. Elle est difficile, pleine de défis et passionnante, tout ce que j'aime. Il m'arrive même d'être heureux sans raison particulière, le matin en me réveillant ou le soir quand je m'endors, comme avant.

Je souris alors dans ma tête. Je me suis juré de ne plus envier les morts, de ne plus rien envier du tout d'ailleurs, sauf peut-être le charisme de Steve McQueen et la garde-robe de Cyril Hanouna.

Voilà plus de deux ans que j'écris tous les jours. Ça fait partie de moi. Écrire ce texte va terriblement me manquer, mais je vais m'arrêter là. J'ai les yeux éclatés. Je commence à ressembler à un lapin myxomatosé. J'espère que ça valait le coup et que je vous ai permis de passer un bon moment.

J'aurais voulu placer des mots comme sublimation, sociopathe, mangrove, Quaalude ou Manitoba, juste parce qu'ils sonnent bien, mais je n'en ai pas trouvé l'occasion. Ce sera pour le prochain.

Je ne sais pas comment terminer, alors je vais m'autociter (je suis plus à ça près), dans une lettre adressée à ma fille alors qu'elle avait trois ans : « Depuis que tu sais parler, je te répète : C'est quoi le plus important, ma fille ? Et tu n'as de cesse de me répondre : C'est l'amour papa.

Qui ne fondrait pas en entendant ces mots avec ta petite voix ? C'est cela que je veux transmettre à ta sœur et toi. Tant qu'on aime, on est heureux, tant que ton cœur bat fort, tu vis. »

Je dédie ce livre à ma famille, à ma belle-famille, aux auxiliaires de vie qui m'accompagnent tous les jours depuis six ans, à toutes mes infirmières et infirmiers, à mes kinés, mes médecins : les docteurs Bah, Garnier, Combes, Terras, Plégat et Pailhas.

À toutes les personnes qui œuvrent pour Trakadom.

À mes amis toulousains, marseillais, parisiens, dans toute la France et le monde.

Enfin, aux personnes atteintes de SLA, aux personnes atteintes de pathologies mortelles et incurables, aux trachéotomisés, et aux médecins qui présentent la trachéotomie comme une solution.

Du fait de ma grande difficulté à me déplacer, je n'ai pas pu dire au revoir à de trop nombreux proches partis trop tôt. Ce n'est pas grand-chose mais je le fais ici.

Reposez en paix : Pancho Ayguavives, Amine « Majestic » Benkada, Anne Bert, Fatima Bouraïss, Mohamed Bouraïss, Brahim « Dégust » Boutelis, Sylvie Champied, Francis Delmas, Bouchra « Bushy » Diabira, Tahar « Bouzeulouf » Djadouri, Lucien « Skipper » Ékomo, Karim Gacem, Béro Brahim Gomis, Pascal Gomis, Yves Graziani, Kalima « Karima » Hamidi, Kamel « Goulah » Herbadi, Yacoub « Contact » Kedoumi, Olivier « Bronsky » Laffont, Bruno « Goatari » Martin, Nakib « Censur » M'laraha, Mohamed « Billy » Mohammedi, Christophe Pays-Monnet, Hakim Sadani, Laurent, Saadia Raïssi Tillafi, Yohan « Abel » Vidal, Luc « Lux B » Villégas, Jean-François Virolés, Éric Yomet.

Merci à mon comité de lecture consultatif :

Anne Gallart
Jacques Gallart
Wahiba Gallart
Juliette Gallart
Marie-Claude Yomet Gallart
Naïla Gallart
Jasmine Gallart
Nicolas Couturieux
Josseline Graziani
Farid Lemguioua
Adnane Tragha
Stef les yeux bleus
Yohan Malka
David Bolon
Karim Laoubi
Ouarda Benlaala
François Dilhan
Salomé Viaud
Mahir Guven

Table

Cet ouvrage a été composé par NORD COMPO

Imprimé en France par
CPI BRODARD & TAUPIN (72200 La Flèche)
en mars 2023

pour le compte des Éditions J.-C. LATTÈS
17, rue Jacob – 75006 Paris

JC Lattès s'engage pour l'environnement en réduisant l'empreinte carbone de ses livres.
Celle de cet exemplaire est de :
600 g éq. CO_2
Rendez-vous sur
www.jclattes-durable.fr

PAPIER À BASE DE FIBRES CERTIFIÉES

N° d'édition : 01 – N° d'impression : 3051603
Dépôt légal : avril 2023
Imprimé en France